1 自己像の変遷

大学時代

高校時代

木内時代……社員旅行で同じ売り場の同僚とともに

福島高専時代

横浜国大時代

横浜国大時代

2 旅の中で——出会いと偶然性

ブラウン夫妻と義父母:竹内誠・彗子　鎌倉見物の後で腰越の家で、1983年1月
(ブラウン氏　オックスフォード大学教授、ブラウン夫人　大英図書館研究員)

J・S・ミルの墓の前で

鶴見尚弘教授……大英図書館にて

妻と子どもたち……
エディンバラに到着

中村豊治君……ローマの「真実の口」にて

妻と子どもたち……パリにて

ナイアガラの滝

ロブスン教授と
〈ミル・プロジェクト〉
のスタッフ

3　附属横浜中学校での日々

修学旅行〈石舞台〉にて、平成７年10月

創立50周年記念式典・祝賀会、平成９年11月15日
平出彦仁学部長（左から２人目）を囲んで

PTAの役員とともに
（撮影日、不明）

創立50周年記念誌
『若き花々の歩み』より、
附属中学校の生活の
一部を紹介する

教科別分科会
（美術）

教科別分科会
（国語）

教科別分科会（英語）

理科室での授業

体育祭は９月に行われる

体育祭の華　女子全員によるダンス

ベストコーラス賞を目指すクラス合唱

文化部による発表（吹奏楽部）

マツの木々に囲まれて

——教育へのひとつの道

泉谷周三郎

マツの木々に囲まれて――教育へのひとつの道／目　次

第六章　横浜国立大学への転任　143

第七章　教授に昇任する　163

第八章　カナダ横断の旅　199

第一二章　ポーランドへの旅　291

第一章　死を間近にして

〈死は突然やってくる〉

満八〇歳の誕生日を迎えてから、ときおり死について考えるようになった。これからどんなに長く生きても一〇年、短いときには二〜三年でこの世界と別れて死んでいくことになる。私はかつてのように「死とは何か」「死んだのちに人間はどうなるか」といった問いを理論的に解明しようとは思わない。むしろ自分の生涯をふり返り、書き残したほうがよいと思われる事柄を、自分なりの仕方でまとめてみたいと考えるようになった。J・S・ミルに関する論文は、自分よりも他のすぐれた研究者によって適切に解明されるかもしれない。だが、自分が歩んできた人生を描くことは、この自分にしかできない。若いときには、自伝をまとめることは、自己顕示欲ないし名声欲がもたらすもので、所詮無駄なことであろうと考えていた。一般に多くの人は、死を病気や事故などで亡くなるものと考え、できるだけ死ぬことを忘れようと努めている。吉田兼好は、『徒然草』(一六一三)の第一五五段で、次のように述べている。

人間の一生において、生・老・病・死の四苦がつぎつぎに交替してやってくるさまは、四季の変化よりも速い。この四季の変化にもやはり春・夏・秋・冬という順序がある。しかし、人間の死は順序に関係なく突然やってくる。しかも死は前方から来るとは限らないで、いつのまにか背後に迫っている。誰でも自分がいつか死ぬことを知っていながら、その準備ができていないうちに、不意に死期はやってくる。それはあたかも沖にある干潟が遠くに見えるけれども、潮が満つるのは遠い干潟からではなくて、足下の磯からであるのに似ている。

(『徒然草』、角川ソフィア文庫)

確かに死は前から近づいてくるものではなくて、背後から不意に襲いかかるものであるように思われる。

もしそうであるならば、人間が健康なときに、自分の死をいろいろな面から見つめ、自分の歩んできた人生を回顧し、自らの生き方を反省することは、意味のあることであろう。

ローマの骸骨寺とガンジス河の沐浴

死について考えるとき、私は、最初に二つの貴重な体験を紹介したい。ひとつは昭和六〇年一二月八日、午前一一時頃、在外研究中にローマで骸骨寺（サンタ・マリア・デッラ・コンチェッツィオーネ教会）を訪れたときの体験である。この修道院には約四千体のカプチン修道会の死者の骨と頭蓋骨があり、五つの部屋で天井飾り、ランプ、十字架などの材料として使われ、さらに頭蓋骨が修道士の僧服をまとった姿で数人が立っている。日本人の多くは、突然人骨で作られた異様な光景に圧倒され、「何のためにこんなことがおこなわれているのか」という疑問を抱くことだろう。一番奥の部屋には六歳ぐらいの子供の骸骨《がいこつ》が右手に鎌、左手に天秤をもっている姿ではりつけられている。この子供の骸骨は「死神」を表しているらしい。この骸骨寺が作られたのは、カプチン修道会が盛んに活躍していた一七世紀半ばのことであったと言われている。カプチン修道会は、島村奈津著『イタリアの魔力』（同朋舎、二〇〇一）によると、フランチェスコ修道会の三度目の改革から誕生した一派で、マテオ・ダ・バシオという僧が提唱し、一五二五年に、法王クレメンテ七世によって公認された。この修道会の主な活動は、病人やペストの犠牲者への奉仕であった。彼らは「この世の生ははかない」という聖フランチェスコ（一一八二―一二二六）の教えの核にあった死の観念を掘り下げることになった。どんなに栄華を極めた人間にもやがては死が訪れる。だから地上の富や名声などに執着しないで「死を忘れずに生きよ」、すなわち、ラテン語で「メメント・モリ」と警告することが、この礼拝堂を支える時代の精神であった。

私は畏友並木浩一氏から村上伸編者『死と生を考える』(ヨルダン社、一九八八)をいただいた。並木浩一氏は、この本のなかで「旧約聖書の死生観」を担当している。その論文の冒頭の箇所で〈死を見つめる眼―ヨーロッパと日本人〉に言及している。並木浩一氏は、五年ほど前、友人とイスラエルを旅行したとき、シナイ山のふもとにある聖カテリナ修道院を訪れた。案内人について建物の中に入ると、そこに頭蓋骨が山積みにされていた。この修道院で一生を終えた修道士たちのものであった。日本人ならそういうものはさっさと人目につかない土の中に埋めてしまうだろうに、「ヨーロッパ人は、死を正面から見つめて生きてきた」点に注目している。他方、「日本人の死者に対する扱いはまったく対照的で、これまで、なるべく死体を見ないようにし、死を考えないようにしてきました。これがだいたいの日本人の姿勢でしょう」と述べている。本居宣長によれば、人はみな死ねば善人であろうが、悪人であろうが、必ず「きたなくあしき所」すなわち陰府《よみ》の国に行くほかはないので、この世に死ぬるほど悲しきことはないと考えたのである。さらに古事記の中の有名な陰府訪問の話を紹介して、死をけがれとして感ずることが日本人の伝統となったを明らかにした上で、並木浩一氏は、ヨーロッパ人の死を正面から見つめる立場の根拠について、次のように述べている。

ヨーロッパのように、死をリアルに把握し、描くためには、死を正面から見つめることのできる精神の確立が必要です。この点で決定的に重要だったのは、さきほどふれたように、新約聖書が提供した復活信仰でした。死が究極ではないという信仰によって、死を見つめる精神がヨーロッパには、確立したのです。けれどもこの精神は、キリスト教世界で、突然成立したのではないのです。旧約聖書以来の死の理解があり、それに新約聖書の復活信仰が加わって、死を見つめる精神が確立されたというべきでしょう。

（村上伸編著『死と生を考える』、一〇四頁）

私は、ヨーロッパで死を正面から見つめる精神が確立されたことを認めながらも、ローマの骸骨寺のように、仲間の骨をいろいろに加工して天井飾り、ランプ、十字架などをつくり、礼拝堂を装飾することに疑問を感じながら外に出たとき、異様な世界を逃れてほっとして安堵感に包まれた。

もうひとつは、平成二〇年三月一一日にインドの聖地バナーラス（ベナレス）を訪れたときの体験である。インドではガンジス河を「ガンガー」と呼んでいる。私たちは、午前四時四五分にホテルを出発して聖なる河（ガンジス河）に到着し、一五人ぐらいの人が乗れる舟に乗って夜明けと共に多くのヒンドゥー教徒が沐浴する姿を二時間ほど眺めていた。広い河ガンガーは、ゆるやかな曲線を描きながら南から北へ流れていた。目の前には、ガードと呼ばれる沐浴場やいろいろな建物が並んでいるのに、河を挟んだ対岸には、建物は見られず雑木が茂っているだけであった。ヒンドゥー教徒は、日の出前から沐浴のために、石段を降りて河の中に入ってゆく。天を仰いでマントラ（ヒンドゥー教の呪文）を唱える人、鼻をつまみながら繰り返し水中にもぐり、祈りを終えると、石鹸を使って頭から身体を洗いはじめる人の姿などが見られた。ガンガーの水面は濁っており、ときにはふくれあがった犬の死体が流れてくるとも言われている。ヒンドゥー教徒は、ガンガー河で沐浴すると、罪やけがれを流し、輪廻からの解脱が得られ、転生（生まれ変わること）できると信じている。それゆえ、ガンガーのほとりで荼毘《だび》（火葬にすること）にされ、ガンガーに流されることを切望している。

私たちは火葬場の近くで船を降り、二人の男が荼毘の火を燃やすのを見た。硫黄のような臭いとともに、火は勢いを増して死体を包んでいた。通常火葬場の近くには「死を待つ人々の家」の建物がある。そこは死を待つ病人が無料で入れる場所である。私は、火葬場の横を通り過ぎ、休憩所でミルクテイーを渡されて飲んだとき、突然「おいしい」と感じると共に「大変なものを見た」という感動に身体全体が包まれた。

ヒンドゥー教によれば、輪廻すると信じられているのは、人間や生物だけに限らない。無生物や自然界も輪廻するからである。輪廻とは、「人間が死んでから獣や植物に生まれ変わるという信仰」（中村元著『ウパニシャッドの哲学』、六七八頁）でかなり古い時代からみられた。その後、人間の身分は、カルマンの法則によって決められる。カルマンとは、「行為」を意味し、仏教では「業《ごう》」と訳される。よい行為をすれば、よい結果がもたらされる。逆に悪いことをすれば、悪い結果がもたらされる。日本語で言うと「因果応報」である。業の法則は、人間の来世に当てはまるだけでなく、現世の出来事にも当てはまる。

ところで、私は奥羽山脈の西側の山地に住んでいたので、近くに大きな川がなかった。秋に台風などで川の水量があふれて多くの家が水害に苦しむ姿を見ることがなかった。農業用の水は二つ山を越えた所にある「楢沢沼」と他の小さな沼によって確保されていた。私が大きな川と感じていたのは、岩手県の北上川と山形県の最上川であった。高校卒業後、周平兄に連れられて北上川を訪れ、「ここが宮沢賢治がイギリス海岸と呼んだ場所だ」と言われたとき、「どこがイギリス的なのか」と思っただけであった。のちに宮沢賢治がこの河岸の泥岩層から偶蹄類の足跡やくるみの化石を発掘し、ドーバー海峡の地層と似ていることから「イギリス海岸」と呼んだことを知った。また最上川は、芭蕉が『おくのほそ道』において、最上川の急流を歌った〈五月雨を集めて早し最上川〉という俳句を知ってから、いつか自分も「最上川下りを体験したい」と思っていた。

インド旅行で最も印象に残ったのは、ヒンドゥー教徒のガンジス河での真剣な沐浴の姿であった。彼らの沐浴を見る前には、「ガンジス河は清流であってほしい」と願っていたが、彼らが「聖水」と信じているのを見たせいだろうか、ヒンドゥー教徒にとって、沐浴は、身の汚れを浄化する行為であると同時に、来世でより良く生きるために、輪廻から解脱する道であることを理解することができた。またインド旅行のために紹介書や研究書を読んでいる内に、「インドにはお墓がない」と考える人と「いやインドにもお墓がある」と主張する研究者がいることを知った。中村元氏は、『インド人の思惟方法』のなかで、ギリシア人が万有（宇宙）を無数に存在する個々別々の個物の総括と解していたのに、インド人は、無数に存在する個々別々の個物は根源的な唯一原理の個別的限定として成立しているものである、と考えていたとし、次のように述べている。

インド人一般のいだいている万物一体感のもっとも具体的な例は、インド人（イスラム教徒を除く）が一般に墓をつくらないということである。河辺で遺骸を荼毘に付すると、骸骨を砕いて、遺骨は河に流してしまう。あとにはなにものも残さない。遺骨は大河のなかに消え失せてしまう。はてしなき大河の流れに合一没入することを理想としているのである。

（『選集第一巻』、春秋社、一〇三頁）

この見解で重要なのは「一般に墓をつくらない」と述べている点である。インド人のマルカス氏も、ヒンドゥー教ではお墓をつくらないことを、次のように述べている。

ヒンドゥー教ではお墓をつくりません。すべて火葬にして、灰にしてガンジス河に流してしまいます。火葬してガンジス河に流すと、その瞬間に天国に行くと考えられているからです。ガンジス河に行けない人は、自分の家の近くの河に灰のほとんどを流し、少しだけ家に残しておきます。いつかハリドワールやバナーラス付近のガンジス河までもっていって流すためです。

人間は、生まれるとき肉体に魂が入ってきて、死んだら元の場所に戻るのです。魂は元いた場所を知っているはずですが、肉体に入ると、その場所を忘れてしまいます。インドでは、生まれかわりが信じられているため、今の人生は前の人生の結果です。……。

天国に行くためのひとつの条件として、息子をつくること、産むことがあげられます。火葬のために火をつけた後、長男に棒で頭蓋骨を割ってもらわないと天国に行けないのです。これを「カバルクリア」と言います。

（『インド流！』、サンガ新書、一三六―一三七頁）


この条件により、息子や娘が必要になるので、インドは産児制限ができず、人口が多くなり、一部の人々の悲劇が生まれるのである。

遠藤周作著『深い河』

私が遠藤周作の小説や随筆に関心を持つようになったのは、四〇代に入った頃、門脇佳吉編『現代の苦悩と宗教』（創文社、一九七六）における最初の論題「苦悩に意味はあるのか」に対する遠藤周作の見解を読んでからである。遠藤は、「われわれ小説家は聖者を書くことができない。われわれは泥に汚れた人間たちを書くことはできるけれども、その泥から聖められた聖者というものを書くことはできない」と、あるフランスの作家が言っているとし、普通の人は聖者について誤解していることを指摘する。聖者にはわれわれの計り知れないような苦しみや悩みや疑いがあるのだということを忘れている。もし苦しみのない人生があるなら、それは小説家にとって描くに値しないものである。小説家というものは、ミステリ小説に出てくる探偵と同じように、最後の犯人を探しているのであって、この場合、最後の犯人というのは、つまり人生の意味のことである。小説家は、自分たちの書く人間の苦しみを分析し、それらを拡大してさまざまな人間の苦しみに移しかえるということによって、普通の人が他人を裁くように彼を裁くことができなくなる。このように彼らの苦しみを分析し、それと同時に、自分が自分の人生で味わった苦しみを噛みしめていると、苦しみというものには三つの意味があることに気付くのである。幸福というものは、一種の順応主義という形をとってひとりひとりのしあわせというより幸福全体という共通した面をもつけれども、苦しみというものは、社会的な、経済的な苦悩の背後にひとりひとりの苦しみがあり、その苦しみのおかげで人生の謎というものに目覚めるのである。われわれが人生の意味を考えたり、哲学や宗教に思いをはせるようになるのは幸福よりは自分の苦しみを通じて人生の謎に目覚めるからである。遠藤周作氏によれば、まず第一に人間はそれぞれの苦しみのおかげで人生の謎に目覚めるとし、サルトルの『嘔吐』、フランクルの『夜と霧』、ドストエフスキーの『悪霊』から具体例をあげている。第二には、苦しみというものには必ず孤独感というものが付きまとうことを指摘している。たとえば、真夜中に歯が痛くて眠れないとき、世界中には約三〇万人の人が歯が痛くて眠れないのに、自分だけが世界で最大の歯の痛みを味わっているような感じがするものである。遠藤周作氏が病院で手術をうけたあと、痛い、痛いと叫んでいると、付き添いの人は、吉川英治先生は肺ガンの手術をうけられて病室に運ばれてきたとき、「私に向かってありがとう」と言われた。それにくらべて、「あなたは痛い、痛いとわめいている。やはり文豪と三文文士は違うわね」と言われたことを語っている。また遠藤氏は肉体的な痛みに付随する孤独感に襲われてとき、看護婦さんに手を握ってもらうと、孤独感が静まってゆくことを述べている。

遠藤周作氏は、苦しみの第三の特徴として、「いかなる極限的な苦悩のなかにも人間の自由が介在することを強調している。その具体例として『夜と霧』のなかで、一日に与えられる食べ物は一個のパンとスープであった。もしそのパンを食べなかったならば強制労働で自分が参ってしまうことを知りながら、朝小屋から出て行くときに、ごく少数の人が食べ物が与えられない病人のために一個のパンを置いてでてゆく箇所を何回もくり返し読みかえしたことを語っている。私は、大学の授業で『夜と霧』について話す前に、遠藤氏の「苦しみに意味があるのか」をできるだけ読むように努めた。

私はインド旅行から戻って遠藤周作の『深い河』（講談社、一九九六）を読んで、ガンジス河での沐浴についての理解を深めることができた。そこで『深い河』のもつ意義を私なりの視点から考察することにしたい。

遠藤周作は、この作品で、愛と人生の意味を求めてインドを旅行した人々の物語を紹介しながら、成瀬美津子と神学生の大津との交流を中心として、神とは何かという問題の解明を試みている。

最初に「磯辺の場合」が紹介されている。医者は磯辺の妻の癌が転移している箇所を指摘しながら、手術がむずかしいことを告げる。「あとどのくらいでしょうか」とたずねると、「三ヶ月ぐらい、よくて四ヶ月」と宣告される。医者の予告通り、妻は一ヶ月もたたぬうちに熱を出し体中の痛みを訴えはじめた。ある日、会社の帰り病室のドアを開けると、妻が笑顔で「今日嘘みたいに身体が楽。特別の点滴をしてもらったから」とはずんだ声で報告した。ある土曜日、成瀬美津子がボランティアとして妻の世話をすることになった。磯辺は、素人の彼女が本当の病名を妻に漏らさないか、それがこわかった。ついに妻は昏睡状態に入り、ときどき譫言を言った。数日後、若い看護婦に「ご主人を呼んでおられます」と言われてかけつけると、「わたくし……必ず……生まれかわるから、この世界の何処かに。探して……わたしを見つけて……約束よ、約束よ」と言った。だが磯辺は、そんな不可能なことがあるとは思えなかった。無宗教の彼には、死とはすべてが消滅することで、「妻の生まれ変わり」を探すことに迷っていた。ここで「死と生まれかわり」という輪廻転生という問題が提示される。

二章の「説明会」では、インド仏跡旅行の説明会が開催される。添乗員の江波が旅行計画と旅行中の注意事項を説明して、質問を促した。沼田という人が挙手をし、「野鳥保護地区に行きたいので、アーグラかバラットプルに残っていたいのですが」と発言した。「一ヵ所の町にお残りになって、後で全員に合流なさりたいのなら御自由ですよ」と答えた。次に木口という人が「私は戦争中にビルマで多くの戦友を失ったし、インド兵とも戦ったので敵味方の法要をお願いしたい」と述べた。添乗員の江波は「確約はできませんがたいていできると思いますよ」と答え、次のように述べるのである。

インドは現在ヒンドゥー教が圧倒的に多く、次にイスラム教で仏教のほうは滅びたと言っていいくらいです。公称では三百万人の仏教徒がいると言われてますが、実際は仏教礼拝は先ほど申しあげた不可触民に多いのです。つまり、いかなるカーストにも属さない最下層の人々が、人間の平等を説く仏教に救いを求めたわけですね。カースト制度は、とにも角にもヒンドゥー教を支え、インド社会を支える柱だったので、仏教はこの國では衰弱したのです。

（同書、四六―四七頁）

インドでは、一二〇三年、ベンガルのヴィクラマシラー寺院がアフガニスタンのムスリム軍によって徹底的に破壊されときをもって、インド仏教史は幕を閉じる、と見なされている。また一九五六年にアンベードカルが不可触民に仏教徒への改宗をすすめて、現在仏教徒の信者の数は増加している。『深い河』の八章でアンベードカルの名前が引用されている（二六九頁）。

『深い河』の三章の「美津子の場合」では、成瀬美津子が学生時代に野暮な恰好の大津に関心をもち、仏文科のコンパのときに男子学生にけしかけられて、哲学科の大津を悪の道に引きずりこもうとする。美津子は、大津を呼び出しておきながら「用なんか、ありません。夏なのにそんな学生服を着ているの」とからかった。「あなた、信者？」大津は、「子どものときからです」と答えた。数日後、友人たちが四谷の交差点近くのコンパの店に呼び出し、酒は飲めないという大津に、「駆けつけ一杯、一気でいこう」と言い、「一気」「一気」とはやし立てて酒を飲ませた。意外なその飲みっぷりに皆は顔をみあわせた。やがて、真っ青になった大津が「水を下さい」と哀願した。美津子は、「本当に神なんか棄てたら。棄てるって私たちに約束するまで酒を飲ませるから。」「どっちを選ぶ。飲むの、やめるの」「飲みます」突然大津は立ち上がってトイレに駆け込んだ。美津子たちは、トイレで吐いている大津を見捨てて引き上げた。

翌日、美津子は、「ごめんなさいね。昨日はあなたがお酒に弱いと思わなかったんだもの」と詫びた後で友達ができる方法があるとし、それは学生服を着ないこと、クルトル・ハイムでお祈りをしないことだと主張した。美津子は大津が約束を守ったのでボーイ・フレンドの一人にしてあげるとして彼女の部屋に誘って誘惑した。やがて引き潮のように去って行く満足感。美津子の狩猟の悦びは急速に冷える。夕暮、大津がすり寄ってくると、美津子は「やめてよ。飽きたから」と突き放した。三週間ほど二人の関係は続いたが、「美津子は休みにバンコクに行こうかなあ」と考えていた。大津が「父や兄に紹介するつもりだ」と言うと、「私にはあなたと結婚する意思なんてない」と宣言した。数日後、大津から哀願の手紙が来たが、美津子はそれを一読して屑籠に捨てた。まもなく美津子は見合いをして月並な男と結婚した。新婚旅行は彼女の発案でフランスに決めた。そしてリヨンで大津と会うことになった。二人はソーヌ河の河岸の手すりにもたれながら荷船と水鳥を眺めてながら話し合っていた。

美津子は、「学生時代にあなたに無理矢理、お酒を飲ませたことがあったわね」「あのときあなたは神を棄てたんじゃない。それなのに神学生にどうしてなったのかしら」とたずねた。

大津「わかりません。そうなったんです」

美津子「理由をわたくし、知りたいの」

大津「あなたから棄てられたからこそ――、ぼくは……人間から棄てられたあの人の苦しみが……少しはわかったんです」

美津子「ちょっと、―そんな綺麗ごとを言わないで」

大津「すみません。でも本当にそうなんです。ぼくはきいたんです。成瀬さんに棄てられて、ぼろぼろになって……行くところもなくて、どうして良いか、わからなくて。仕方なくまたあのクルトル・ハイムに入って跪いていた間、ぼくは聞いたんです」

美津子「聞いた?……何を?」

大津「おいで、という声を。おいで、私はお前と同じように捨てられた。だから私だけは決して、お前を捨てない、という声を」

美津子「誰」

大津「知りません。でも確かにその声は、僕においで、と言ったんです」

美津子「そして、あなたは」
大津「行きます、と答えました」
美津子は、「じゃ、大津さんが神学生になったのも……わたくしのお陰なのね」と述べた。
大津は、「神は存在というより働きです。玉ねぎは愛の働く塊りなんです」と主張する。

（同書、一〇一―一〇四頁）

遠藤周作は、六章で「河のほとりの町」、すなわち、ヴァーラーナスィー（バナーラス）での出来事を描いている。飛行場から河のほとりの町、ヴァーラーナスィーに到着すると四、五人のタクシー運転手が日本人の観光客に駆け寄ってきたが、添乗員の江波と交渉して観光バスを予約していると知ると、あちこちに散っていった。それと交代に痩せこけた子どもたちが日本人に手をさしだした。「ひでえ国だな」と新婚旅行で参加している三条というカメラマン志望の青年が新妻に「子どもたちに物乞いさせても、大人たちは平気で見ているんだから」と言った。うしろでそんな会話を聞きながら木口は、日本だって終戦後、飢えた子どもたちがアメリカ兵にガムやチョコレートをねだっていたことを思い出し、もし、ビルマで悲惨な退却をした戦友がここにいたら、きっと殴りつけたろうと、推測した。添乗員の江波は、マイクに口をあてて「これがインドの典型的な夕暮れです」と説明した。しばらくしてガンガーとジャムナーとの二つの河の合流点に近づくと「もうすぐ河の合流点です。ヒンドゥー教では河の合流点は聖地と言われると述べて、お祭りの際には数十万人の巡礼客がここで沐浴をするのです」と述べた。三條が「川はきれいなんですか」と質問した。
江波「日本人から見ると、お世辞にも清流とはいえません。ガンガーは黄色っぽいし、ジャムナー河は灰色だし、その水が混じり合ってミルク紅茶のような色になります。しかし、奇麗なことと聖なることは違うんです。河はインド人には聖なんです。だから沐浴するんです」

「日本の禊《みそぎ》と同じですか」と三條は、またかん高い高い声を出した。

「違います。禊は罪のよごれ、身のよごれを浄化するための行為ですが、ガンジス河の沐浴はその浄化と同時に輪廻転生からの解脱を願う行為でもあります」

「今の時代に輪廻や転生なんかを、信じているんですか」と三條は、聞こえよがしに「本気なのかしらん、インドの人たちは」

「本気ですとも、いけませんか」

江波の声には、このとき搭乗員としてではなく、インドを軽薄に嘲笑する三條のような観光客への不快感があった。急に見せたこの元留学生の真剣さに美津子は好感を感じた。


（同書、一七四頁）


私もインドへ旅行するとある友人に告げたときに、友人は「あんな不潔な国に私は行かない」とメールで非難され、驚いた。私は、いろいろな国に行き、人々の生活や考え方を知りたいと思っているのに、どうして他人の試みを非難するのか。理解できなかった。

一一章で、大津は、マハートマ・ガンジーの語録集から好きな言葉として二つの文章を引用している。

「私はヒンドゥー教徒として本能的にすべての宗教が多かれ少なかれ真実であると思う。すべての宗教は同じ神から発している。しかしどの宗教も不完全である。なぜなら、それらは不完全な人間によってわれわれに伝えられてきたからだ」

「さまざまな宗教があるが、それらはみな同一の地点に集まり、通ずる様々な道である。同じ目的地に到達する限り、われわれがそれぞれ異なった道をたどろうとかまわないではないか」

（同書、三一〇頁）

一二章の「転生」で、木口は、アメリカ人の観光客をふり返りながら、「考えられんですな。四〇年前は、この連中と私たち日本人は殺し合ったんです。……もっとも私が戦ったのは、イギリス軍とインド軍とだったが」と呟いた。

対立や憎しみは国と国との間だけではなく、ちがった宗教との間にも続くのだ。宗教の違いが昨日、女性首相の死を生んだ。人は愛よりも憎しみによって結ばれる。人間の連帯は愛ではなく共通の敵を作ることで可能になる。どの国もどの宗教もながい間、そうやって持続してきた。そのなかで大津のようなピエロが玉ねぎの猿まねをやり、結局は放り出される。

「ガンジス河に、成瀬さん、これで何回、行かれました」と木口がたずねた。「二回です」

「お陰で、やっとインドに来た甲斐がありました。私はね、あの河かどこかの寺で、死んだ戦友たちの法要をやりたかったが、この国にはほんの僅かしか仏教徒がおらんことを知りませんでしたよ。釈迦の生まれた国だというのに、今はヒンドゥー教の国なんですね」

「でもあの河だけは」美津子は白みはじめた風景に眼をやって、自分の気持ちを打ち明けた。

「ヒンドゥー教徒のためだけではなく、すべての人のための深い河という気がしました」

（同書、三一六―三一七頁）

私は、インドを旅行し、ガンジス河の沐浴を見てから関心をもつようになった二人の人物がいる。横山大観とアインシュタインである。横山大観は、明治二六年一月、岡倉天心の勧めにより菱田春草と共にインドに渡り、七月に帰国した。彼はカンジス川の沐浴を見て、明治三九年に作品《カンジスの水》を描いている。大観は、水位が上がったときの荒れ狂うガンジス河の姿を「朦朧体《もうろうたい》」で表現しようと苦慮している。彼は、明治四二年に《流燈》を発表している。この作品は盛装した三人の未婚の婦人が素焼きの器に火をともしてガンジス河に流すときの彼女たちの表情を鮮やかに描いている。大観は、『大観画談』（一九九九年）の《流燈》の箇所で、次のように述べている。

あの画面のような風景をインドのベナレスというところで見たのです。ガンジス河というのは、干満の差の甚だしい河で二五尺も水位がちがうのです。満潮になっても川の水が町に入って来ないように石垣を築いていました。干潮の際にも。水面まで降りて行かれるように、非常に高い石段が築いていましたた。その石段を盛装した未婚の婦人が、手に手に、日本のかわらけと同じような器をもって降りていくのです。その中に油が入っていて燈がついているのですが、そのかわらけをガンジスの水に流して、流れて行くのを見ている間に沈まなければ、前途が幸運だというので喜ぶのです。

（『大観画談』、九七頁）

横山大観のインド体験は、いくつかの成果をもたらしたが、それらの成果を人観の画業にどのように位置づけるかという問題は、今後の課題となっている。

アインシュタイン（一八七九―一九五五）は、ドイツ生まれのユダヤ系の理論物理学者で相対性理論、量子力学、宇宙物理学などで大きな業績を残し、二〇世紀を代表する理論物理学者として知られている。彼は、一九二一年度のノーベル物理学賞を受賞。一九三三年からアメリカのプリンストン高等学術研究所の終身研究員になった。彼は、体調が悪くなり、死を意識するようになると、彼の息子、秘書のヘレーネ・ドゥカス、遺言執行人のネイサン博士と死後の処理について話し合い、彼の遺体は火葬にすること、公的葬儀、墓や記念碑はつくらないことにし、さらに医師団に遺体を解剖して脳を提供することなどを決めた。一九五五年四月一八日、午前一時過ぎにアインシュタインの心臓の鼓動が停止した。医師団はアインシュタインの脳の大きさを調べたが、彼の脳の重さは「普通」で、天才の秘密を解明することはできなかった。アインシュタインが亡くなった日の午後、彼のもっとも親しかった友人と親戚の一二人がニュージャージ州のトレントン近くの火葬場に集まり、アインシュタインの遺体を火葬にした。彼の遺骨がそこでどのように処理されたかは、アインシュタイン自身の希望により公表されていない。

私が関心をもっているのはアインシュタインの死に方と彼の宗教観との関係である。彼の死に方を見ると、インド人の死に方に類似しているように思われる。近年ウィリアム・ヘルマンスによって『アインシュタイン　神を語る』（工作舎）という本が公刊され、彼のユダヤ教、カトリックなどに関する思想がかなり解明されている。だが、彼の生涯に関する詳細な研究書やガンジーとの関係などを深く解明した本などが公刊されないかぎり、アインシュタインの信仰や彼の「宇宙的宗教」を把握することは困難であるように思われる。

モンテーニュの『エセー』を読む

モンテーニュは、フランスのペリゴール地方のモンテーニュの城館に生まれた。ボルドー大学で古典や法律学を学んだ。一五五七年ボルドー高等法院の評定官となり、同僚のエチエンヌ・ド・ラ・ボエシーと知りあい、友人となる。一五六三年、ラ・ボエシーが伝染病のため死去し、その臨終をみとる。三三歳のとき同僚の娘と結婚。一五六八年、父ピエールが死去し、モンテーニュ家の当主となる。一五七一年（三八歳）モンテーニュの城館にもどり、モンテーニュの塔の三階の読書室で『エセー』の執筆を開始する。読書室の天井の梁《はり》には、次のような古典の寸言が記されていた。

あらゆるものごとに空虚がある。

（『旧約聖書』、伝道の書）

私は人間だ。人間のことで何ひとつ私に無関係なものはない。

（テレンティウス『われとわが身をさいなむ男』）

われわれが死と呼ぶものが生であり、死ぬことが生きることであるかも知れない。

（エウリピデスの句、ストバイオス『選集』）

天も、地も、海も、あらゆるものは、偉大な全宇宙に比べれば、何ものでもない。

（ルクレティウス、『事物の本性について』）

一五七二年、サン・バルテルミーの虐殺が起こった。ナヴァール王アンリの婚礼に参列するために集まった三千人を越えるプロテスタント貴族が一夜にして虐殺された。

一五七八年、突然腎臓結石の発作におそわれ、以後これが持病となる。

一五八〇年三月、『エセー』（第一巻、五七章、第二巻三七章）ボルドーの書店より刊行。

同年六月、パリで総勢一〇人を越える一団となってイタリア旅行に出立した。この旅行の目的については、腎臓結石治療のための温泉めぐりであったとも言われているが、主要な目的はイタリアをめぐり、人々とその生活を見ることにあったと思われる。スイスのバーデン、ドイツのアウグスブルク、イタリアのヴェネツィア、ボローニアを経て一一月三〇日、ローマに到着した。

一五八一年一二月、ボルドーの市長に就任。一五八三年、ボルドーの市長に再選される。

一五八八年、第三巻、一三章を加え、全体に手を加えた『エセー』をパリの書店から刊行。

一五九二年（五九歳）九月、呼吸器感染から口峡炎を起こし、自邸で死去。

モンテーニュによると、「エセー」という語は、試すの名詞形で「試し」を意味している。


判断力はあらゆる事柄に適用できる道具で、いたるところに関係する。この理由で、今ここで私がおこなっている自分の判断力の試しに対しても、私はあらゆる種類の機会を利用するのだ。それが私に少しもわからない問題の場合、それに対しても私は、だいぶん遠くから瀬に探りをいれて、判断力を試してみる。そののち、それが私の背たけには深すぎるとわかると、私は川岸にとどまることにする。

（荒木昭太郎訳『モンテーニュ　エセーⅡ』、中央公論社、一二五頁）


モンテーニュは、ここでは判断力という人間の能力を実際に働かせることが重要であるとし、そのためにはどのような機会・論点から出発してもよく、そこからさまざまな結果がえられるとしても、自己がつくりだしたものとして受け取ればよいと主張している。この「判断力の試し」は、彼自身の体験、見聞と他者の体験、見聞、主張に対する彼自身の思考、主張を集積したものとなる。そして一五八〇年に書名に「エセー」を採用することにより、『エセー』は書名であると同時に、著者の事物に向かう態度と思考の方法を示す語となり、「エセー」というジャンルの創出を予告することになった。

モンテーニュの『エセー』にはじまるモラリスト的思考は、「フランス・モラリスト」として現代においても人々に影響を及ぼしている。モラリストという語は英語にも見出されるが、英語では「道徳(倫理)学者、道徳実践家」を意味している。フランス語でモラリストとは「人間の生き方を実践的に探究する者」ないし「人間性に関する省察をエセー、パンセ(断想)、マキシム(箴言)の形で表現する人々」を意味すると言うことができるであろう。フランス・モラリストの代表者としては、モンテーニュ、パスカル(一六二三―一六六二)ラ・ロシュフコー(一六一三―一六八〇)があげられる。イギリスではフランシス・ベーコンがモンテーニュの影響をうけて一五九七年に『ベーコン随想録』(岩波文庫)を公刊した。その内容はいかなるテーマを取り上げても、自己の立場から語ることなく、常に社会や国家が視野におかれている。

モンテーニュは、『エセー』の「読者に」のなかで、本書を執筆した目的を、次のように述べている。

読者よ、ここにあるものは一冊の誠意の書物だ。最初から君に言っておくが、私はそのなかに、内々で私的な以外のどのような目的も掲げていない。また、これを君の役に立つようにすることも、私の自慢になるようにすることもまったく考慮しなかった。私の力では、とてもそのようなもくろみを抱くことはできないのだ。私はこの書物を私の親族や友人たちが個人的に利用してくれるようにと思って書いた。……つまり、私の描いているのはこの私なのだから、世間一般への配慮にてらして許される限りで、私のかずかずの欠点が、私の生来のすがたかたちが、そこになまなましく読みとられることだろう。……読者よ、私自身が私の書物の内容なのだ。……

(荒木昭太郎訳『モンテーニュ　エセーI』、中央公論新社、三―四頁)

モンテーニュにとっては、「自己」探究こそが目的であり、また『エセー』執筆の動機であった。また第一巻第一章で、「人間というものは、驚くほど空虚な、多様な変化する存在だ。これについて、一貫した、一体となった判断を立てることはむずかしい」と述べながら、彼は、三九歳の一五七二年から死去する一五九二年まで、自己をとおして現実を凝視し、その体験と観察に基づいて『エセー』に加筆・修正を試みた。

〈死への考察〉

モンテーニュは、第一巻第二〇章「哲学すること、それはどのように死ぬかを学ぶことだ」の冒頭で、キケロの「哲学することは、死の用意をすることにほかならない」という言葉をかかげる。哲学的思索は死の稽古のようなもので、この世のあらゆる知恵、論考は死ぬことを恐れないことをわれわれに教えるという点に帰着する。彼は、自分自身に向かって「君の知り合いのうち、君の今の年齢にならないうちに死んだ人々のほうがそれに達した人々よりもどれほど多いかを数えてみたまえ」と言い、「イエス・キリストは三三歳で生涯を終えたし、アレクサンドロスもこの年齢で死んだ」ことを指摘する。「死がどのように来ようとも、それを苦にしなければどうでもよいことではないか」と言う人もいるだろう。だが、死は不意に無防備なところをついて襲いかかる。だから「足をしっかり踏んばってこの敵を食い止め、これと戦うことを学ぼうではないか」と言って死の備えを勧め、次のように述べている。

どこで死がわれわれを待っているか、たしかではないのだ。われわれのほうがいたるところでそれを待とうではないか。死をあらかじめ思いみることは、自由をあらかじめ思いみることだ。死ぬことを学び取った者は屈従することを忘れ去った者だ。どのように死ぬかを知ることは、あらゆる従属と束縛かられわれを解きはなす。生命の喪失が不幸でないことをよく理解した者にとっては、生の流れのなかになんの不幸もありはしない。

（荒木昭太郎訳『モンテーニュ　エセーⅠ』、中央公論新社、二九四―二九五頁）

私は、このモンテーニュの文章を読んでいると、ハイデガーが『存在と時間』（原佑訳、世界の名著六二）のなかで、死へとかかわる本来的なあり方は現存在が死という可能性へのうちへと「先駆」することによって達せられるという見解と類似していることを痛感する。この点については、私と石川裕之氏との共著『人間と社会』、木鐸社、一五六―一六〇頁）を参照。

モンテーニュは、キリスト教徒の一般の考えとちがって、自殺を罪悪とは考えない。第一巻第三三章において『ギリシア格言集』から、次のような格言を引用している。

苦しみなしに生きるか、さもなければ幸福に死ぬことだ。

生きることが重荷になったら死ぬがよい。

苦しみの中に生きるよりは生きないほうがましだ。

モンテーニュは、第二巻第三章において、ストア派の賢者が「幸福の中にありながら、よい時機だと分かれば、生に別れを告げることは自然にかなった生き方である」と主張していることに共感している。また死はひとつの病気にだけ効く処方ではなく、あらゆる病気に効く処方であって決して恐るべきものではなく、ときには望ましいものでさえある。生きることは、他人の意志によって左右されるが、死はわれわれの意志によって左右される。したがって「もっとも自発的な死はもっとも美しい死である」と主張している。彼は、晩年になると、自然に身をませることが最も賢明な生き方であるとし、第三巻第一三章のなかで、次のように述べている。

自然は、われわれに歩くための足をつけてくれたように、一生を送るための知恵をも与えてくれた。その知恵は、哲学者たちの考え出したような、器用で頑健で仰々しいものではなく、われわれにふさわしい、平穏で健康的なものなのだ。そしてそれは、幸いにも素朴に規律正しく、つまり自然そのままに生きるようつとめるすべを知っている者にとっては、もうひとつの哲学者たちの知恵が言っていることを、非常に見事になしとげるものなのだ。自然に対してもっとも単純に身をまかせることは、もっとも賢明に身を任せることだ。

（荒木昭太郎訳『モンテーニュ　エセーⅠ』、中央公論新社、三四一頁）

〈自己の体質、気質、健康、欠陥と旅の魅力〉

一般に自伝では、自分の長所や優越を誇る傾向が顕著であるが、モンテーニュは、第二巻第一七章では表題を「うぬぼれ」として自分の性格や気質、健康、欠陥などを、次のように述べている。

私は人の気に入ることも、人を喜ばすことも、人をくすぐることもできない。世界でもっともよい物語も、私の手のなかでは乾いて、色あせる。私は、まともにしか話ができない。私には、仲間の何人かのなかに見てとれるような、やってきた人を誰でも相手にして話をしたり、並みいる一同の者に息をのませたり、王侯の耳をあらゆる種類の話題で疲れさせることなく楽しませたり、というようなことを楽々とやってのける力がまったく欠けている。……。

私はそれに、しっかりした、引き締まった体躯を持っている。顔は肥えてはいないが肉がのっている。気質は、陽気なのと陰鬱なのとのあいだで、中程度に血の気があり、熱気がある。……健康は、かなりの年齢になるまで強壮、快調で、病気にはまれにしか冒されなかった。……身のこなしの巧みさ、敏捷さを、私は持ったことがない。……音楽については、声楽でもまた器楽でも、人は私に決して何も教えこむことができなかった。……ダンスもボーム遊びも、レスリングも、私は、ほんのちょっとしたごく一般的な実力しか身につけられなかった。水泳、剣術、跳躍、飛躍はまったくだめだ。手はしても不器用で、自分のためだけにもきちんと字を書くことができない。そのようなわけで、私の書きなぐったものは、わざわざ苦労して読み解くより、書き直すほうが私にはいいのだ。読むほうも、書くのよりうまいわけではない。

（荒木昭太郎訳『モンテーニュ　エセーⅡ』中央公論新社、二一一―二一二頁）

モンテーニュは、第三巻第九章の「むなしさについて」においては、自分の長所についても、すなわち、乗馬が得意なことを、次のように述べている。

適度な運動は身体に元気をつける。私は降りないまま馬に乗り続ける。私は腎石のでる体質なのだが、それで困ることはなく、八時間も、一〇時間も馬に乗り続ける。

（荒木昭太郎訳『モンテーニュ　エセーⅢ』、中央公論新社、四〇四頁）

モンテーニュは、四五歳のときに最初の腎臓結石の発作に襲われ、以後持病となる。六月二二日、彼は、同行者五人とその従者と共にスイス、ドイツを経由してイタリア旅行に出かけた。九月、プロンピエール温泉に到着。一一月三〇日、ローマに到着。翌年四月一九日、ローマを出発。五月、デラ・ヴィラ温泉に到着。九月七日、ボルドー市参事会が彼を市長に選出したという通知を受け、再びローマ訪問後、帰途についた。一一月三〇日、モンテーニュの城館に帰った。モンテーニュがイタリアへの旅を思い立った原因としては、腎臓結石による苦痛に温泉療法を試みること、すなわち温泉水を多量に摂取することによりで少しでも直したいという願望をあげることができるであろう。しかし『エセー』、第三巻、第九章の「むなしさについて」では、第一に「さまざまな新しい未知のものごとを渇望する気質」が旅行したいという欲望を養い育てたことを強調している。第二にこの旅行に導いたもうひとつの理由は、「われわれの国の現在の品行風俗と合致しない」ことをあげている。フランスでは「うち続く内戦の乱脈ぶりが長く続いていて、国がひどく筋からはずれた状態のなっている」からである。第三に旅行することは、「ひとつの有益な訓練」を与えていることを指摘している。すなわち、外国で「未知の新しいものごとに出会って「絶え間のない訓練をうける」ことである。モンテーニュは、この旅行をたんなる思いつきで企画したのではなく、長年にわたって考えてきたことを、次のように述べている。

若いころ私は、私の陽気な情熱のかずかずを思慮深さによって覆いかくしていた。年をとった今は、私のもの悲しげなものを思い切り派手にあらわしだす。またさらにプラトンの『法律』でも、巡遊の旅をいっそう有用で教養に役立つものにするため、四〇歳から五〇歳以前で旅をすることを禁じている。……。

「でも、そんなお年では、それほどの長旅をなさると、お宅までお帰りになれなくなるのではありませんか」。それがどうだというのだ。帰ってくるために、またそれを完全にやりとげるために、私は旅行を企てるのではない。私はただ、それが私にとって楽しい間、自分を揺り動かそうと企てるだけなのだ。そして散歩するために散歩する。利益や兎を追いかけて走るのではない。……。

私の計画はどのようにでも分割できる。それは、種々の大きなもくろみにもとづいてはいない。一日一日の行程がその終わりとなっているのだ。私の人生の旅も同じように運ばれている。

（荒木昭太郎訳『モンテーニュ　エセーⅢ』、中央公論新社、四一二―四一三頁）

モンテーニュにとって、旅とは、無事に目的地に着くことでも、無事に城館に帰ることでもない。それは、「知らない土地を歩きまわること」「それがもたらす出会いを楽しむこと」であった（齋藤広信著『旅するモンテーニュ』、法政大学出版局、二〇一二)。

パスカルは、『エセー』から多くのことを学びながら、モンテーニュの死生観に対して、『パンセ』(一六七〇)のなかで、キリスト者の立場から厳しく、次のように批判している。

モンテーニュの欠陥は大きい。みだらな言葉。グルネー嬢がなんと言おうと、これはまったく価値がない。……。自殺や死についての彼の気持ち。彼は救いについての無関心を吹き込む。「恐れもなく悔いもなく」。彼の著書は人を敬虔にさせるために書かれたものでないから、この義務はなかった。しかし、人をそれからそらさないという義務は、どんな場合にもあるのである。人生のある場合における彼の、少し手放しで、享楽的な気持ちは許すことができる。七三〇、三三一。しかし、彼の死に対する全く異教的な気持ちは許すことができない。なぜなら、少なくとも死ぬことだけは、キリスト教的にしようと願わないのだったら、敬虔の心をすっかり断念しなければならないからである。ところが、彼はその著書全体を通じて、だらしなくふんわりと死ぬことばかり考えている。

(前田陽一訳『パンセ』、中央公論社、八六頁)

アイザー・バーリンは、『ハリネズミと狐――「戦争と平和」の歴史哲学』(岩波文庫、一九五二)のなかで、ギリシアの詩人アルキロコスの「狐は沢山のことを知っているが、ハリネズミはでかいことをひとつだけ知っている」という詩句を提示し、この言葉の解釈はさまざまなことを指摘した上で、作家と思想家をハリネズミ族と狐族に大別し、パスカルとモンテーニュの思想の違いを指摘している。ハリネズミ族は、すべてのことをただひとつの普遍的な組織原理によって、あるいは単一の基本的な見解や体系によって理解する人であり、プラトン、ダンテ、パスカル、ヘーゲル、ドストエフスキー、ニーチェ、イプセンが属している。

他方、狐族は、しばしば無関係で互いに矛盾している多くの目的を追求する人であり、ヘロドトス、アリストテレス、モンテーニュ、エラスムス、ゲーテ、プーシキンが属する。この分類により、パスカルとモンテーニュの思想の違いを知ることができる。

また竹田篤司氏は、『フランス的人間』（論創社）のなかで、パスカルを次のように解釈している。

『パンセ』の性格やその読み方と切っても切れない関係にあるものは、『パンセ』に対する作者パスカルの位置である。従来『パンセ』は、とかく作者の内面の日記、ないし告白として受けとられてきた。そこで作者と作品とはぴたりと寄りそってしまう。『パンセ』はいわば「悩める魂の記録」という感じになってくる。きわめてロマンチック、ないしセンチメンタルなパスカル像、『パンセ』が浮かび上がってくる。しかしすでに見たように、『パンセ』は本来無神論者、懐疑論者立ちを論破し説諭するための、術策の書であった。

（『フランス的人間』、三六頁）

モンテーニュについては、次の著書を参考にした。
荒木昭太郎著『モンテーニュ』（中公新書、二〇〇〇）、大久保康明著『モンテーニュ』（清水書院、二〇〇七）。

大衆人（利己主義者で他人を支配したがる人たち）の登場

一九世紀末になると、資本主義と産業化の進展にともなって、人間生活のあらゆる分野において大きな変化が見られるようになった。生産規模の飛躍的拡大と賃労働者の出現、大量生産と大量消費の普及、交通とマス・メディアの発達、教育の普及のなかで政治、経済、文化などの領域で「市民」にかわって「大衆」が登場し始めた。こうして社会形態は市民社会から大衆社会へと変容した。

スペインの思想家オルテガ（一八八三―一九五五）は、『大衆の反逆』（一九三〇）のなかで、ヨーロッパにおいてエリートではない大衆が社会的勢力の中枢に躍りでたことにより、人々の生活が最大の危機に直面していること告知する。ここで大衆とは、特別な資質を備えていない人々の集合であって「平均人」のことである。彼らは、「自分の歴史をもたない人間、つまり、過去という内蔵を欠いた人間」であり、「大衆人は、ただ欲求のみをもっており、自分には権利だけがあると考え、義務をもっているなどとは考えもしない。つまり、彼らは自らに義務を課す高貴さを欠いた人間であり、俗物なのである（桑名一博訳『大衆の反逆』、白水社、二一〇頁）。

オルテガは、この大衆人を「凡俗な（ありふれた、高尚でない）人間」と呼び、「現代の特徴は、凡俗な人間が、自分が凡俗であることを知りながら、敢然と凡俗であることの権利を主張し、それをあらゆる所で押し通そうとするところにある」（同訳、五八頁）と主張している。すぐれた人間と凡俗な人間とは、次のように区別されている。「すぐれた人間とは、自分自身に多くを課す者のことであり、凡俗な人間とは、自分自身に何も課さず、現在あるがままのもので満足し、自分自身に陶酔している者である」（同訳一〇七頁）。

オルテガは、ヨーロッパの歴史は、今や初めて凡庸人の決定にゆだねられたとし、『満足しきったお坊ちゃんの時代』に入ったことを指摘し、「大衆人」という新しい人間のタイプの心理構造を、次のように説明している。

第一に、大衆人は生まれたときから、生は容易であり、あり余るほど豊かでなんら悲劇的な限界をもっていないという根本的な印象をもっている。したがって、平均的な各個人は自分のうちに支配と勝利の実感をもっている。

第二に、この支配と勝利の実感が彼にあるがままの自分を肯定させ、彼の道徳的、知的財産はりっぱで完璧なものだと考えさせる。この自己満足の結果として、彼は外部からのいっさいの働きかけに対して自己を閉ざし、他人の言葉に耳を傾けず、自分の意見を疑ってみることもなく、他人の存在を考慮しなくなる。

第三に、彼はあらゆることに介入し、なんらの配慮も内省も手続きも遠慮もなしに、つまり「直接行動」の方式に従って、自分の低俗な意見を押つけることになる。

（桑名一博訳『大衆の反逆』、一四四―一四五頁）

またオルテガによれば、「大衆」という言葉は「労働者大衆」を指すものと考えてはならない。ここで大衆とは、ひとつの社会階級を指すのではなく、あらゆる階級のなかに、すなわち、政治家、学者、教師、科学者、農民などのなかに見出すことができるものである。ところで、今日社会的権力を行使している者は誰であろうか。疑いもなくブルジョワジーである。それではブルジョワジーのなかですぐれた階級として考えられているのは誰か。それは科学者である。したがって、科学者は大衆人の典型ということになる。しかもそれは、科学者の個人的欠陥によるのではなく、科学そのものが科学者を自動的に大衆人に変えているからである。その原因は機械化にあるとし、次のように述べている。

物理学や生物学で行なわなければならないことの大部分は機械的頭脳労働であり、それはいかなる人にでも、あるいはそれ以下の人にでもできる仕事である。無数の研究者が効果をあげるためなら科学を小さな断片に分割し、研究者がその一つに閉じこもり、他をかえりみなくてもかまわないのである。……自然に関する新事実を発見した研究者は当然ながら自分のうちに支配感や自信を感じるはずである。彼は表面的な判断から自分自身を「ものを知っている人間」だと考えるだろう。……専門家は自分が研究している宇宙の微々たる部分については実によく「知っている」が、それ以外のことについてはまったく何も知らないのである。

（『大衆の反逆』、一六〇頁）

この不作法でマナーを知らない大衆人、すなわち、最新の野蛮人は、社会の中枢で活躍しているだけでなく、集団で何かを成し遂げようとするとき、職場や親族などのあらゆる場所で登場し、対立と混乱をもたらしている。大衆人は、他人の言葉に耳を傾けることなく、上から目線で自己の主張のみを推し進め、他人の意見を理解しようとする姿勢を欠如している。集団のなかで、ある方針や試みを実現しようとしても、この大衆人は、自己の主張にのみこだわり、異なる意見を理解することができない。この大衆人の増加こそ、今日、わが国において家族の崩壊を促進している要因のひとつと見なすことができるであろう。

少子高齢化

私は、五〇歳頃から秋田の横手に帰省するたびに、子どもの数が少なくなったという声を聞くと共に、ときおり「また中学校が統合された」「今度は小学校が統合された」という声を聞いてきた。さらに一〇年ほど前から「秋田県は人口が減少したので、教員の採用数が少なくなり、教員になることが難しい」と言われてきた。日本全国で人口が急激に減少しているのに、政府、国会議員、知事、市長は、この問題の解決に真剣に取り組もうとしていない。これでいいのだろうか。少子高齢化がこれほど顕著になっているのに、人々は政治家に対して厳しい要求をつきつけようとしない。その原因のひとつは、人口減少による危機を認識しようとしないで、他人の意見に耳を傾けず、自分の利益のみを平然と要求する大衆人が多くなったからであろう。各家庭において、兄弟や姉妹が二人ないし三人の場合にはひとりの大衆人が、四人ないし五人の場合には二人の大衆人がいると言えるようだ。家庭において両親が病気になったとき、あるいは親の介護が必要になったとき、あるいは遺産相続がおこなわれたときに、大衆人がひとりでもいると、話し合いは不可能で、家族の崩壊が決定的になる。

日本の人口は現在日々減り続けており、私たちは「少産多死の時代」を生きている。河合雅司氏は、『未来の年表』（講談社現代新書、二〇一七）のなかで、日本の喫緊の課題として、出生数の減少、高齢者の激増、社会の支え手の不足、これらが互いに絡み合って起こる人口減少をあげている。そして第一部「人口減少カレンダー」において、二〇二二年に「ひとり暮らしの社会」が本格化することを指摘している。日本では現在人口が減少しているのに世帯数は増え続けている。なぜ世帯数が増え続けているのか。それはひとり暮らしの世帯が拡大しているからである。従来「夫婦と子ども二人」という家庭が標準的世帯であったが、二〇一〇年にひとり暮らし世帯が国勢調査でトップに躍り出た。それは子どもと同居しない高齢者が増大したからである。現代は「子どもと同居しない高齢者の増大」「未婚者の増加」「離婚の増加」により「家族」が消滅する危機を迎えている。

また前田正子氏は、『無子高齢化』（岩波書店、二〇一八）において、日本の少子高齢化が、すさまじい勢いで進んでいることを指摘した上で、二〇一六年に日本で生まれる出生児数が一〇〇万人を切り、約九七・七万人となったとし、「少子化が進むと共に毎年約五〇〇校もの小中高が廃校になっている」ことを強調している。そして少子化が進んだ諸事情を明らかにし、その対策として次のように述べている。

若い世代が安定した仕事に就き、望めば安心して結婚し、子どもを産み育てるようになるには、何よりもまず貧困対策と就労支援が欠かせない。そして保育問題に限らず、妊娠期から青年期までの包括的な子育て・若者支援政策を体系化することが一日も早く必要だ。今までのように不十分な財源で、小出しの施策を打ち出すようでは、少子化の克服はありえない。このままでは本当に、子どもの生まれない「無子高齢化社会」になりかねないのだ。

（『無子高齢化』、八頁）

多くの人が「少子高齢化」の問題に関心をもち、この問題を克服する道を探して、政治や社会において話し合い、未来を明るくする施策を実現するように努めなければならない。

反省録と日記を書き始める

高校卒業後、二年一ヶ月の間、秋田市の商店で働き、その後約一一ヵ月の間、自宅で受験勉強をした。昭和三三年四月、幸運にも第一志望の東京教育大学に入学することができた。私は、そのときこれからの自分の人生を有意義にするために、反省録と日記を書くことにした。その後、倫理学やヒューム、J・S・ミルの思想を知るようになると、自分の人生観を構築する際に、ミル（川名雄一郎・山本圭一郎訳『功利主義』、京都大学学術出版会）の次の文章を手がかりにするようになった。

人間の苦悩（suffering）の主要な源泉はすべて人間が注意を向け努力することによってかなりの程度克服できるし、それらのうち大部分はほとんど完全に克服できるものである。これらを取り除くことは悲しくなるほどに遅々としたものであるが――苦悩の克服が成し遂げられ、この世界が完全にそうなる前に何世代の人が姿を消すことになるだろうが――意思と知識さえ不足していなければ、それは容易になされるだろう。とはいえ、この苦痛との戦いに参画するのに十分なほどの知性と寛大さをもっている人ならば誰でも、その役割が小さくて目立たない役割であったとしても、この戦いそれ自体から気高い楽しみを得るだろうし、利己的に振る舞えるという見返りがあったとしても、この楽しみを放棄することに同意しないだろう。

（『功利主義』、二七六―二七七頁）

ミルは、この文章において、人間の苦悩の主要な源泉は、人間が努力することによってかなりの程度克服できるし、苦悩の大部分はほとんど完全に克服できるものだと述べている。確かに人間が病気や事故などに直面したときには、簡単に回復できるものもあるが、難病や飛行機事故のように回復できないものもあることを認めなければならない。だがミルは、人間の苦悩について、「克服できるものだ」というかなり楽観的な見解をもっていた。私も大学時代や一九五〇年代までは、人間の苦悩の多くは「克服できるものだ」と思っていた。他方、ミルは、『功利主義』のなかで正義と便宜の間のちがいを論じた箇所で、次のように述べている。

恩恵（benefits）を受けながら、必要とされているときにその恩恵に対して返礼することを拒否する人は、もっとも自然で理にかなっている期待（expectation）のうちのひとつを裏切ることによって、そしてその人が少なくとも暗黙的に抱くように仕向け、それがなければ恩恵がもたらされることはまずなかったと思われるような期待を裏切ることによって、実際に危害を与えている。人による害悪や不正のなかで期待を裏切ることが重要な地位を占めていることは、それが友情（friendship）に背いたり約束（promise）を破ったりするという二つのきわめて不道徳な行為の主要な違反要件になっているという事実に示されている。習慣的に、また十分に確信して信頼しているものを必要としているときに裏切られることほど、人が受けうる危害が重大なものはほとんどないし、これ以上の大きな危害を受けるものはない。

（前掲書、三四〇頁）

ミルによれば、長い間恩恵を受けながらその恩恵に対して返礼することを拒否する人は、恩恵を与えた人が必要なときに期待にそむくことになり、そのような振る舞いほど相手を傷つけるものはない。世の中で大衆人と見なされる人は、自分が援助を必要とするときには、友人や親族の援助を当然のこととして要求しながら、友人や親族が援助を必要にするときには、その恩恵に対して返礼を拒否し、まるで見知らぬ人に対するように振る舞うのである。親族とは、家族愛によって結ばれているが、恩恵を与える人にして、その人を親族として扱い、思いやりを忘れてはならないのである。だが、親族の中には恩恵を受けながら、その恩恵に対して感謝せず、利己的に振る舞う人が少なからずいる。こういう人間がともすれば学校や会社などで出世するのである。また友人とは、一般には性愛や家族愛によってではなく、善意（benevolence）によって結ばれた人のことである。ところが、ずる賢い人や利にさとい人は、ある事柄をめぐって、彼の利益や保身のみを配慮して、うまく立ち回る。このような態度ほど期待を裏切るものはない。他方、ひとりよがりの善意が相手の人を傷つけること、過度の親切が他人の重荷になることにも留意しなければならない。

また老年になると友情を壊すものとして「妬み」があげられる。私は、六〇歳を越えてから親友と思っていた人が、私が仕事を続けていることを「妬む」ようになり、メールのなかで私の仕事を嘲笑するようになったのに驚かされた。そこで私は、メールのやりとりを中断せざるを得なかった。妬みが強くなると「善意」とか「思いやり」が弱くなるように思われる。さらに私は、金銭にこだわる人の多くが平然と嘘を述べることを知ってから、嘘を述べる人は人格そのものに欠陥があると考えるようになった。そのせいか、ブッダの「証人として尋ねられたときに、自分のため、他人のために、または財のために、偽りを語る人――彼を賤しい人であると知れ」（『ブッダのことば』、岩波書店、三三―三四頁）という文章に共感するようになった。今日の日本では、親の介護、相続争いなどにおいて、裁判などにおいて、証言の際には真実を述べると言いながら、利害のために平然と嘘をつく人が多くなっている。

藤原保信氏の『学問へのひとつの道』を読んで

私に自伝をまとめることの意義を気づかせてくれたのは、早稲田大学教授であった藤原保信先生が一九九四年六月五日、午前八時四九分、敗血症のために逝去されたことであった。私は、日本イギリス哲学会の理事会で交流があったので、六月一二日、午後六時半から築地カトリック教会でおこなわれた藤原保信教授の「お別れ会」に出席し、退席する際に遺著『学問へのひとつの道―働くことと学ぶこと』をいただいた。この遺著を途中の電車の中で読み始め、帰宅後も読み続けた。私は、この遺著を読んで、藤原保信先生が一九三五年九月四日生まれであり、私は、一九三六年九月五日生まれで、丁度一年違いであることを知った。遺著の副題「働くことと学ぶこと」は、藤原保信先生が四人兄弟の長男として家業の没落後、本格的な農業に従事し、田植えや草取りなどの仕事に従事したことなどが述べられている。

藤原保信先生は、中学卒業後、南安曇野農業高校に入り、高校三年のときに日東紡績で働きながら夜学で学ぶという道を選択されたことを知った。私は、長年日本イギリス哲学会で編集委員会などの仕事をしながら、お互いが歩んできた道を知らなかったことを痛感すると同時に、病魔と闘いながら研究を続けられた藤原保信先生の「もう少し生きて仕事を続けたい」と願い続けた心境を知ることができた。

藤原保信先生は、昭和三四年三月、早稲田大学第二政治経済学部卒業。四月、同大学大学院政治学研究科に入学。昭和四〇年三月、大学院政治学研究科博士課程を修了し、同年七月、早稲田大学政治経済学の助手となり、学問への道を進むことになった。

藤原保信先生の『学問へのひとつの道』は、一、安曇野風景、二、働きながら学ぶ、三、学問への道、四、学問の世界から構成されている。さらに「あとがき」ならぬ「なかがき」のなかで、藤原先生は、自分の病気について、次のように記されている。

たしか昨年一〇月の二八日の午後であったかと思う。大学の診療所の所長から突然電話がかかってきた。聞くと血小板と白血球が急に少なくなっており、早急に専門医の診察が必要とのこと……さっそく東京女子医大の溝口先生に診ていただいた。……やはり多発性骨髄腫と診断された。……その治療法は、最初の三週間における注射と投薬、ついで三週間インターフェロンの注射という計六週間のパターンを三クールくり返すとのことであった。……ところが二クール目が始まり、インターフェロンに移ったころ、突然変化が起こった。血小板が増大するどころか減少し始めたのである。溝口先生の判断で、様子を見るために治療は一時中断されることになった。危険ではあるが、体調はよくこの間大学にも出、入試にも関係した。ところが四月も半ばを過ぎたころ、次第に首筋から肩にかけてかなりの疼痛が走るようになった。五月の連休ころになるとこれも次第に激しくなり、……二回目の入院である。

（藤原保信著『学問への道』、二〇一―二〇二頁）

このとき藤原保信先生は、「今度は生きて帰れないかも知れない。さまざまな思いが脳裏をよぎった」と語り、やり残した仕事のことを考えたが、これらは誰かが引き継いでくれるかも知れないが、自分にしかできない仕事があることを、次のように述べている。

自分だけにしかできない仕事がひとつある。それは政治学者になるまでの――いななってからも含めて――自分の人生を回顧しておくことである。幼くして父を戦争で失い農業高校を出、働きながら第二学部（夜間部）に学び、政治学者になった自己のユニークな過去を記述しておくことである。自分が何を考え、どのように生き、何のために、どのような政治学者になったかを明らかにしておくことである。これはたんなる個人史以上のものを含む。それは少なくとも戦後の精神史の一齣《ひとこま》であり、少し大げさに言えば政治学そのものの根本的あり方にかかわる。過去において私の講義に出席し書物を読んでくれた人びと、そして将来も読んでくれるであろう人びとへの責任であるように思えたのである。

（藤原保信著、同書、二〇二頁）

藤原保信先生は、毎年数冊の研究書を発表され、日本イギリス哲学会では常任理事、編集委員長などを担当され、研究大会では司会者として若い研究者の報告に対して的確な助言をされていた。私はこの学会で藤原保信先生と知り合い、多くの卓越した研究書をいただいた。具体的には『近代政治哲学の形成―ホッブズの政治哲学』（早稲田大学出版部、一九七四）、『政治哲学の復権―新しい規範理論を求めて』（新評論、一九七九）、『ヘーゲル政治哲学講義―人倫の再興』（御茶の水書房、一九八二）、『自由主義の再検討』（岩波新書、一九九三）などである。私は、これらの研究書を知るようになり、「藤原先生は若いときから研究一筋で歩んでこられた人である」と思いこんでいた。以前に早稲田大学の藤原研究室で『イギリス哲学研究』の編集・校正を終了したとき、先生は自らは飲まないにもかかわらず、ビールをついで「ご苦労様でした」と慰労してくださったことを思い出す。藤原保信先生は、「まだ仕事が残されている。死にたくない」と心の中で叫びながら『自由主義の再検討』をまとめ、さらに『学問へのひとつの道』をまとめられた、先生の強靭な精神力に敬意を表したい。

妹・佐々木保子の生き方

私が自伝をまとめることを決意したもうひとつの出来事は、私のすぐ下の妹・佐々木保子が平成二二年二月一七日に由利本荘市の本庄第一病院で胃がんで死去したことである。保子は幼いときに左の腕を乳母車にひかれて、生涯左の腕が不自由であった。小学校に入ると、体育の授業ではいつも参加できず、孤独をかみしめていた。彼女は、平成二一年八月に胃がんの病状が進んで手術できないことを知ってから死ぬまでの間に、私に彼女がその人生において周囲の人からどのように扱われてきたかを告げるし共に、自ら決断して

「鳥海の園」（心身障害者のコロニー）の介護者となったことなどを話してくれた。保子は、いつも穏やかに微笑みながら話していたが、人間を見抜く卓越した能力を保持していた。彼女は、死に直面して葬式をどのようにおこなうか、どこの墓に入るか、財産をどのように分けるかなどの問題をひとつひとつ片付けて、死を迎えた。保子のつらい話を聞いていると、私たち家族、三人の兄ともうひとりの妹が、保子の苦しみにいかに「無関心」であったかを痛感させられた。とりわけ、私自身が彼女が悩んでいたときに、相談にのることができなかったことを後悔した。保子は、家族の将来のことを考えて、財産をできるだけ公平に残すように配慮したが、恩恵のみを受け、返礼することを拒否した親族には断固として財産を残そうとしなかった。私は、自伝をまとめる際に彼女の生き方と死に方を、できるだけ明らかにしたいと考えるようになった。

横山大観との出会い

私は、自伝をまとめるにあたって、私は、藤原保信先生の遺書『学問へのひとつの道』から手がかりをえたが、「ガンジス河の沐浴」と重なり合い、それを補充する「自伝らしきもの」を数年間探していたが、見つけることができなかった。ところが、二〇一八年の五月頃だったと思うが、偶然NHKテレビで「横山大観の生誕一五〇年」をとりあげた番組を見た。そこでは横山大観の作品を紹介しながらその評価などをめぐって展開されていた。そのとき大観研究者の中に横浜国立大学で同僚であった古田光氏の息子・亮さんがいることを知った。数日後、私は、八重洲ブック・センターの八階で、古田亮監修・著『もっと知りたい横山大観―生涯と作品』（東京美術、二〇一八）、別冊太陽『気概の人　横山大観』（平凡社、二〇〇六）を購入し、翌日アマゾンで、古田亮著『横山大観』（中公新書、二〇一八）、『横山大観　大観画談』（日本図書センター、一九九九）、『大観自伝』）講談社学術文庫、一九八一）を注文し、これらの著書を通じて大観の作品を知ると共に彼の人柄を理解することができた。また大観は八〇歳を過ぎてから『画談』の速記を許し、明治二六年二月に『画談』の収録を終えた。この『画談』は、雑誌『群像』に発表されると共に、各方面から「生きた国宝の自伝」として好評を博した。大観は、「絵そのものが事実だ」として自分の作品について詳細に語ることを好まなかったが、問いを重ねて貴重な自伝の原稿をまとめることができた。

横山大観は、明治元年九月一八日に水戸藩士酒井捨彦の長男として水戸で生まれた。明治元年に維新により明治新政府が成立し、江戸を東京と改称した。そこで大観の数え年は明治の年号と一致する。

幼名は秀蔵、のちに秀松と改める。明治一一年、一家で上京し、神田五軒町に住み、湯島小学校に通った。明治一四年、大観は湯島小学校を卒業。東京府立中学校（日比谷高校の前身）に入り、成績優秀につき飛級で半年早く卒業した。明治一八年、父が測量や地図製作を仕事としていたことから、父は、息子が工科系に進むことを期待し、大観も建築設計の道に向かうことを漠然と考えていた。そこで大観は、一般受験者として大学予備門を受験すると同時に、府立中学卒業者に受験資格が認められていた大学予備門の両方をかけ持ち受験した。ところが、試験会場でかけ持ち受験をしたことが発覚し、大観を含めて一六名の合格が取り消しとなった。大観は、この事件で大きなショックを受け、父が再度の予備門受験を勧めたが、工科系に進むことを拒否し、私立東京英語学校に入った。横山大観は、このかけ持ち受験について、『大観自伝』のなかで、次のように述べている。

人間の運命というものほどわからないものはありません。私が私の最初の志望どおり、大学予備門附属の英語専修科の試験に合格し、すらすらと予備門に進めたら、おそらく画家としての私というものは存在しなかったことでしょう。そうすれば、一個の横山秀麿として、さあ工学士ぐらいにはなっていたでしょうか。これはもちろん私の父の意志でもありました。

（『大観自伝』、一四頁）

大観が東京英語学校を選んだのは、当時流行していた英語を勉強すればいつかは役に立つと考えたからであろう。彼はアメリカに渡ることも夢見て上野の図書館で英字新聞を読んで勉強したらしい。また在学中に約三年間、日曜ごとに洋画家である渡辺文三郎に鉛筆画を学んだ。

大観は、明治二一年（二〇歳）一月、母方の親戚、横山家の養子となった。東京英語学校を卒業。この頃大観は、絵が好きなことを自覚するようになり、日本画家である結城正明の指導を受けた。また東京美術学校が創設されることを知り、東京美術学校（現在の東京芸術大学）に入って画家になることを決意した。翌年一月、志願者一三八人であったが、大観は、なんとか六五名の合格者のなかに入ることができた。美術学校では橋本雅邦（一八三五―一九〇八）らに画技の基礎を学んだ。明治二三年一〇月からこの学校の校長を務めていたのが岡倉天心（本名、覚三、一八六三―一九一三）である。彼は、福井藩士で横浜の貿易商石川屋の次男として生まれた。東京大学時代にアメリカ人教授フェノロサ（一八五三―一九〇八）と出会い、日本美術研究に関して多大な影響を受けた美術研究家、思想家であった。大観は、ここで岡倉天心と知り合い、彼から東洋を基礎とする理想主義を教えられ、生涯この理想主義を信条とした。大観が生涯を通じて師と呼んだのは岡倉天心ひとりであった。大観は、岡倉天心について次のように述べている。

岡倉さんは美術はアイデアである、理想で行かなければならぬというのが眼目でありまして、写生に行っては芸術は衰えるぞいうことは絶えず前から言っておりました。日本画は岡倉さんの言われた精神的に行かねば嘘だと思います。芸術における作品の対象は、自然と人生であって、春夏秋冬とか月雪花とかもしくは喜怒哀楽の外何物も無いのでございます。これは千古変わらないのであります。

（横山大観記念館編『大観のことば』、鉦鼓洞、一二頁）

父親は、絵描きなどは「男子の志すものではない」とし、学費を出してくれなかった。そこで大観は、小学校の理科の教科書などの挿図を描いて学資をかせいだ。大観は、専修科三年のときには《猿廻》を描き、明治二六年の卒業制作では《村童観猿翁》を描いた。この作品では師の雅邦を猿廻しの翁になぞらえ、同期の一一人の幼な顔を想像して描いた。遊び心のある発想法と構成力の非凡さを評価されて八六点という最高点を与えられた。古田亮氏は「こうした表現方法を見ると、大観がひとつの流派や伝統描法に則った描き方を踏襲するのではなく、自発的な研究と工夫によって独自の方法を模索していたことが窺われる」と高く評価している。ところが、大観の学科の成績がきわめて悪く、結局下から二番目という順位であった。この作品には大観の豊かな想像力と「子ども好き」が見出される。孫の横山隆氏によれば、「祖父は、幼児をじっと見つめ『子どもはいいものだ、あの無心な顔、澄んだ目が素晴らしい』と言いながら飽きもせず見つめていることが多かった」と指摘されているのが思い出される。私は、教育に長年従事して、教員にとって一番大切なことは、「子ども好き」なことがあげられる。自分の子どもしか愛せない人は教師に適していないように思われる。大観の子ども好きを示すのは、明治三〇年の《無我》で、天真らんまんな幼な子があどけなく立つ姿で「無我」の世界を描こうとしている。

横山大観は、東京美術学校を卒業し、東京美術学校予備校の教師、明治二八年四月、京都市美術工芸学校

教諭となり、京都に移住。同年一〇月、大原女《おはらめ》の健康美の話などから結婚問題がこじれ、翌年三月東京に戻る。明治二九年五月、東京美術学校の図案科の助教授になった。翌年一一月、滝沢文子と結婚。

明治三一年三月（三〇歳）、東京美術学校の内紛により岡倉天心を誹謗中傷する怪文書が出回り、岡倉天心が校長を辞職した。文部省のこの措置に憤慨した教授、助教授、嘱託ら三〇名をこえる教職員が辞職した。このとき大観は懲戒免官であった。同年七月、岡倉天心は、谷中初音町に大学院のような教育研究機関である日本美術院を創設した。この第一回展に大観が出展したのが《屈原》であった。明治三三年、この頃、横山大観、菱田春草らは、岡倉天心が「空気を描く方法はないか」という問いに対して、無線彩色の新しい方法として提示したのが朦朧体《もうろうたい》であった。

明治三五年一一月、妻文子（二七歳）が肺を患って死去。翌年一月、大観と春草は、インドから帰られ岡倉天心にインドに行くことを勧められた。そこで二人は、三年計画でティベラ王国の国王宮殿の壁画を描くという目的でインドに渡ったが、連絡不十分により、王国に入ることができなかった。五月、コルカタでふたりの作品展を開催し、七月に帰国した。明治三七年二月、岡倉、春草らとともに渡米し、一一月、ボストンにて作品展を開催した。翌年七月、アメリカからロンドンに渡り、フランス、ドイツ、イタリアを経て八月に帰国した。インドに関する作品としては、明治三六年の《釈迦と魔女》、明治三九年の《ガンジスの水》と明治四九年の《流燈》があげられる。明治三九年七月、遠藤直子と結婚。一一月、日本美術院が茨城県の五浦《いづら》に移された。横山大観は、下村観山、菱田春草、木村武山と共に各家族を伴って同地に移住した。翌年四月、父捨彦肺病で死去。明治四一年九月、五浦の居宅が全焼。明治四四年九月、親友菱田春草（三八歳）が死去。明治四三年六月から七月にかけて寺崎広業ら三人と中国を旅行。大正二年（四五歳）一月、妻直子肺病で死去。一二月、関屋静子（二五歳）と結婚した。

岡倉天心は、大正二年九月二日、五二歳の人生を終えた。大観は、岡倉の死に直面して日本美術院再興の決意を新たにした。大正元年、第六回文展に洞庭湖付近の景勝地を描いた作品《瀟湘八景《しょうしょうはっけい》》を出品した。夏目漱石は、この八景を伝統的な山水画と異なる大観独自のものを生み出したと高く評価した。大観は、「悲愁一二年」のなかで、「私はこの一二年間に八人の最も親しい者に死別しました。……心の痛みはほとんど絶える間もありませんでした」『大観画談』と述べている。その中には恩師の岡倉天心と親友の菱田春草の死も含まれていた。

大正一二年九月、全長四〇メートルの作品《生々流転《せいせいるてん》》を再興第一〇回院展に出品したが、午前一一時五八分、関東大震災が起こり、院展は閉会した。

私が大観の作品のなかで特に関心を抱いているのは、第一には明治三六年にインドに行き、明治三九年に《ガンジスの水》、明治四二年に《流燈》を描いたことである。《ガンジスの水》では、私が見た穏やかなガンジス河ではなく、満潮で荒れ狂う河の姿を描いている。《流燈》では盛装した乙女が素焼きの器に火を灯しガンジス河に流してその行方を見つめる姿を描いているが、よく見ると、インドの民族衣装をまとっているが、顔は日本人をモデルにしている。それは、ガンジス河はヒンドゥー教徒だけの河ではなく、すべての人のための深い河であることを意味していると解釈することもできよう。第二にマツの木に関しては、今の段階では大正二年の《松並木》と大正一二年の《生々流転》に注目することにしたい。《松並木》を見たとき、高くて太いクロマツの姿が枠をとびだしてくるように感じた。大観は、「芸術は創造である。いかなる場合においても摸倣はこれを排斥せねばならぬ」（『大観のことば』、鉦鼓洞、七頁）「日本画は有形の物象をかりきって、無形の霊性を創造し、物象とその裏に潜む無形との渾然一如の相を表現しまた象徴する。客観的事物を単に写実的に説明するのではない」（同書、四頁）と述べている。マツの木々の描写においてこれらの精神が具体的にどのように生かされているかを、私はまだ指摘することができない。これから大観のマツの木を描いた作品を繰り返し見ると共に、安来市にある足立美術館を訪れてマツの木々と山とのかかわりを理解するように努めたい。

自伝について

私は、実は三二歳の誕生日に、過去をふり返って自伝をまとめるために、過去の貴重な思い出をできるだけ早く書きとめておこうと考えた。しかし、「まだ三二歳だというのに、過去をふり返って自伝を書こうとするのは、時期尚早ではないか」「現在必要なのは、過去をふり返ることではなくて、社会の動向を注視しつつ、自己の思想を強引に確立して進むことではないか」といった反論が浮かんできた。私は、若いときには「日記を書き、それをたまに読み返して反省することは大切であるが、過去をなつかしく思い浮かべるべきでない」と考えてきた。大学で学生に講義するときにも「過去をふり返るよりは、将来を考えて、我が道を進むべきであろう」と主張してきた。この持論は最近まで間違っていないと思っていた。ところが、八〇歳の誕生日を迎え、私よりも若い人（たとえば、義兄の竹内謙氏）が医師に「残り数ヶ月の命」と言われ、机に向かって懸命に自伝をまとめていた姿を見たり、親しい友人から自伝らしい研究書をいただいて読んで感動したときに、突然「死を間近にして自伝を書いても、多くの人は病気の状態や家族との別れに気をとられてしまうのではないか」と思うようになり、机に座って過去を冷静に回顧することができる今こそ、自伝をまとめる時期だと改めて強く意識するようになった。

自伝とは、一般に政治や商売などの分野で成功し、功なり名を遂げた人が、晩年に死を意識するようになり、自己満足の心境において自分の生涯を回顧した著書を意味すると見なされている。それゆえ、自伝は常に執筆者のおもての顔である。読者は、執筆者が彼の生涯をもっともらしく語れば語るほど、その背後に語られていない。重要な事実が秘められていることを見抜くように努めなければならない。

〈D・ヒュームの場合〉

一般に「自伝」は、研究者にとっては、著者の人柄や生涯を理解するのに大変役立つものである。一七七六年の春、ヒュームが待っていた二冊の大著、すなわち、ギボンの『ローマ帝国衰亡史』の第一巻とアダム・スミスの『国富論』が公刊された。ヒュームは、二月に出版されたギボンの歴史書に高い評価を与えると共に、親友であるアダム・スミスの『国富論』が三月に公刊されたことを心から喜んでいた。四月に入って死期の近いことを感じ、「わが生涯」（『ヒューム哲学的著作集』、第三巻）と題する短い自伝をまとめた。

ヒュームは、「私の生涯」の冒頭で、次のように述べている。

人間にとって虚栄心をもつことなしに、自分自身について長々と述べることは難しい。それゆえ私は、手短に述べることにする。そもそも自伝をまとめようとすることが虚栄心の一例と思われるかもしれない。……私は旧暦の一七一一年四月二六日、エディンバラに生まれた。私は、父方においても母方においてもよい家柄の出身であった。……だが、私の家は裕福ではなかった。

このあとでヒュームは、非常に早くから文学への情熱をもっていたことを指摘し、一七四五年にアナンディル侯爵の家庭教師になり、一二ヶ月教えた後で、私の資産は「かなり増加した」と記している。一七五九年三月に『イングランド史』第三巻、第四巻を公刊してイングランドで売れ行きがよくなったときに「私は単に独立しただけでなく裕福になった」ことを強調している。一七六三年にハートフォードがパリに大使として赴くので随行しないかと招請を受け、最初は辞退したが、再度の招請を受けて大使附秘書として随行した際にも「富裕とはゆかないが、ハートフォード卿の友情により、はるかに多額の金とはるかに多くの定収入を得た」と述べている。

最後にヒュームは、彼自身の性格を、次のように述べている。

私という人間は、温厚な人柄で、気分を統御でき、社交的で、快活な人間であり、人との交際においても、敵意に動かされることがほとんどなく、あらゆる感情においてきわめて適度な人間であった。

（『ヒューム哲学著作集』第三巻、七―八頁）

ところで、ヒュームの自伝を読んでいると、文学上の名声と金を儲けるために著作を書き、自分を自画自賛していることから、不純な動機で名声を求めた人物とみなされ、自伝は悪評の源となった。ヒュームの自伝である「私の生涯」は、六五歳で死去する数ヶ月前に書かれたもので、原文でわずか八頁の短いものであった。ヒュームの伝記研究の権威者であるモスナーは、「詳細な伝記は、伝記研究者にとっては恩恵であるが、簡単な伝記は災いのもと（curse）である」とし、ヒュームの「私の生涯」が誤解の源になったことを認めている。

ところで、この三〇年間におけるヒューム研究の著しい進展は、ヒュームが文学上の名声と金を儲けることのために著作を書いたことを否定している。ヒュームの人柄を最もよく示しているのは、彼の親友であったアダム・スミスが一七七六年一一月九日に送ったストラーンへの手紙をあげることができる。

このようにして、私たちの最もすぐれ、決して忘れることができない友は亡くなりました。彼の哲学上の見解については、人々は疑いもなくさまざまに判断されることでしょう。……しかし、彼の人柄と行為については、意見の相違はほとんどありません。彼の気質は、もしこういう言い方が許されるならば、私が知っている他の誰よりも、はるかによくバランスがとれていたように思われました。……概して言えば、私は、常にヒュームを人間の弱さが許すかぎりにおいて完全に賢明でかつ有徳な人間という理想に、可能な限り近づいている人であると、その生前においても死後においても考えてきたし、今でもそのように思っております。

（『ヒューム哲学著作集』第三巻、一三—一四頁）

〈J・S・ミルの場合〉

ミルの『自伝』が公刊されたのは、彼の死の五ヶ月後の一八七三年一〇月であった。だが、この自伝は、功成り名遂げた晩年の回顧録ではなく、四〇代半ばのミルが、彼と彼の妻が結核に冒されているという状況のなかで、死を意識して二人の強い愛情、親密な友情、生き方を示そうとしたものであった。ミルは、一八三〇年八月初旬に薬種問屋ジョン・テイラー宅に四人の友人と共に招待されて、ハリエット・テイラー（一八〇七—五八）に会い、まもなく相愛の仲となった。ハリエットは、二人の幼い男の子をもつ人妻であり、翌年七月にはヘレンを出産した。ミルとハリエットとの約二〇年間にわたる交友関係はプラトニックなものであった。二人は性的関係を除いて友情を考えることができない人々を批判しながら、『家族や友人の忠告を無視して複雑な三角関係を続けた。『ハリエット・テイラー全集』の編者であるヘレン・ジャコブ氏は、ハリエットの病状から、彼女が長女ヘレンを身ごもっていた時期に、夫のテイラーから梅毒に感染したのではないかと推測している。そのためにハリエットはテイラーに対しても、ミルに対しても終生性交を拒否するようになったと述べている（『ハリエット全集』、序文）。一八四九年夏にジュン・テイラーが癌で死去したのち、ミルとハリエットは、一八五一年四月二一日に結婚し、一切の社交関係を離れて、東インド会社に勤務していた。ところが、まもなく二人が結核に冒されていることがわかり、特にハリエットの病状は悪化しており、しばしば転地療養を余儀なくされた。そのために別居することが多くなり、二人は頻繁に手紙を交換しあった。『自伝』の最初の草稿は、一八五三年から五四年にかけてミルによって書かれ、その後ハリエット夫人によって綿密な推敲が加えられたと推定されている（山下重一訳註『評註ミル自伝』、御茶の水書房、一六頁）。ミルの『自伝』の第一の目的は、父ジェイムズ・ミルの英才教育であり、第二の目的はハリエット夫人への最大級の讃辞であった。またミルは『自由論』についても、次のように述べている。

『自由論』は、私の名前がつけられたどの書物にも増して、直接にかつ文字通り私たちの共同作品であった。なぜならば、本書の文章で、私たちが一緒に目を通し、何度も熟考して、私たちが見つけ出した思想上、表現上のどのような欠点も除去しなかったものは何一つとしてないからである。

（山下重一訳註『ミル自伝』、三四六頁）

ミルの『自伝』は、功なり名を遂げた人物が晩年に自己満足の心境において自分の生涯を回顧したものではなく、当時の社会に起こりつつあるさまざまな出来事が強烈に浮き彫りにする傾向をもっているひとつの単純な真理を提示することにあった。その真理とは、人間がもっとも豊かな多様性において発展するための完全な自由を認めることが人間にとっても社会にとって重要であるということである。ミルは、人妻であるハリエットとの交際によりゴシップの種となり、数人の友人を失ったが、ハリエットとの協力により『自由論』（一八五九）『婦人の隷従』（一八六九）『自伝』（一八七三）を公刊することができたのである。

私の知的、道徳的発展に貢献した人々への感謝

私が広い意味で「自伝」を書こうと考えたのは、自分の生涯を回顧する必要性を痛感したことと、自分を援助してくれた親族、恩師、同僚、友人などに感謝の意を表したいと考えたからである。ミルも、『自伝』の冒頭の箇所で、自伝をまとめることの意義をいくつか指摘した上で、最も重要な動機として、「私の知的、道徳的発展に貢献してくれた人たちに感謝の意を表したい」という気持ちを強調している。

私は、意見の過渡期においては、自分自身の思想からも他の人々の思想からも、同じように学んだり学ばなかったりしたいと思い定めて常に前進してきた人間の次々の時期を述べることは、少しは興味深くもあり有益であるかも知れないと考えた。しかし、以上の二つの理由のいずれよりも私にとってはるかに重要であるのは、私の知的、道徳的発展が他の人々の恩恵を受けていることを明らかにしたいという動機である。

（山下重一訳『評註ミル自伝』、三五頁）

ところで、八〇歳になって、自分の過去をふり返ると、長い間「昔のことをなつかしく思うな」「社会の動向に振りれないで、前進せよ」と考えてきたために、多くの貴重な記憶を抹殺してきたことに気づいた。それにもかかわらず、自分の生涯にはいつも自分のことを真剣に見つめ援助してくれた多くの恩人を見出す

ことができる。親族、恩師、同僚、友人、学生、生徒、研究仲間には、善意で誠実な人々が多かったことに感謝している。しかもそれらの人々の中には、災害や難病や障害などに苦しみながら、社会のためにまた隣人のために懸命に尽力している人々がいた。他方、世の中には、「出世や自己の利益のためには、他人を利用することこそ価値がある」あるいは「嘘も方便である」と信じている人々がいる。また親族の中にも、親しかった友人の中にも、一見したところ紳士的で正直そうに見えるが、重要な問題に直面すると、自分の利益のみを追求して上手に立ち回る人、また金銭問題になると平然と嘘をつく人がいたことも指摘しておかなければならない。エゴイストや嘘を上手に話す人と友情を結ぶことは不可能である。嘘も方便あるいは善意からの嘘といわれることもあるが、嘘をつき続けることは、相互の信頼を裏切ることになり、最終的には友情だけでなく親子の間でさえ不信感を強めることになるように思われる。

第二章　幼少の日々

〈東京で生まれる〉

私は、一九三六年九月五日、泉谷周助（勤務先、東京無線）と泉谷カネの三男として東京府向島区吾嬬町東四丁目四二番地に生まれた。私が生まれた一九三〇年代は、対外的には、一九三一年九月の柳条湖事件に端を発する「満州事変」が起こり、一九三三年三月には日本は国際連盟の脱退を通告した。一九三七年七月には北京郊外で日本軍と中国軍の間で衝突があり、日中戦争が勃発した。対内的には一九三六年に二・二六事件がおこり、一九三八年には国家総動員法が制定された。

一九三九年九月一日、ドイツは突如としてポーランドに侵入し、第二次世界大戦が始まった。昭和一六年一二月八日、日本はアメリカ合衆国の重要な基地であるハワイの真珠湾を攻撃し、太平洋戦争が始まった。日本は、この戦争を「大東亜戦争」と呼び、欧米の植民地支配からアジア諸民族を解放し、アジア人による共存共栄の「大東亜共栄圏」を建設することを目的とした。開戦の初めには、ハワイでアメリカの太平洋艦隊の主力を撃滅し、香港、フィリピンのマニラ、シンガポールなどを占領し、東南アジアのほとんどを制圧した。しかし、昭和一七年六月のミッドウェー海戦で日本軍が敗北して制海権・制空権を失うと、戦局は逆転し、日本軍は後退を続けることになった。昭和二〇年（一九四五）三月一〇日「東京大空襲」で約一〇万人が死亡し、六月下旬には、沖縄の日本軍がほぼ全滅し、アメリカ軍の占領するところとなった。同年八月六日に広島に、ついで八月九日に長崎に原子爆弾が投下され、広島で約二〇万人、長崎で約七万人が死亡した。八月一五日、昭和天皇のラジオ放送により敗戦が国民に告げられた。

私が自分が生まれた時代を知ることの重要性に気付いたのは、船戸与一著の『満州国演義』（全九巻、新潮庫）を読んだからである。船戸氏との出会いは、二〇一四年一二月五日、午後五時に開催された「竹内謙を偲ぶ会」で、遅れてこられた船戸氏が一人で煙草を吸いながら上映されていた義兄（竹内謙）の諸記録を見ていたときに、誰かに「あの人が早稲田の探検部で謙さんの友人であった船戸与一さんだよ」と教えられた。その後、書店で偶然船戸氏の文庫本を購入して読み始め、彼の小説のもつ雄大な構想力とぐいぐいと人を惹きつける文章に魅せられ、ほとんどの本を読んでしまった。最後に彼の代表作『満州国演義』を読み終えて、この小説は私が生まれた時代の世相の一面をあざやかに描いていることを痛感した。そこで川村湊氏の『満州国』（現代書館、二〇一一）を読んだ。そして自分が育った時代を廣くかつ深く理解するには、一部の人が今でも満州国の幻影を抱き続けていることを批判し、船戸与一氏が強調している諸点を将来の日本を構築する際の原点にしなければならないと確信するようになった。

私が生まれた東京の家の前に防火槽が置かれ、そのわきに細いかえで（楓）の木があったことを記憶している。家の中の様子や室内の作り方などについては何も覚えていない。この家は、昭和二〇年三月一〇日の「東京大空襲」で焼失した。三〇〇機を越えるB29が下町一帯に油をまいてから焼夷弾を投下し、およそ一〇万人が死去したと言われている。このとき私の父と長男の周一兄がどのように逃げたについては、周一兄（昭七年八月三日生まれ）が「大空襲のなかで」「私たちの小学校卒業式」において詳しく述べている。

大空襲のもとで

泉谷周一

「起きろ！　小学校（第一吾嬬国民学校）に火が移って燃えだした。避難しないといけない」昭和二〇

泉谷周一氏

年三月一〇日の午前零時三〇分頃だった。私は、前夜九時頃就寝したばかりで眠かったが、飛び起きて外に出てみた。家から北西五〇メートルほどにある小学校北校舎の屋根に火が見え、バリバリという音が聞こえメラメラと紙が燃えるように火が走っていた。向島区吾嬬町一丁目と四丁目方面では燃えていない場所もあったが、他の地区は火に包まれていた。時間の経過と共にここにも延焼してくることは間違いないと思われた。

アメリカの爆撃機B29が三百機ほど飛んできて、最初に油をまいて次に焼夷弾を落として、東京の下町を壊滅状態にしたわけだが、東西南北、遠近の差こそあれ、多くの建物が赤い火に包まれて空一面が明るくなっていた。父は私に国防色の学生服を着せ、靴下を二枚はかせて大人用の革靴をはかせた。革の編み上げのヒモがついている防空頭巾をかぶせ、背中に掛け布団二枚を大きな風呂敷で包んで背負わせた。「足が窮屈だ、ズックじゃ駄目?」と聞くと、「火の中を逃げるのだから、黙って言うことを聞いて父ちゃんについて来い」と言った。そのとき近所のおばさんが三人の子供を連れて駆け込んできた。「どうか助けて一緒に逃げて下さい」と懇願した。東武線平井街道駅の前には多くの人が声高に話しながら右往左往していた。リヤカーに沢山の家財道具を積んでいる人、大きな荷物を抱えている人、「ナンマイダー、ナムマイダー」と口ずさむ人がいた。また荷物を沢山もっている人に、「荷物を全部棄てて身一つになって、助かることを考えろ。そうしないと、焼け死んでしまうぞ――」と叫んでいる人もいた。

東武線の線路の西側は、すべて火の海であった。そのとき少し離れたところで、髪の毛に火がつき、火だるまになって倒れた婦人の姿が見えた。私はその姿を見て思わず息をのんだ。父はおばさんと近所の成人男性と三分ほどどちらに進むかを相談していた。そのとき小学校のほうを見ると、北校舎は燃えており火は南校舎に移ろうとしていた。また自分の家のほうにも火の手がのびていた。父は状況判断をふまえて次のように叫んだ。「火には絶対に近づくな！　走る必要はない。燃えていない所を選んで歩くから、前の人に遅れないようにすること、荷物や身体に火の粉がかかったら後ろの人が消して下さい。」

父が先頭に立ち、次に私、おばさんの娘二人と息子、おばさん、成人男性の順で歩き出した。いつのまにか見知らぬ人が五ないし六人後ろからついてきた。燃えていない方向は吾嬬町一丁目と四丁目であったが、父は一丁目のほうを選んで進んだ。明星館の前を通り、小原橋通りを右側の線路を眺めながら歩き続けた。皆無言であった。前方に火がないことを念じながら歩いた。時折ふり返ると、私たちが歩いた後を火が追いかけていた。火の粉ではなく火の大きな塊が熱風にあおられて舞い狂っていた。線路にも火の塊が落ちた。父は私に「会社のグランドに行くことができれば助かる」と言った。父の会社は、東京無線株式会社で、前身は東京モスリン工場のことである。父はこの工場に一〇年以上勤めていた。守衛として働いていたのである。私は、父の会社へ数回弁当をもっていったことがあり、会社の場所は知っていたが、グランドのことは知らなかった。父は落ち着いて「グランドは線路に接しているが、建物も家屋もないので大丈夫だ」と言った。そしてときどき線路に近づいて枕木が燃え始めているかを調べていた。やがて父は「線路を歩くように」と指示した。線路は道路を歩くよりも熱かった。そのとき私は父が革靴をはかせた理由がわかった。

私たちは、線路上を五〇メートルほど駆け足で走り、会社のグランドに入った。グラウンドは結構広く野球ができるほどであった。ここだけが薄暗かったが、まわりの空は赤くぼっーと輝いていた。まだあちこちで燃えていた。私達が歩いてきた小原橋通りも北から南へ延焼して盛んに燃えていた。私達は背負っていたものを降ろし、荷物を草の上に置き、休憩にはいった。私は、とても疲れ、肩や足が痛かった。しばらくたって、夜が白み始めて明るくなった。太陽か月かわからなかったが、泣いたような顔をして、オレンジかザボンのような色で西の空に出ていた。それは大きかった。

突然、奇蹟のようなことが起こった。六時頃、見知らぬ人がおにぎりと水をもってきてくれたのだ。炊き出しのおにぎりが一人に二個ずつ配られた。銀シャリ（白米）で塩で握ったものであったが、とてもおいしかった。水も飲むことができた。このような状態の中で、誰がどこで・いつ・どのようにして準備してくれたのかわからなかったが、私達は感謝感激であった。八時頃までグランドで過ごして別れた。父と二人になったとき西の方角にこんもりした森や丘が見えた。父は、私に、あそこは上野の森で、直線距離にして一五キロぐらいだろうと言った。亀戸、錦糸町、両国、浅草方面、皆焼け野原であった。平井方面は、平井橋から東の方に人家が残っていた。父と私は、線路上を歩いて平井街道駅に出て自宅までもどった。小学校はグラウンドが二・三倍に廣がった感じで完全に平地となっていた。自宅周辺の家屋も焼失し、自宅の前にあったもみじの木もなくなっていた。我が家は完全に焼失してしまい、柱一本残って残っていなかった。何か残っているものがないか」と父に聞いたら「茶碗と皿が残っているかも知れない。台所の食器棚のあたりを探してみたら」と言われた。そこでその辺を足で掘ってみたら、父と私の茶碗二個と皿が数枚出てきた。お椀類は焼失していた。

小学校は東京大空襲のあと再建されず、近隣の橘小学校に統合された。私の進学先の都立三中、七中、向島工業などは完全に焼失し、戦後に建てられた。明日からどうしたらよいかわからなかった。父の会社も焼失、家もなし。「田舎に帰るしかない」と父は言った。私と父は、その日小岩の中川竹雄・ちえ宅を訪ねた。二日ほどお世話になって一二日、上野駅から秋田の横手に向かった。

私達の小学校の卒業式は、昭和五二年三月二七日、橘小学校でおこなわれた。戦後三二年の月日が流れていた。

卒業式では「お前、生きていたのか？」

「あなた、死ななかったね」

それが挨拶であった。同窓生の半分くらいしか出席者はいなかった。東京大空襲や病気などで亡くなっていた。すべてが、戦争という名の人災であった。

私たちの小学校卒業式

泉谷周一

昭和五二年三月二七日　東京都墨田区橘小学校で、私たちの小学校、第一吾嬬国民学校、昭和一九年度卒業生のための式と同窓会が開催された。私たちは、昭和二〇年三月に卒業式がおこなわれる予定であったが、三月一〇日の東京大空襲で学校や住宅が焼失してしまい、卒業式ができなかった。そこで三二年後の卒業式となったのである。

私たちの母校は、東武線旧平井街道駅のすぐ近くにあった。東京都向島区吾嬬町（現墨田区立花町）にあった学校に、私たちは、昭和一四年四月、第一吾嬬尋常高等小学校一年生として入学した。学級数は五クラスあり、一組と二組は男クラス、三組は男女混合クラス、四組と五組は女子クラスであった。各クラスは五〇数名で、持ちあがりの制度となっていた。

昭和一六年一二月八日、大東亜戦争（太平洋戦争）が始まり、昭和の暗い歴史が始まった。私たちは昭和一九年八月、学童の集団疎開により茨城県大子町に学校生活を移し、飢餓のひもじさに耐え続けるという生活をすることになった。そして昭和二〇年三月一〇日の東京大空襲で、東京は一面焼き野原の廃墟と化した。母校の小学校は跡かたもなく焼失し、文字通り焼失してしまったのである。そして隣接していた橘小学校に併合・吸収されてしまったのである。

一、吾嬬の森の名におえる
　古きゆかりの　あとしめて
　いらかも清き　まなびやに
　努めはげまん　楽しさよ

二、流れ豊たけき荒川の
　たゆまぬ力　ねりなして

尊きみ教しえ　身にしみて
いまぞはげまん　ひとすじに

これは校歌である。吾孀の森はどこにあったのか。私たちは何期生なのか、学校はいつ発足したのか。その頃は、どういう状態であったのか、私たちは知らない。学校の歴史を何も知らずに戦争に流された。卒業とは？　悔しかった。情けなかった。戦争でみんなは散りじりばらばらになってしまった。亡くなった友人も多かった。

――三二年後の卒業式――

私たちは、橘小学校の校長先生から卒業証書をいただいた。担任の先生方からは一様に、君たちの体験したことを、次の世代に伝え、新しい社会の構築に努めてほしいと激励された。三二年ぶりに出会った友人との語らいは、尽きることがなかったが、各クラスとも半数ほどの参加者であることが寂しかった。

竹馬の友であったI君は、大空襲の夜、家族と離れ、浮浪者となって上野駅や上野公園で、生きるために苦労した話を聞かせてくれた。彼は、毎日が不安で、仲間と一緒になって置き引きをしたり、かっぱらいをしたりして日々を過ごしたことを知らせてくれた。浮浪者だったことは、奥さんにも子供にも話していないようである。その彼が六ヶ月ほどたった或る日、握り飯を盗もうとして捕まった。相手の顔を見て驚いた。実父だったのである。秋田行きの乗客を狙って盗んだのだが。秋田県北部の五城目町から上京してきた父と再会し、彼は一緒に帰郷した。その後、新制中学校を卒業したらしい。私は、奇跡というものはあるものだと思った。

私は、父と兄二人と一緒に小岩や荒川に魚釣りに行ったことは覚えているが、そのときどんな魚を何匹釣ったか、といったことはまったく覚えていない。五歳のとき、二歳下の妹の保子と父の会社に行き、利発な保子が一人で用事をてきぱきと片付けてしまい、自分は何もできず、悔しく思ったことが脳裏に残っている。また兄二人の集団疎開については、「茨城の大子町に行った」という事実を覚えているだけである。

秋田の横手に疎開して

私は、六歳のときに、突然秋田の父の兄（泉谷清）の家に、妹の保子（四歳）は本家の父の妹（泉谷ミツエ）の家に預けられた。両家とも国道に面しており、三〇メートルほどしか離れていなかった。父の兄である伯父は温厚な人であったが、伯母は、娘が肺病で入院していたせいであろうか、彼女に食べさせるために鶏肉をときどき煮ていたが、私にそれを見せたが、食べさせることはなかった。それどころか、ラジオで東京が空襲を受けていることを告げたとき、わざわざ私をラジオの側に呼んで「アメリカの飛行機が東京を爆撃している。お前のオド（父）とアバ（母）が死んでいるかも知れない」と言って私を恐怖の中に投げ込んだ。私は、つらくなって土間におり、馬小屋の隣にある便所のそばで、外を眺めていると、後からお嫁さん（泉谷キヌ）が側にきて小さい声で「大丈夫だよ、心配しないでいいよ」と慰めてくれた。その後、キヌさんが男の子を産み、五ヶ月ぐらいの時に実家に帰る用事ができ、荷物を運ぶために私を連れて行ってくれた。このとき随分歩いたのでとても疲れたが、やさしいお嫁さんと赤ん坊との楽しい旅であった。

この意地悪な伯母が死去したとき、母に連れられて伯母の家に行き、夜八時半頃、帰宅するために母と二人で誰もいない国道を歩いていたときに、母が「下駄の音がする」と言った。そこで私は、うしろを見たが、人の姿らしいものは見えず、下駄の音も聞こえなかった。その後も母はくりかえし「女の人がついてくる」と言い、私は「誰もいない、下駄の音も聞こえない」と答えた。帰宅後、母と私は仏前の前に座り、仏様に加護を祈った。翌日、母は「お前はお婆さんに追いかけられているから家から出ては行けない」と言われた。

他方、妹の保子が世話になっていた本家の叔母（泉谷ミツエ）は、とてもやさしい人で、稲を脱穀するために、形の稲の山を崩すときに私をわざわざ呼んで手伝わせ、夕食のときに「よく働いた」と言って、いつもハタハタを一匹多くつけてくれた。また田植えが終わって裏山でご馳走を食べるときにも呼んでくれた。

東京がしばしば空襲をうけるようになり、母も横手に戻って三人で生活することになった。最初に借りたのは、同級生の大きな家の離れの部屋であった。この家の背後には神社があった。当時、ご飯を炊くのにわらを使ったので、七歳の私と五歳の保子とは、毎日四〇分ほどかけて国道沿いの本家に行って、わらを二束もらい、一束ずつ背負って帰ることが仕事となった。途中で村人に会うと「周三郎、どごさ行く？」と尋ねられた。「キャド（街道の意味）さ、ワラをもらいに」と答えるのが常であった。村人たちにとって、小さい二人の姿とずうずう弁の使い方がおかしかったらしい。最初の年は、雪が多く、小さい二人にとって汽車が通る踏切をわらを背負って渡るのが大変であった。ある寒い日、二人は雪が凍って人の歩いた跡を登ることができず、「もし汽車が来たらが来たら大変だ」と思って必死にもがいて、人の歩いた跡ではなく、横の場所を雪に埋もれながら越えたことを覚えている。後になって、保子が小さいとき乳母車にひかれて左の腕が不自由であったことを考えると、彼女にとって、この仕事はとてもつらいものであったことを知った。この頃方言を一所懸命に覚えようとしていた。ある人が「隣のアバがボボコワシタ」とアバに伝えて、と言われて、何のことか分からず、母に伝えると「隣のお母さんが赤ん坊を産んだ」という意味であることを教えられた。この頃雪が多く積もっていた時期に、母が急病になり、近所の数人の若者が吹雪が荒れ狂うなか、ソリで医者を連れてくるのを私は玄関で長い間待っていた。医者が到達し、若者の一人が輸血をしてくれ、母の命が救われた事件を忘れることができない。

小学生時代

母が亡くなった今となっては、小学校に入学した時のことがよくわからない。母によると、一年生の時の担任は剣道が上手な先生で、学年末に通信簿を渡されるときに、「鼻をたらさなければもっと優が多いのに」と言われたらしい。学校生活では、校長先生が朝礼のときに体育館の正面の真ん中に安置されている「ご真影」を取りだしたとき、「なんだろう」と思って列をはなれて見たために、側にいた先生に注意されたことがある。また特に鮮明に覚えているのは、三年生か、あるいは四年生のとき、二月の下旬だったと思うが、「かたゆき」(雪の表面が堅くなったとき)の朝、若いお坊さんが汽車に飛び込んで自殺した。私は、同級生の三人と共に、登校中であったが、線路の雪の上に散らばった赤い血の色の美しさに圧倒されながら、「頭がないよ」と言いつつ、坊さんの頭を探したときのことである。

私は、小学校のときには目立たないおとなしい子どもであったらしい。勉強については、国語が好きだとか算数が得意だと思ったことはなかった。けれども音楽だけが好きであった。授業で「野バラ」や「早春賦」などを習ったときに、その歌詞とメロディとの関わりに関心をもつとともに、図書館などで関連する本を読んで、その情景を想像するようになった。

昭和二〇年（一九四五）八月一五日正午の天皇のラジオ放送によりポツダム宣言の受諾が明らかにされた。このとき私は、小学校の三年生であったが、疎開生活に追われていたせいか、「戦争が終わった」という特別の感慨をもたなかった。父や兄たち二人も秋田の横手に来たので、外の目会館を借りて生活を始めた。会館には風呂がなかったので近所の親切な家（和賀秀夫さん宅や伊藤寛治さん宅）で風呂に入り、餅や果物などをいただいたことを覚えている。この時期は、家族がそろってにぎやかになったが、極端に食べ物が不足していた。秋に兄たちと田んぼに行ってハッタギ（いなご）を取り、かなりの期間それを食べてうんざりしたことを覚えている。この頃授業のことよりも、外の目出身の男の子、すなわち伊藤新平君、富岡更悦君、富岡富雄君と私は、学校に近い持田出身の同年生と上級生に待ち伏せされ、いじめられた。そのいじめは、ひどく暴力的ではなかったが、執拗にくり返されたので、先生に訴えたことがあった。全校生徒の前で、持田出身の上級生の一人が教頭先生に怒られたとき、心の中で「やった！」と叫んだことを記憶している。外の目出身の同級生には堅持和子さん、藤原今子さん、川原恒子さんがいたが、女の子と一緒に登校したことはなかった。三年生か四年生のときに、谷口貞男君と仲良くなり、もう一人の友人と三人で小さな沼のあるところに行って遊び、貞男君の家で夕飯にカレーライスをご馳走になり、泊めてもらったことがあった。一晩中、山からの水が小さい音を立てて台所に流れていたことを記憶している。

私は、この頃から足が冷えると下痢をするようになった。生卵や油で炒めたものなどを食べるとすぐに下痢をした。夕食後、下痢をしそうになると、外の目会館では前の道路の向こう側にあった便所に飛び込んだ。便所の前には神社の大きな杉の木の根の部分が見えた。その便所の背後の部屋には葬式の時に「死人を運ぶ霊柩車」が置かれており、風が吹くと車庫の扉がぎーぎーと音をたてた。ある夜、便所に入って神社のほうを見ていると、杉の木の根元から白い煙が出てきて広がり、その真ん中から人間のような姿が見えてきた。その恐怖に思わず便所を飛び出して部屋に戻ったが、白い煙が出たことを話しても家族は誰も信じてくれなかった。中学生になってお祭りの準備の際に「肝試《きも》し」が行われ、特定のお墓から、卒塔婆などをもってくる体験をしてから、神社の杉の木の根元を棒で突いたが、何も出てこなかった。胃腸病の悪化はなかなか直らず、この胃腸病から解放されたのは五〇代に入ってからである。四年生と五年生のとき、中年の男の先生は、小さい棒で生徒の頭をたたく癖があった。私も何度か叩かれ、そのたびに「痛い」と思い、その先生への嫌悪感を強めた。外の目会館での生活が一年ぐらい過ぎた頃、父は会館からの立ち退きを求められた。そのとき国道沿いの茅葺きの古い家が売りに出されていたので、父はこのあばら家を購入し、家族はこの家に移った。この家は茅葺きで、窓がなく板戸を棒で支えて、窓の代わりとしていた。長い歳月を経たせいだろうか、風が吹くと、柱と柱がこすりあってギイギイと音をたてた。吹雪の時には吹雪が隙間から入り込み、

「家がつぶれるのではないか」と思うほど、一晩中ギイギイとほえていた。

〈開墾の開始〉

終戦後、父は東京の会社に戻ることを断念し、苦しい生活が続いていた。茅葺きの古い家に移ってまもなく、父は六人の村人と共に、各自一町歩の開拓を始めることを決意した。また二反歩の田で稲を育てることになった。開墾地は、奥羽山脈よりに位置していた三吉山の麓を中心に七軒の地境を決め、開墾をはじめた。ここでの開墾とは、藪《やぶ》やアカマツの木を取り除いて畑をつくることであった。開墾地は、小さな火山岩を含んだやせた土地で、多くの藪と背の高くないアカマツの木が生長していた。開墾用の鍬で藪の根を取り除く

ことはできたが、アカマツの木の根を取り除くには、ノコギリとスコップを使って掘り起こし、切除する作業は大変で、数日かかることもあった。この時期にアカマツとクロマツの区別を知り、マツの木は多くのマツヤニ（松脂）を含んでいるのでくさりにくく、燃えやすいことを知った。しかし、当時、マツには花があり、雄花と雌花があることを知らなかった。

各農家が五反歩ほど開墾して畑にすると、ジャガイモや大根などを栽培すると共に、りんごの木を植えはじめた。父と母は、生活費や家を建てる費用のために、リンゴなどの行商をはじめた。子供たちもそぞれ開墾や家事や新聞配達に従事するようになった。私は、外の目部落や隣の楢沢部落の新聞配達を担当した。全部で三〇軒ぐらいであったが、奥羽山脈のふもとの楢沢部落に行くには、かなりの距離を歩かなければならなかった。山奥の二軒の家に通じる道は、楢沢沼に沿って続いていた。その途中の曲がり角で、ときおり大きなアオダイショウが道を横切って休んでいたが、顔を見せることはなかった。適当な棒がなかったので、追い払うことができず、いつも飛び越えて通ったことを覚えている。我が家では開墾が進むにつれて山の中段と下段に水がたまる場所（泉）が見つかった。

第三章　働きながら学ぶ

中学生時代

〈父の死〉

私が栄中学校に入り、学校での授業に興味を抱きはじめたときに、父が病気になった。医者は胃潰瘍と診断したが、胃潰瘍から胃がんに進んでいたらしい。兄たちと共に父をリヤカーに乗せて診療所に通い、治療を受けたがよくならなかった。父（泉谷周助）は、古い茅葺きの家で、昭和二四年九月一五日に死去した。仏壇もなく、りんご箱の上に布を敷いて戒名を立てただけの粗末な祭壇であった。酒好きの父に酒をあげることもできなかった。父が病気になったとき、周一兄の友人である笹山春生さんの家で山羊の乳をいただくことになり、私がその担当になった。笹山さん宅を訪れたとき、奥さんが山羊の乳と共にいつもお菓子を紙に包んで渡してくれた。そのやさしさを今でも忘れることができない。

〈大谷地への移住〉

昭和二四年の暮、我が家では開墾した土地に家を建て、移住した。新しい家は、国道から入ってくると左側の一番奥に位置している。玄関に立つと、左側の奥の山にアカマツの木々が並んでいるのが見えた。また畑の上方にある「三吉さま」には立派なアカマツが五ないし六本群生していた。また大谷地は外の目部落から離れていたために電気を引くことができず、石油ランプを使用することになった。ランプは数時間つけるとススがたまるので、夕方ランプを点火する前に掃除する必要があった。この役目が私に当てられた。

中学時代から高校時代にかけてランプ生活であったために、私は、夜本をじっくり読むことができず、またラジオを聞いて音楽に親しむことができなかった。

中学一年の担任は三浦左嘉喜先生であった。社会科で中国において毛沢東の軍隊と蒋介石の軍隊が戦っていることを教えられた。時間の経過と共に毛沢東の軍隊が蒋介石の軍隊を圧倒したことを知った。また三浦先生は、後三年の役で知られる八幡太郎義家を祀っている神社の神主を兼任していたことから、夏休みに三〇人ほどで山の上にある神社に泊まり、ここで昔武士たちの戦いが行われたこと、さらに片目のつぶれたカジカの由来などを聞き、武士の生活に関心を抱くと共に、「歴史を知ることの楽しさ」を知ることができた。また新田文子先生から「うさぎ」などのテーマで作文の指導を受け、自分の気持ちを文章で表現することに喜びを感じるようになった。また金沢練造先生の指導でトルストイの作品に取り組み、笑い声の練習をして横手地区の演劇会で老人役を演じて「助演賞」（昭和二五年一一月四日）をもらうことができた。また金沢先生の家に呼ばれ、きれいな奥さんと先生が描いた油絵に魅せられると共に、ご馳走になったことを記憶している。三年生のときの担任は奥村ゆき先生で、クラスがまとまっていなかった。二学期の通信簿の通信欄には「理想を高くもってがんばってもらいたい。最後の委員長としてどうあらねばならないか強い反省をのぞみます」と書かれていた。ところで、中学三年のときに横

外の目の泉谷周一宅

手美入野高校を受験する朝、母は「兄二人が横手美入野高校に入ったから、自分も入ろうと思う必要はない。落ちたらわかぜ（若衆）になればよい」と言われた。私は、「母は何を言っているのか」と反発し、必死になって答案を書いたことを忘れることができない。

栄中学校のクラス会

私は、大学での仕事と研究に追われていたので、中学校のクラス会（栄中学校では一学年二クラスであったので、同期会よりはクラス会のほうが望ましいと考えた）が谷口貞男・フミ子夫妻と清水勇治さんらによって開催されていることを知っていたが、はじめは積極的に参加しなかった。だが、年をとり、故郷に帰ったときに谷口貞男君や冨岡更悦君や高橋幸雄君（故人）に会って話すことが多くなった。谷口貞男・フミ子夫妻が世話役を引き受け、高階京子さんや近隣の同級生と協力して住所録を作成したり、クラス会を毎年開催していること、また東京では清水勇治君が毎年東京在住のクラス会を開催していることを知り、できるだけ参加しようと思うようになった。

平成一九年六月三日（日）から六月五日（火）までの栄中学校のクラス会は、二泊三日の旅行でおこなわれた。

一日目、横浜中華街で昼食し箱根湯本ホテル天成園に宿泊。二日目、西湘バイパス＝湘南海岸江ノ島、鎌倉、小湊ホテル三日月に泊まる。三日目、鴨川有料道路＝房総スカイライン、東京湾アクアライン、海ほたる。参加者、男性一九名、女性一六名。

この旅行は、清水勇治君が企画し運営にあたられた。

第一日　一〇時三〇分、東京駅八重洲中央口で秋田新幹線こまち六号でくる同級生を待った。一一時一〇分頃バスで出発し、途中の横浜中華街で昼食。その後箱根を目指し、湯本ホテル「天成園」に宿泊。

第二日　午前九時、天成園を出発し、小田原経由で江ノ島、鎌倉（長谷寺と大仏）、久里浜でフェリーに乗り、金谷までゆったりした船の旅を楽しむことができた。三日月ホテル（金の風呂あり）に宿泊。

第三日　午前九時ホテルを出発し「仁右衛門島」を訪ねる。海ホタルの「木更津庵店」で昼食し、レインボーブリッジ経由で東京駅に着く。午後二時、東京駅にてクラス会は無事に終了し解散した。

平成二四年六月一〇日にかんぽの宿横手で開催された「喜寿を祝う集会」には、私は参加できなかったが四一名の方が出席した。

平成二七年五月二八日〜二九日に横手駅前温泉「ゆうゆうプラザ」で開催された「傘寿を祝う会」には三四名が参加した。私も参加して友人との親睦を楽しむことができた。五月二九日には二次会が農協の施設であるシャイニーパレスで開催された。

また平成二九年一月二九日、一一時三〇分から一五時まで、銀座ライオンビル三階の「かこいや銀座七丁目店」で東京在住の同級生の会が開催された。出席者は、清水勇治、高階文夫、高橋良隆、新免レイ子、元木京子、杉山貞子、前田サイ子、昼間昭子、正木三郎、菅原福治郎、泉谷周三郎であった。

平成三〇年八月五日、一一時四五分から一五時まで、猛暑のなか「かこいや銀座七丁目店」で東京在住者のクラス会が開催された。高階文夫君は体調がよくないとのことで、前田サイ了さんは娘さんの看護のために、新免レイ子さんはころんで怪我をしたために欠席した。高橋良隆君は、「高島屋のそばにいる」との電話があり、清水勇治君が銀座ライオンに来るように指示したが、「新宿に来てしまったので家に帰る」という言葉を残して帰られた。

今日、わが国ではカネに執着する大衆人の増加により、相続や親の扶養を契機にして、家族が解体しがちであると言われている。横手の栄地区出身の人の中にも親の介護や相続争いで対立した結果、実家に泊まることができない人がかなりいるらしい。このような時代に、谷口貞男・フミ子夫妻、高階京子さんらは、近隣の同級生たちと共に、クラス会を開催し、友情の絆を強めるように努めている。東京では清水勇治君が東京在住の同級生と連絡を密にして、毎年東京でクラス会を開催している。これらの人々の努力により、栄中学校の同級生の絆は弱まることなく、むしろ強くなって継続している。クラス会で話し合っていると、小・中学校時代の忘れていたある出来事が突然生き生きと甦って、懐かしく思い出されることがある。

高校生時代

私は、横手美入野高校に入学して高校生活を送ることになった。我が家から三〇分ほど歩いて柳田駅に向かった。好天のときには横手盆地の日本海側の背後に秀麗な鳥海山を見ることができた。柳田駅から奥羽線の列車に乗って次の横手駅で降り、さらに高校まで三五分ほど歩いて通った。通学の際には足駄《あしだ》を利用した。片方のひもが切れると、はだしで歩かなければならなかった。

泉谷家の墓は小さな山の麓にあり、田園の奥に鳥海山を見ることができたので、墓参りをすませた後、鳥海山の雄姿を眺めながら「鳥海山に登り、横手平野を見下ろして見たい」とか「鳥海山は富士山とどう違うのだろうか」と想像したりした。鳥海山は、二二二六六メートルの高さがあり、ふもとのにかほ市から見上げると高い山がそびえているだけで富士山の姿には似ていない。だが横手市から眺めると、富士山の姿に似ており、通称「秋田富士」と呼ばれている。秋になり、鳥海山の頂上に雪が積もり、稲穂が垂れるようになると「まもなく雪が降るな」と思ったし、夏に鳥海山の雄姿を眺めながら歩いていると、「いつか東京に出て、富士山を眺め、機会があれば、登ってみたい」と想像したりした。一年生のときの担任は河村次郎先生、二年生のときは細川昭二先生、三年生のとき時は田口謙二郎先生であった。高校時代の成績は国語、社会、英語が八〇点をこえたが、体育は普通は七五点で、秋の全校マラソンで三〇位内に入ると八五点になった。書道は、近所に住んでいたので知り合いの石田先生が教えていた。石田先生は「周三郎は、兄さんとちがって、字が上手でないから、一枚以上書かないほうがよい」とやさしく注意してくれた。私が哲学に興味をもつようになったのは、数学を担当していた細川昭二先生が、あるとき出隆氏（一八九二―一九八〇）の『哲学以前』（一九二二）のことを話されたときである。そのときどのようなことを話されたか、詳細に覚えていないが、哲学と名づけられる思索の本質には、「智慧を追求し愛慕する精神」があることを指摘してくれた。

父の死後、田と山を耕す仕事は兄たちと自分が担当することになり、土曜、日曜はもちろんのこと、放課後でも家に帰れば農作業をさせられた。したがって、家庭では「働くこと」が優先され、「勉強すること」を強制されることはなかった。また開墾した山の場所に家を建てたときから、高校を卒業するまで、石油ランプを使用することになり、そのランプの掃除を私が担当した。漫画の本などを借りてきたとき、ランプの明かりでそれを読んでいると、いつも母に注意された。そこで我が家では農作業の休憩のときに、借りてきた本を読むことが多かった。横手という場所は、雪の「かまくら」で知られているように、雪が多かった。

私が冬を好んだのは、コタツに入って思う存分本を読むことができたからである。長男の周一兄が高校を卒業して教員になってからは、二男の周平兄と私が田畑の働き手となった。私が附属横浜中学校の校長を兼任したとき、スキー教室に行くときや校庭を歩いているとき、「校長先生は中学時代に部活で何をしたんですか」と訊かれた。「何もしなかった。家の手伝いで農作業をしていた」と答えると、けげんな顔をされた。農家の仕事では当時「草取り」という腰を曲げて稲の周囲の雑草を取る作業がいちばんつらかった。ある「草取り」の帰り道で、自転車で帰宅途中の高校の国語の先生に出会った。「さようなら」と言ったが、先生は泥にまみれた二人を教え子の生徒とは気づかず「さようなら」と答えて去っていった。

高校生時代に忘れられない出来事があった。高校一年生の一一月頃、高校の帰り道、市内の書店の近くで偶然城南高校の教師をしていた、母の弟である柴田啓太氏に出会った。「まだ汽車には時間がある。本でも見ていこう」と言われ、書店に入った。書店を出たとき「これは万年筆だ。使えよ」と言って包装した箱を渡してくれた。叔父は、体育の教師でがっしりした体格であったので近づきにくい人だと思っていたが、それ以降、叔父とは気兼ねなしに話すことができるようになった。

叔父は晩年に『歌集　豪雪地帯、句集　山河自在』（平鹿印刷、平成二年）を送ってくれた。私は、年を取るようになってから、この本をときおり読むようになった。略歴の最初の箇所にある「啓太叔父の写真」を見てから読み始める。〈冠雪の鳥海山眉あげて冬将軍の襲来を待つ〉〈職退くや自在の山河うららかに〉〈小学校へ通ひし雪の背骨道〉などを読んで、叔父との対話を続けている。また叔母が亡くなり、秋田の十文字駅に着き、義彦さんが「おう！　どうも」と言って改札口で笑顔で出迎えてくれたときの情景を忘れることができない。毎年柴田伸彦さんからの賀状を拝見しながら、武彦さんは元気なのだろうと推測している。

私は、横手美入野高校を卒業するとき、二歳上の兄が秋田大学に通っていたので、三年生に入ると進学ではなく就職への道を選んだ。家が貧しかったせいだろうか、秋田銀行や羽後銀行には合格できず、秋田市の木内百貨店に就職した。最初の二ヶ月、挨拶の仕方を教えられ、一年目はお菓子売り場で、二年目は家具売り場で働いた。当時この百貨店は秋田市のメインストリートにあり、商品がよく売れた。百貨店の裏にある寮に入っていたので、朝早く起きて、オートバイの練習をし、免許取得後には土崎港に向かってオートバイを走らせたりした。休日には近くの映画館で『十戒』『帰らざる川』などを見た。デパートの生活に慣れた二年目に、周平兄が秋田大学を卒業することになり、二人で川端の通りを歩いていたとき「大学に進みたければ挑戦してみてもよいと思うが」という提案があった。丁度その頃、横手の家に電灯がついたので、「受験勉強ができるな」と考えて、五月五日に木内百貨店に辞表を出して、新しい人生を模索することになった。木内に在店していたときにいろいろご指導してくださり、退社後も川崎でのアルバイトを紹介して下さり、秋田を訪れた際に泊めて下さった佐々木賢治さんには大変お世話になった。

第四章　大学生時代

〈東京教育大学に入学〉

私は、秋田の木内百貨店を辞職して自宅に戻って約一〇ヶ月、国立大学を目指して受験勉強に専念した。科目数が多いので、どの科目もある程度の点数を取れるようにするために、時間を適切に配分するように努めた。山奥の家で、ラジオの好きな音楽番組を聞くだけで、他のすべての娯楽を犠牲にする生活は、異常であったが、一〇ヵ月後の合格を信じて勉強を続けた。幸運にも、第一志望の東京教育大学文学部哲学科（倫理学専攻）に入学することができた。哲学科の倫理学専攻を専攻したのは、細川昭二先生が、出隆の『哲学以前』について話されたことに起因するが、大学では経済学や商学部ではない学科に進みたいと考えていた。倫理学専攻の同学年生は、（敬称省略）青木重、雨貝行麿、上原英正、佐藤勲、島亨、津田崇智、永井晤、中村益衛、林幹一郎、林敏夫、梁川喜美子、吉田悦夫である。

今回は上原英正君より二年次の文集のコピーを送ってもらい、中村益衛君と永井晤君の努力により文集が出されたことを知ることができた。私は、大学に入学してから、手帳と日記をできるだけ丁寧に書くことを決めた。さらに「反省録」を時折書くことにした。昭和三三年四月一六日の反省録には、「自分が反省録を書くのは、人に見せるためでも、まとまった思想を表現するためでもない。ときどき日常生活における自分の行為や思想を冷静に分析して、人間としてまっとうな生き方をしているか、もしそうしていない場合にはどうすればよいか、を検討したいと考えたからである。……」と記されている。

中才会

中才会のメンバー

昭和三三年五月四日（日）横手美人野高校の同学年生である池田大八君、千田雄造君、佐藤京作君、福岡弘君と私の五人が新宿の六番ホームに集合し多摩川に遠足を試みた。パン二個と生ビール一杯で昼食をすませた。五人で二ヵ月位の間隔をおいて会うことにし、「中才会」（秀才会と名乗るのはおこがましいが、鈍才でもなかったので、その中間の中才会という名称にした）と呼ぶことにした。大学生は、とかく一人で殻の中に閉じこもる傾向があるので、五人が集まって、社会や政治などの問題を話し合うことは楽しいことであった。昭和三四年六月二一日、午後二時半から池田君の下宿で「中才会」をおこなった。京作君が就職試験のため不参加で、四人でマージャンを半チャンしてから新宿に出た。ビールを飲みながら宗教や社会主義について議論した。それから歌声喫茶に入ったが、あまりにも大きな音のためにすぐに席を立った。池田君が用事で帰り、残りの二人が一二時近くまで飲みながら話し合った。同年一一月二九日、私が家庭教師のために遅れ、午後三時桜木町駅前で会い、京作君の下宿で飲みながら学生運動、映画、経済などについて話し合った。午後一〇時に解散し、小岩に向かった。学生時代クリスマス・イヴに小岩に集まり徹夜で飲み会をした。その後も、中才会は、池田大八君を中心にして続いている。

中川竹雄・チエ夫妻への感謝

私が大学生活を無事に終え、さらに大学院に進むことができたのは、何よりも親族である中川竹雄、チエ夫妻の家に下宿することができたことに基づいている。叔父と叔母は、自分の子供たちの世話に追われながらも、私の面倒をよく見てくれた。私は、中川竹雄・チエ夫妻に心から感謝している。叔母は私の母の妹であり、秋田の母も、私が小岩の叔母のもとで世話になっていることを心から喜んでいた。中川家の家族構成は、長女：中川淳子、長男：中川敏郎、二女：亀井玲子、二男：中川浩、三男：中川信也であった。中川家は現在中川敏郎さんが継承している。

昭和四二年一二月二四日、中川浩さんと尾藤元美さんの結婚式が飯田橋の都立教育会館の四階で一二時一五分から始まった。この結婚式は、ベートーヴェンの『運命』ではじまり、媒酌人が憲法第九条を読み上げ、若い二人の出発を日本の平和に結びつけた当時としては画期的で進歩的な結婚式であった。披露宴は午後一時から学芸大学の同級生三人の司会のもとで進められた。校長や上司などが呼ばれていなかったせいか、なごやかで楽しい集会であった。叔母が詩吟を、信也君が『二人で夢を』を上手に歌った。私は、司会者に「何かをやるように」と言われ、シューベルトの『菩提樹』を歌った。叔父と叔母の楽しそうな姿が今でも目に浮かぶ。

昭和六〇年一月一二日に中川竹雄氏が逝去され、平成三年一一月一九日、中川チエさんが逝去された。長女である中川淳子さんが泉谷家と中川家との関係についてまとめて下さった。

親類——カネとチエ

中川淳子

中川の父と母は泉谷の家（当時：東京市向島区吾嬬町東四丁目　現在：東京都墨田区立花三丁目付近）で出会った。戦前、泉谷のおじさん、おばさんが住んでいた吾嬬町の家は、たしか東武亀戸線の平井街道駅（現在の東あずま駅）の近くで、通りの豆腐屋の角を曲がると広い原っぱがあり、その先の長屋であった。台所、玄関の上がり框に濡れぞうきんが置かれ、その先に六畳の部屋、決して広くない家だったが、長屋にいる秋田出身の親戚や知人のたまり場だった。子どもと大人の食事は別で、子どもたちはさっさと食事して外で遊べと追い出されたものだった。

私の母（チエ）は尋常小学校の四年の春、雪の橋をゲタで渡って東京に出て、石鹸やマッチを作る工場で働いた。母にとって、泉谷のおばさん（カネ）は頼りになる姉さんだった。この吾嬬町の家で父と母とは出会った。それだけに母にはこの家は懐かしい、忘れられない家だった。

私の家は、私が三歳ごろに小岩に引っ越したが、その後もよく吾嬬町の家に遊びに行った。ある時私は洋服も帽子も靴も赤で自分では気に入って出かけたが、カネおばさんには「派手な格好をするな」と言われた。その後も派手な格好をすると足をつねられたこともある。全部親戚のお下がりなのですが、おばさんはこのように厳しかった。カネおばさんはしっかり者で、周囲の人の面倒をよく見て長屋のまとめ役だった。みんなが頼りにしていた。周助おじさんは体格のいい「大きな人」で、とてもやさしく、帰り際にはいつも頭をなでてくれた。口数は少ないけれど、おばさんをしっかり支えていたのだと思う。

泉谷の兄弟（周一、周平、周三郎）は、雨降りの後、よく小岩の家に来た。それは家のそばの用水路あたりで、雨が降ると沢山出てくるエビガニやくちぼそを釣るためだった。周一さんだけが長靴を履いて、弟たちをリードして、京成の小岩駅そばの沼にも釣りに行った。母が昼ごはんを食べていくように勧めても、決して食べなかった。「迷惑をかけてはいけない」とおばさんに厳命されていたようだった。周一さんらとはよく遊んだが、保子さんや美奈子さんはどうだったか、あまり記憶がない。おばさんは小さかったこともあってか女の子はあまり外に出さなかったようだ。また「女の子は勉強なんかいらない」と思っていたところがあって、私の母もそう考えていたようだ。

〈大空襲とその後〉

一九四四年一一月末から本所や向島には空襲が始まっていたが、一九四五年三月一〇日の大空襲で向島区はほぼ全域が焼失した。小岩の家は地盤が弱く、防空壕が掘れなかったため、知り合いの家の防空壕を借りていた。大空襲のとき、私は父と屋根の上にあがって本所や吾嬬町の方向一帯が燃えているのを見た。川（荒川や中川）をはさんだ先なのに、小岩の家付近まで炎の熱さを感じた。翌朝、私は父と二人で荒川の鉄橋を鼻緒の切れた下駄を引きずって歩いた。

大空襲の二日後、私の母は炊き出しをしてみんなを待った。泉谷のおじさんと周一さんたちが来た。

すでに逃げて来ていた親戚の人もいたが、みんなで大喜びした。親戚全部が助かった。しばらく休んだ後、おじさんは早速区役所に罹災証明を取りに行き、切符を手配して秋田に帰郷した。「そのうちリンゴを送るからね」といって私の頭をなでてくれた。その後毎週のように、周一さんあるいは周平さんを連れて米、リンゴ、漬物などをもって来てくれた。母はそれらを近所に売りさばいた。その当時東京は食糧難であった。おじさんたちは、夜行列車で来て、その日の夕方また夜行列車に乗って帰るという日々だった。私たちはわずかに持っている着物などをもって千葉の農家へ出かけて、さつまいもを手にするのが常だったので、おじさんの持ってくる食料は本当にありがたかった。そのうち、秋田のお酒なども そっと持ってきてくれた。

私の母が、周三郎さんや親戚の人の面倒をよく見たのも、泉谷のおじさんおばさんから受けた温情が忘れられず、そこから学んだことが多かったからではないか。母は、人が好い父と普段は仲がよかったが、酒を飲むとよく喧嘩した。子どものこと、嫁のことなど悩んだことも多かったが、晩年に至るまで泉谷のおばさんとは仲がよかった。カネおばさんが珍しく上京した時、東京での毎日はせわしくてあわないと言って二人で銭湯に行き、大いに語りあって気晴らしをしたようだ。

私は秋田の田舎から東京に出てきた姉妹が、互いに支えあって生きた歴史を感じる。私の母が父と結婚したのは、カネおばさんの家での「出会い」があってのことだった。頼りになる姉から戦中戦後大いに助けられた。空襲で東京の家を失い帰郷したカネおばさんは間もなくおじさんを亡くし、五人の子供を抱えてさらなる苦労を重ねた。二人は、お互いに頑固者だったが、お互いが一番の理解者だったにちがいない。お互いが自分にない良さをもつことを二人は互いに知っていたように思う。

〈おわりに〉

私は中学校を出てから必死に働いてきた。当時はそれが当たり前だったが、給料を家に入れなければならなかった。それが辛かったこともある。結婚して二人の子供（長男・さや夏、二男・団《まどか》）に恵まれた。会社勤めをしながら朝は新聞配達をし、必死に子供を育てた。幸い子どもたちは大学を出て自立した。さらに私は福祉の勉強をし、資格を取って地域の福祉関係の仕事を続けてきた。ここに住んで長い間地域に根ざせたおかげで今は皆さんから支えられて、落ち着いた日々を過ごしている。子どもたちはしっかり仕事をしており、私は誇らしく思っている。

児童文化研究会に入る

私が大学に入学したときに、多くのサークルが掲示板などで部員の募集をしていた。「子供に関心のあるものは来たれ」（児文研）と書いていた掲示板が目についた。最初にその掲示を読んだとき、「子供と遊ぶサークルか」と感じただけであった。その夜、日記を書きながら、その掲示文を思い出した。自分は、高校卒業後、二年間商店に勤め、商人の世界を見てきた。これから教師になるとしても、また家庭教師をするにしても、子供のことを理解することが一番重要なことだと思った。そこで翌日児童文化研究会の戸を叩いた。昭和三三年五月二五日の日曜日、浅草の母子寮の子供たちと小石川の植物園に行った。そして子供たちと遊ぶ中で、二人の子供が「けんか」をした場合、子供たちは子供なりにその是非を考え、悪かったほうにあやまらせることを知った。自分は子供たちと話をしているときには、彼らの世界に入り込んで、自分のことを忘れていることに気づいた。それから人形劇の練習をして、浅草の鍋横の七夕祭に参加したが、家庭教師をするという制約があったので、熱心に活動することはできなかった。またこのサークルに属していた櫻井一郎さん（教育四年）田戸さん（心理三年）と共に、昭和三三年一〇月一一日から一三日まで八ヶ岳の権現岳に登山した。山がけわしかったので、頂上に着くまで時間がかかり、下山のときに疲労と暗闇の中で道を確認できず、いくつかの幻覚（たとえば「沼が見える」あるいは「自分以外の二人は狐ではないか」という幻覚）を体験した。

家庭教師と九州旅行

私は、大学生活において、奨学金と家庭教師をふたつほど続ければ、経済的に自立できるのではないか、と考えていた。小岩の叔母の家に下宿していたので、近い場所で家庭教師の職を探していたところ、昭和三三年五月、大学の厚生課から渡辺恒夫さん宅の渡辺博志君を紹介された。場所は新小岩駅から歩いて二五分ぐらいの所であった。ご主人は鉄工所を経営しており、博志君は小学四年生で一人っ子であった。最初の三回ぐらいは我慢して勉強する姿勢を示したが、遊ぶほうが好きな男の子であった。学習の成果はなかなかあらわれなかった。八月に入ると、私は、ご家族と共に保田の海水浴に行ったり、多摩自然公園に出かけたり、映画を見たりした。だが、博志君を勉強に集中させることができず、子供に教えることの難しさを痛感することになった。博志君は、昭和三五年八月六日から八月二四日まで、私と共に秋田の実家で過ごした。最後の五日間は、両親のもとに帰りたかったようだが、なんとか我慢してくれた。

昭和三五年三月二〇日から三月三〇日まで池田大八君、千田雄造君と共に「九州旅行」に出かけた。

第一日目　三月二〇日（日）

私は、池田大八君と共に、午前一〇時三〇分、東京発の「雲仙」に乗り、長崎に向かった。

第二日目　三月二一日（月）

池田君と私は、長崎市内めぐり（三時間）に参加し、崇福寺↓大浦天主堂↓グラバー邸↓平和祈念像前↓長崎原爆資料館などを見学した。

長崎市内をバスに乗って見物していると、原爆の被害の跡を見出すことができないほど復興していた。だが、原爆資料館のなかに入ると、部屋の展示物のひとつひとつが無言の内に被害の大きさ・ひどさを伝えている。ガラスと癒着した人間の手、神への祈りの最中に灰と化した人の形見として残っているロザリオ、ケロイドに覆われた人間の首、これらの展示物は原爆の残酷さを伝えている。長崎大学学芸学部の寮に泊った。

第三日目　三月二二日（火）

千田雄造君が長崎に到着したので、三人で「西海国立公園Aコース」のバスに乗り、佐世保駅前↓西海橋↓遊園地↓九十九島めぐり↓弓張岳展望所などを見た。天候に恵まれ、眺望がきき、遠くに天草などを見ることができた。その後佐世保市街からバスで山越えし、佐世保港近くにあった長崎大学水産学部の寮に宿泊した。

第四日目　三月二三日（水）

一五時三〇分、佐世保発の急行「西海」に乗り、武雄に向かい、そこから国鉄バスで嬉野に到着した。ここで帰省している池田君の友人と会う予定であったが、不在でやむなく佐賀県の旅行を断念し、再び国鉄バスで西に向かった。到着したところは、長崎県の彼杵《そのぎ》駅であった。夕暮れであったので、駅近くの商人宿・若松旅館に二食付き三〇〇円で泊まった。それでもゆっくり風呂で垢を落とし、ちゃんとした夕食と朝食を取ることができた。

第五日目　三月二四日（木）

午前八時三〇分、彼杵発の列車に乗り、九時二六分諫早に着いた。一〇時八分、諫早発、雲仙行きのバスに乗り、雲仙の地獄めぐりを楽しんだ。その後、雲仙から仁田峠までバスでのぼり、ここで若松旅館でつくってもらったおにぎりを食べた。昼食後、バスで島原に向かった。島原からは船で三角に渡り、一八時三四分、三角発の列車に乗り、一九時二三分、熊本に到着した。この列車に乗っているとき、反対の方向に向かえば水俣に着くことを知り、二月に水俣病の原因をめぐって熊本大学が有機水銀説を主張したのに、チッソは「使用しているのは無機水銀であり、化学的常識からみて疑問である」と反論していたことを思い出した。熊本大学の寮に宿泊した。

第六日目　三月二五日（金）

午前七時五八分、朝から天気が悪く、阿蘇の雄大な景色を楽しむことができなかった。竜田口発に乗り、九時二八分坊中に到着。坊中観光バスは、九時四八分発で阿蘇山に向かった。火口を覗くにも風雨が強く、しかもあられが吹き付けてじっくり見ることができなかった。阿蘇山もこんなに恐ろしい形相を示すのかと思いながら坊中に降りた。

〈荒れ狂う　風とあられの　阿蘇の山　風雨のなかに　阿修羅の影〉

一三時一分、坊中発「ひかり第一」に乗り、一四時四八分に大分に着いた。一五時三九分大分発に乗り、一八時五八分宮崎に着いた。宮崎大学の寮に宿泊した。

第七日目　三月二六日（土）

午前九時一〇分、宮崎観光ツアーに参加し、宮崎交通営業所前→宮崎神宮→平和台→子どもの国→青島→鵜戸神宮をまわって、一六時五〇分に戻った。神武天皇を祀っている宮崎神宮と青島で鬼の洗濯板を見たことが印象に残った。宮崎大学の生協の寮に着いたとたん、池田君の体調が悪くなり、医師の診察を受けた。池田君の病気は、風邪と疲労が原因とのことで、三日間ここで休むことになった。

第八日目　三月二七日（日）

午前八時三二分、宮崎発の汽車に乗り、一一時三分に国分に到着した。その後、国鉄バスに乗り、桜島口→古田で降り、一時間ほど休憩した。そこからバスに乗り、引の平に登り、ここから桜島のごつごつとした山肌や煙を吐いている荒々しい姿を見ることができた。鹿児島大学の寮に泊った。

第九日目　三月二八日（月）

午前八時三二分西鹿児島発の汽車に乗り、一〇時二分、山川に着いた。次に国鉄バスに乗り、長崎鼻で降りた。道路のまわりの畑は、黄色い花をつけた菜の花と穂をつけ始めた青い麦が規則正しく広がっていた。その背後には薩摩富士と呼ばれる開聞岳の美しい姿が浮かび上がっていた。その後山川港を見てから指宿に向かい砂風呂を楽しんだ。砂風呂の帰りに駅で池田君の到着を待った。鹿児島大学の寮に泊った。

今回の旅行は、大学に入って最初の大きな旅行であった。秋田県の横手で育った三人は、長崎、佐世保、雲仙、島原、宮崎、国分、山川、指宿などを訪れて、九州の明るい風土、働いている人々の姿、さまざまな生活様式を見て、それぞれ異なる仕方で多くのことを学んだことであろう。

安保反対のデモに参加して

私は、大学で三年目を迎えたとき、大学の寮に入って卒論をまとめたいと考えて、昭和三五年四月に、桐花寮の面接を受けて認められた。四月二四日に小岩の叔母の家を出て桐花寮に移った。寮に入っても、私は、三つの規則（一、できるだけ勉強すること　二、大学の授業に出席すること　三、夜は遅くとも一時に就寝すること）を守ることを決意した。

当時岸信介内閣は、閣議で新安保条約を正式に決定し、五月一九日に、衆議院の清瀬一郎議長は、警官隊五百人を導入し、会期五〇日延期を三分で議決し、新安保条約は委員会で採決され、承認・可決されることになった。この頃から、私は、国民の運命を決める重要な議題を、慎重に審議することなく、一挙に押し切ってしまう岸内閣の姿勢に反対してデモに参加するようになった。六月一〇日には、学友三人と共に全学連反主流派のデモに参加し、羽田空港の出口でハガチー米大統領新聞係秘書官の車を取り囲んだ。午後五時半頃、米海兵隊のヘリコプターが飛来し、突然降りてきた。一瞬「撃たれるのか」「あぶない」と思い身体を縮めた。ハガチーは、米海兵隊のヘリコプターで脱出した。六月一三日の夜、私がサルトルの『実存主義とは何か』を読んでいたとき、寮の放送が「教育大学の本館に警官が入った」「できるだけ大学に駆けつけるように」と告げた。学友二人と共に寮を飛び出した。地下鉄の終電に間に合い、茗荷谷駅前でスクラムを組んで大学の裏側から学内に入った。驚いたことに、自治会室に通じる廊下は、ヘルメットをかぶった警官であふれていた。学生は、警官に怒号を浴びせることでしか抗議できなかった。午前一時半警官が帰ったのでE二〇五で抗議集会が開かれた。そこで寮生は歩いて帰ることになったが、私は疲れていたので学友二人とE四三五で朝七時まで眠った。五月一九日から二〇日にかけての岸内閣による強行採決を日本における民主主義の危機としてとらえ、抗議行動に立ち上がるように説き、多くの人に感銘を与えたのが丸山真男氏の講演「選択のとき」の次のような文章であった。

これまで長い間、自民党政府は、実質的に民主主義的な権利を抑圧したり、あるいは憲法を蹂躙するような事柄をいろいろやってまいりました。しかしそうしたことをしながら、彼らは常に、民主主義とルールの尊重を口にしてきました。ところが今度ばかりは、いささか様子がちがうようです。……もし私たちが、一九日から二〇日にかけての夜の事態を認めるならば、それは、権力がもし欲すれば何事でも強行できること、つまり万能であることを認めることになります。権力が万能であることを認めながら、同時に民主主義を認めることはできません。一方を否認することは他方を肯定することは一方を否認することです。これが私たちの前に立たされている選択です。この歴史的瞬間に、私たちは、外国に対してではなく、なによりもまず、権力に対する私たち国民の安全を保障するために、あらゆる意見の相違をこえて手をつなごうではありませんか。

（『丸山真男集第八巻』、岩波書店、三四八―三五〇頁）

〈あまりにも　ひどい政治に　耐えかねて　バイトの帰りデモに加わる〉

昭和三五年六月一五日　国民会議の第一八次統一行動「六・一五ゼネスト」に、総評、中立系労組の五八〇万人が参加した。私は、午後四時ごろ全学連反主流派のデモに加わり、国会周辺で抗議デモをおこなっていた。途中で反主流派の方針（国会に突入しないという方針）に反発して、学友とともに国会に向かった。午後五時に全学連の主流派である明大、中大、東大らのデモ隊七千人が、南通用門から国会に突入した。警官隊は装甲車を並べて防いだが、阻止することができなかった。私と友人が国会に着いたとき、主流派の学生の一人が装甲車を動かしてガソリンを抜き、さらに火をつけようとしていた。そのやり方があまりにも上手なので、「彼は本当に学生だろうか」と思ったほどである。午後七時、警官隊にデモ隊の排除命令がだされ、警視庁の第四機動隊が警棒を振りかざして学生に襲いかかった。この衝突の際に東大生の樺美智子さん（二二歳）が亡くなった。双方に負傷者五五〇人をだした。このときの様子を、ラジオ関東のアナウンサーは「警官隊の形相、まったく人間とは思えない。動物としての憎悪だけです。警官隊のすごい暴力です。これが現場の情勢です」と放送した（『六〇年安保・三池闘争』、毎日新聞社、一二八頁）。構内から出てくる人は、「警官は人殺しだ」「あまりにもひどすぎる」と叫び続けていた。東京地検は、樺美智子さんの死因を、①窒息死、②腹部に強い圧力が加わったための出血性膵臓炎、③両方が同時に起こった、のいずれかと発表した。私は今日でもこの東京地検の死因を信じることができない。「主な原因は警棒による暴力だったのではないか」と信じている。私と友人は構内に入り、三〇分ほどで外に出た。翌日、雨がざあざあ降るなか、私は樺美智子さんという一人の女子学生の貴重な命を奪った警官隊の暴力に怒りながら、多くの学生と共にデモを続けていた。六月一八日、新安保条約が自然成立した。

昭和三五年六月二九日、院生の池田正一さんに連れられて水間圭祐さん（医師、日大教授）宅に伺い、水間美智子さん（日本女子大学附属中学校一年）と水間さち子さん（日本女子大学付附属小学校四年）の家庭教師をすることになった。美智子さんは、背が高くおっとりした感じであるが、物事を的確に判断できるしっかりした女の子であった。さち子さんは、二女のせいか、姉と同じように教えることを要求する強さをもっていた。宏君と健ちゃん（親戚の篠崎健君）は可愛い元気な男の子であった。お父さんは温厚な人で、教え方について注文をつけることなく、私にオートバイに乗る危険性を示唆してくれた。奥さんはやさしい人で、胃腸の弱かった私に、おいしい料理をつくってくれた。当時大学の寮に入っていたので、ときおり帰りに煎餅や果物をいただいた。子供たちはよく勉強してくれた。水間さんでの家庭教師は昭和三九年四月まで続き、大変お世話になった。

〈富士登山〉

安保闘争におけるデモで疲れ切っていた倫理専攻の三年生（佐藤勲君、林幹一郎君、林敏夫君、吉田悦夫君）、二年生、一年生が話し合い、七月一五日から山中湖の岳東寮を拠点にして富士登山を試みることになった。午前一〇時小雨のなか、一合目から登り始める。午後七時五〇分ふらふらの状態で頂上に到達した。そして八時四〇分頂上から下り始めた。長年の願望であった富士山に登ることができた。だが残念であったのは、青木重君が突然体調が悪くなり参加できなかったことだ。彼からザック、キャフバンシューズを借りたことを今でも感謝している。

卒業論文と教育実習

私は、六月に新安保条約に反対して国会即時解散・安保阻止デモに参加し、国民の安全を保障するために国会即時解散・安保阻止を叫んだが、六月一八日には自然承認という形で成立してしまった。民主主義のあらゆる理念と規範が国家権力によって失われたように感じられた。私は、その虚脱感の中でサルトルやアルベール・カミュらの著書を読みながら「実存主義とマルクス主義との関係」を理解しようと努めていた。そしてベルジャーエフ（一八七四―一九四八）という思想家に関心を抱くようになった。彼は、キエフに生まれ、ロシア革命後、追放されてフランスで死んだ宗教哲学者である。一〇月二二日には大学の生協でベルジャーエフ全集の第一、二、四、五、六巻を購入し、わくわくしながら寮に帰ったことを記憶している。二週間ほどベルジャーエフの本を読んで、卒業論文に「ベルジャーエフの思想について―その背景と問題点―」を考察することに決めた。四年生になり卒業論文を書き始めたが、桐花寮の同室の二人は、学問に関心がなく、金儲けを夢見ており、あまりにも騒々しかったので、六月三〇日に小岩の叔母の家に戻った。

教育実習は、大塚にある東京教育大学附属中学校に割り当てられ、私は、社会科の梶哲夫先生の指導を受けることになった。昭和三六年九月二日に附属中学校で教育実習の打ち合わせが行われた。ところが、五人の実習生のうち二人しか参加せず、梶先生は、不参加の学生に不満を示された。そして授業の参考文献として徳冨蘆花『不如帰』(岩波文庫)と磯野誠一・富士子『家族制度』(岩波新書)川島武宜『結婚』(岩波新書)を紹介された。帰りに東京堂で二冊を購入することができた。三年生の授業を見て、私は、梶先生の分かりやすい話し方と的確な板書に教えられると共に、生徒が自分の疑問や感想を率直に述べているのに感心した。九月一一日、六時限、社会科の「国民と政治のしくみ」を三年三組で始めて教えた。翌日一時限に家族制度を『不如帰』の内容をふまえて説明したとき、生徒たちが熱心に聞いていることに気づいた。九月一三日には地理の中川先生が野外観察と地理の教え方について話された。「地理という教科は地図を見れば分かる」と思っていた自分の理解が間違っていることを教えられた。私の研究授業は、昭和三六年九月二五日(月)の六時限、三年三組で行われた。その主題は、明治憲法と新憲法をふまえて「恋愛と結婚」をどう考えるかというものであったと記憶している。九月二七日、朝礼のときに実習生を代表して挨拶をすることになった。朝礼での挨拶では、アルベルティの思想の重要性を、次のように強調した。

皆さんは、この三週間、私たちのまずい授業にさぞ退屈したことでしょう。立派な授業ができなかった代わりに、ここで私の好きなイタリア人の言葉を紹介したい。そのイタリア人とは、君たちが知っているミケランジェロやレオナルド・ダ・ヴィンチと同じ時代の人です。その名前はアルベルティ(一四〇四—一四七二)と言います。ジェノヴァに生まれた人で、建築家、彫刻家、詩人、思想家などの多くの分野で活躍し、万能の天才と呼ばれた。彼は代表作『家族論』の中で、次のように述べている。

人間は時間を無駄にしなければ、ほとんどすべてのことをおこなうことができる。だから私は、身体と精神を決して無駄には使用しない。時間を失うよりはむしろ睡眠を失ったほうがよいと。私がこの言葉を好むのは、ひとつは、人間には無限な可能性があり、努力しさえすれば、かなりのことを行うことができる。もうひとつは、時間の大切さを強調していることである。

多分君たちの中には勉強や努力をしないで「自分は頭が悪い」と考えたり、無駄に時間を過ごしながら「勉強する時間がない」と嘆いている人がいることでしょう。ここで私が君たちに言いたいのは、「努力し時間を上手に使うならば何事でもかなりおこなうことができる」という確信をもって日常生活を過ごしてほしいということです。簡単ですが、これで挨拶を終わります。

私は、附属中学校での教育実習を通じて、教育とは、上から高圧的に命令して生徒を思い通りに支配することでなく、生徒それぞれの個性を尊重し、その能力を伸ばすように配慮し、しかも彼ら自身が物事の是非を自分で考えるように養成することだ、ということを教えられた。

栗又秀一郎君との出会い

昭和三六年一〇月五日、大学の厚生課の紹介で、新小岩の駅から五分ほどの場所で板金業を営まれていた栗又秀雄さん宅を訪れ、中学二年生の秀一郎君の家庭教師をすることになった。秀一郎君の第一印象は、部屋を見るかぎり、教科書以外の本を読んでいないように思われた。だが、話し会ってみると、考え方がしっかりしており、「判断力が卓越している」と思った。一〇日後、栗又秀雄さんと夕食を共にした。ご主人は、板金屋さん特有の職人気質をもっており、お母さん（栗又成子）は、腎臓の病気で透析を続けているにもかかわらず、やさしさに満ち溢れている人であった。その後、秀一郎君はときおり小岩の下宿に来るようになった。昭和三七年三月一二日には二人で映画『スパルタクス』を見た。三月二九日、秀一郎君の成績は、英語が九四点でクラスで二番となり、「五」になった。六ヶ月ほどで六五点から九四点に上昇したのには驚かされた。同年七月二八日から八月五日まで横手の実家に滞在し、私の母と小安温泉などに出かけた。昭和三八年三月二日、都立高校の試験が終わり、自己採点してもらったところ、無事に小松川高校に入学することができた。秀一郎君は、大学受験では、お父さんの希望で商学部に進むことになった。日本大学と千葉商科大学に合格し、日本大学の商学部に入った。

昭和四九年四月七日、栗又秀一郎君（栗又秀雄さんと栗又成子さんの長男）と野坂みどりさん（野坂力《つとむ》さんと野坂京子さんの一人娘）の結婚式が明治記念館で行われ、私は、新郎側の仲人として参加した。その後、栗又家とは親睦を深めるようになった。秀一郎君とみどりさんの間に秀和さんと愛子さんが生まれた。秀和さんは一級建築士の資格を取り、浩子さんと結婚して家業を継いでいる。現在、栗又秀一郎さんは、栗又工業の会長として、社長である秀和さんと共に活躍している。平成二九年二月には愛子さんに女の子が生まれ、「りお」と名付けられた。現在、りおちゃんは、栗又家の人々の愛情を一身に集めている。

私が福島工業高等専門学校に就職していわき市に行ったときには、栗又秀雄さんと秀一郎君に荷物を小型トラックで国道六号線を利用して運んでもらい、高専に二年間滞在して東京に戻るときにも、栗又秀一郎さんに同じトラックで荷物を運んでもらった。これ以降、我が家の引越は、すべて栗又秀一郎さんにお願いすることになった。秀一郎さんの母である栗又成子《しげこ》さんは、平成八年八月三〇日に逝去された。享年満七〇歳。また私の家族がおばあちゃんと共に腰越の家で生活するようになってから、栗又秀一郎さんと井上主税さんは、坂道の排水の整備、重い雨戸の修理などをして下さり、大変お世話になった。

第五章　学問への道
――大学院への進学

昭和三七年二月二三日に大学院修士課程の合格発表があった。四名定員のところ、五人が受験し、持田行雄さんと私が合格した。このことは、私にとって人生の転換点を示すものであった。

この一週間は、自分にとって一つの運命の曲がり角であった。高校の教員になるか、大学院に進学するかという問題は、自分の意志だけでなく、試験に合格することが要請されていた。修士課程の試験に合格したことは、今後苦難の道を選ぶことになるのかもしれない。J・S・ミルの言葉「満足した豚よりも、不満を抱えた人間のほうがよく、満足した愚か者よりも、不満を抱えたソクラテスのほうがよい」が心に強く響いた一週間であった。自分が選んだ人生だ、これからも一歩一歩地味で目立たない勉強を続けていかなければならない。」（二月二六日に記す）

昭和三七年三月一五日、東京教育大学の卒業式がおこなわれたわれた。朝永振一郎学長の告辞と内藤文部次官の挨拶だけのきわめて簡素な卒業式であった。朝永学長は、昭和三一年に東京教育大学の学長になり、昭和三五年に再選された。昭和三七年七月に学長の任期が終了したので、私たちとの卒業式が学長としての最後の卒業式であった。

朝永振一郎先生の業績

朝永振一郎先生は、明治三九年三月三一日に哲学者で『近世における「我」の自覚史』を書かれた朝永三十郎氏の長男として、小石川の小日向三軒町で生まれた。翌年、父が京都帝国大学に転任したので、一家は京都に移られた。その後、父が哲学史研究のために海外に留学したので、母の里である本郷森川町に移られ、本郷の誠之小学校に入った。翌年、父の帰朝とともに再び京都に移った。第三高等学校を経て、京都帝国大学理学部物理学科卒業。その後、東京の理化学研究所に入り、仁科芳雄氏のもとで研究。昭和一二年から二年間ライプツィヒ大学のハイゼンベルク教授のもとで原子核理論の研究。昭和一六年、東京文理科大学教授となる。昭和二四年、新制大学の発足とともに東京教育大学教授となる。アメリカのプリンストン高級研究所に招かれる。

昭和三一年、東京教育大学の学長に選ばれる。昭和三五年、学長に再選された。昭和四〇年、超多時間理論、くりこみ理論などの業績により、ノーベル物理学賞を受賞。昭和四四年東京教育大学定年退官。バグウォッシュ会議のメンバーとして戦争の廃絶、原水爆禁止を訴えた。昭和五三年五月、食道ガンにかかり、翌年の七月、不帰の人となった。

私が朝永振一郎先生に関心を持つようになったのは、在外研究から帰って数年過ぎたとき、唐木順三著『科学者の社会的責任についての覚え書き』（筑摩書房）を読んで、唐木氏が原爆を生み出した物理学の責任をもっとも深く憂慮している科学者として、アインシュタインと朝永振一郎をあげていることを知ってからである。そこでアインシュタインの『平和書簡』（全三巻、みすず書房）と朝永振一郎著『科学と科学者』（みすず書房）を購入して読んだ。唐木氏によれば、アインシュタインは、もし再び若人となり生計を立てるときには科学者や学者、教師にならないで、ブリキ職人や行商人になることを選ぶだろうと述べているし、朝永振一郎先生は、死を前にしてまとめた『物理学とはなんだろうか　下』（岩波新書、一九九九）において、「罪」の意識と近代物理学への批判を述べている。

私が『近代日本哲学思想家辞典』（東京書籍）を開いて、朝永振一郎氏の「著書」の箇所を読んだとき、『量子力学的世界像』（弘文堂）『量子力学』（みすず書房）『鏡のなかの世界』（みすず書房）のあとに、朝永振一郎論文集』（みすず書房）『朝永振一郎著作集』（全一二巻、みすず書房）など、研究業績の多いことに圧倒された。その後、朝永先生の一周忌に公刊された松井巻之助編『回想の朝永振一郎』（みすず書房）を読むことができた。朝永振一郎先生は、落語や玩具が好きで、三高記念祭での女装された写真や東京教育大学の卒業式での余興で小唄勝太郎の歌に手拍子をとる先生の姿に親しみを感じるとともに、澄み切った眼で学生たちを見つめながら、時に人類の未来に関して含蓄のある言葉を述べられたことをなつかしく思い出す。

癌やみて余命を知りし我が夫《つま》は未完の原稿仕上げ急ぎし
とつとつと語りし夫《つま》の生《なま》の声最後と聞きしは去年《こぞ》の今日にて

〔声帯摘出、一一月二三日〕朝永領子

昭和三七年四月一二日、大学の教務課で大学院への入学の手続きをし、番号一〇五番の身分証明書を受け取った。同年八月一一日から一二日まで周一兄と共に乳頭山・駒ヶ岳に登り、一四日から一八日まで母と共に、胃腸によいといわれている湯ノ又温泉を訪れたが、あまりの静けさに孤独になり、東京に早く戻りたいと思った。

〈マルクスを読めどわからず　空を見る　温泉宿に老人あふれる〉
〈せせらぎを雨かとまよう　山の宿　清流見つめて時間を忘れる〉

周一兄の結婚

昭和三七年一一月一〇日（土）に周一兄と栄子さんの結婚式が横手で開催された。日記の中で、次のように記している。

今年の楽しく微笑ましいニュースとしては、なんといっても周一兄の結婚式をあげなければならない。満三〇歳になるまで中学校の教師として家のために尽力してきた周一兄が結婚式場で来賓の新田校長の話にみせた涙は、兄の今までの苦しみを無言のうちに伝えてくれた。よかった、よかったという気持ちが家族や親族の心を占めていたことであろう。結婚式のために家に帰り、母の老いた姿を見て、私は、我が家がようやく混乱期から安定期に移行しつつあることを心から喜んでいた。

昭和三九年一月三〇日、外の目で泉谷禎子さんが生まれた。禎子さんは、昭和六一年七月一二日に鈴木匡さんと結婚し、昭和六四年一月四日に斐子《あやこ》さんが生まれ、平成四年六月二一日には崇史《たかふみ》君が生まれた。外の目では、昭和四一年五月七日に明子さんが生まれた。明子さんは平成三年一〇月一三日に小田嶋久夫さんと結婚し、平成四年六月九日に淑人《よしひと》君が、平成七年一月三日に雅人《まさひと》君が生まれた。周一兄の初孫の鈴木斐子さんは、外の目のおじいちゃんとおばあちゃんについて、次のように書いてくれた。

私のおじいちゃんとおばあちゃん

鈴木斐子

幼い頃、横手のおじいちゃんとおばあちゃんの家に遊びに行くときは、毎度わくわくしたものです。家のまわりをぐるっと囲むりんごの木々の非日常感。家の主《ぬし》のようにずっしり構える大きなしだれ桜。家の中心を貫く長い廊下。秋田市から車で二時間、国道から細い横道へ抜けてたどり着くその場所は、絵に描いたような「これぞ田舎の祖父母の家」でした。

まるで小旅行にでも出かけるような感覚で訪れるおじいちゃんとおばあちゃんの家が私は好きです。かすかに香る墨の匂いに誘われて階段を上がると、その先におじいちゃんの部屋があります。その部屋は私にとって特に魅力的な場所のひとつでした。「おじいちゃんがいない時は、入っちゃだめだよ」と、母に言われていたおじいちゃんの部屋に、初めて足を踏み入れた時の衝撃を今でも覚えています。広々としたその空間の中心を陣取る墨や硯の数に驚くまもなく、左手にはたくさんの蔵書や古い映画が並び、テレビにはカラオケが附属されていました。未知のものであふれるその部屋で、いろいろなことをしました。夏休みには習字の基本点画を学び、冬休みには弟と2人のいとこと共に初めて「モスラ」を見ました。美空ひばりも島倉千代子も、その部屋で覚えました。

私が小学校一年生から一六年間習っていたピアノも、おじいちゃんがきっかけです。おじいちゃんが買ってくれたピアノは、初めて我が家にピアノを置いたあの日と変わらず、ずっと同じ場所にあります。ピアノで新しい曲が弾けるようになると、おじいちゃんとおばあちゃんの家に行っては、二人に聴いてもらいたくてその曲ばかりを弾いていました。ピアノを弾くことも趣味のひとつであるおじいちゃんから楽譜を借りて、おじいちゃんと同じ曲を練習するのもまた、楽しかったです。おじいちゃんの家で弾く井上陽水の「少年時代」が妙に心地よくて、何度も弾いていたような気がします。

かく言うおじいちゃんといえば、私が遊びに行くと、一生懸命クロスワードをやっているか、「仕事に行く」と言って外にでることが多かったように感じます。おじいちゃんが言う「仕事に行く」とはパチンコをしに行くことを指すということを中学生になるまで私は、知りませんでした。おばあちゃんが「おじいちゃんを迎えに行くけど、斐ちゃんも一緒に行く?」と聞いてくれたとき、おばあちゃんの車に乗って向かう大きな建物がおじいちゃんの仕事場なのだと、本気で思っていたのです。おじいちゃんを迎えに行くと、おじいちゃんはきまって「斐ちゃん、この中でどれがほしいの?」と聞いてくれました。おじいちゃんが指さす先には、当時はやっていたアニメの変身グーズやおままごとセットなど、目がキラキラしてしまうようなものばかりが並んでいます。両親にあまりおもちゃを買ってもらうことのなかった私は、おじいちゃんの「仕事場」でもらえるおもちゃが本当に嬉しくて、嫌がる弟を巻き込んで、何度も何度もそれらのおもちゃで遊びました。

さて、おじいちゃんは家に帰ると、テレビの前の定位置にどっかりと腰をおろし、そこからまったく動こうとしません。何か行動を起こしたいときは「ばあ」と声をかけた後に単語を並べます。「ばあ、リンゴ」「ばあ、お茶」「ばあ、これ」と。あんなに多趣味で器用なおじいちゃんでも、おばちゃんがいないと生活していけないのです。おばあちゃんも、それをよく分かっていて、何やら大声で文句か何かを言いながら、おじいちゃんの所望することをしています。

「文句か何かを言いながら」というように曖昧な表現になってしまうのには理由があって、おばあちゃんは根っからの秋田弁ユーザーのため、話していることのすべてを理解することができないのです。おばあちゃんと母、叔母の間で繰り広げられる会話は、音声だけを拾うとまるで外国語、小さい頃は何の遠慮もせずに、母に「いま、おばあちゃんが言ったの、どういう意味？」と、通訳を依頼していましたが、私も年を重ね、徐々に秋田弁のリスニング能力と気遣いを身につけ、今ではもう母を介することはなくなりました。

おばあちゃんは、小さい頃から私のことをたくさんほめてくれました。私が学校でがんばったことを話したり、ピアノの演奏をしたりすると、「ほおぉ〜〜〜！　斐ちゃん、すごいねぇ！」と言って、何をしても、どんなことでも、大きな声で喜んでくれました。普段から何かにつけて大げさなおばあちゃんですが、このときばかりは、その大げさぶりが嬉しくて、おばあちゃんに「斐ちゃん、すごいのねぇ！」と言われる度に、満足感でいっぱいになりました。

おばあちゃんは、とてもエネルギシュな人です。いつも私が遊びに行くと小さく細い身体で畑仕事をしていたのに「斐ちゃん、よく来たね！」大きな声で出迎え、いろいろな話をしてくれたりします。

おばあちゃんお話の中で最も登場回数が多いのは「蛇」です。家のまわりに何度も現れる蛇を、この世で一番忌々しい生き物かのように取り扱うおばあちゃんの話を聞いて育ったせいか、私は未だに蛇に対する嫌悪感が強く、自分の干支が蛇であることを不快に思っています。遊びに行く度におばあちゃんの「蛇の出現話」は年々エスカレートし、ついに蛇に名前をつけはじめたり、蛇同士の家族関係を推測したりしています。相変わらず蛇は苦手ですが、おばあちゃんの蛇の話は、蛇を敵対視しながらも、一生懸命話す姿がなんだかかわいらしくて、気に入っています。

多趣味で器用だけれど、おばあちゃんがいないと生きていけないおじいちゃんと大げさだけどその一生懸命さがかわいいおばあちゃんの知られざる一面が現れたのが本荘のおばあちゃん（佐々木保子）の葬儀のときでした。親族を代表して挨拶をしたおじいちゃんのスピーチに、私は目を丸くしました。

聴き手を惹きつけるはきはきとした話し方、人間味あふれる柔らかい口調、妹を想う温かい言葉、そこにいたのは「ばあ、りんご」と単語を発する普段のおじいちゃんではなく、かつて中学校で教鞭をとっていたことを納得させる、凛とした姿のおじいちゃんでした。そんなおじいちゃんの横には弔問客に丁寧に頭を下げながら、故人を偲ぶおばあちゃんがいました。あのとき見たおじいちゃんとおばあちゃんの姿に、心の底から敬愛の念を抱いたことを今でも忘れません。

小学校の頃に出会った先生に憧れて、現在私もおじいちゃんと同じ道を歩んでいます。私が教員採用試験に合格したとき、言葉少なに「おめでとう」と声をかけてくれ、三枚以上の便箋にたくさんの心配ごとと少しの激励の言葉をしたためてくれたおじいちゃんの手紙は、「仕事場」でくれたおもちゃと共に、私の宝物となっています。おじいちゃんがくれた「斐子」という名前は、初めて会う人には「難しい字だね」「何とお読みになるの？」とよく聞かれます。だが、名前の由来を説明する度に心の中にぼっと生まれる、何だか少し得意げになる気持ちを、私は大切にしています。

おじいちゃんとおばあちゃんは、私の誇りです。

都立高校の教師になる

昭和三七年四月一二日、城北高校の徳久鉄郎校長に会い、「一年生に倫理を教えてほしい」と要請され、非常勤講師をすることになった。授業は週一時間であったので、生徒に丁寧に教えることができなかった。

昭和三八年三月二六日、徳久鉄郎先生から「足立区の江北高校で非常勤を募集している」との電話があり、午後江北高校を訪れた。社会科の「政治経済」の授業を三年生に週九時間（月と土）担当してほしいという要請であった。教えるのは、三年のB・D・Fのクラスで、江北高校は進学率が高いとのことで、予習が大変であると思ったが、引き受けることにした。授業を担当して、生徒たちが私が話すことをかなりよく理解してくれるということを知った。一〇歳しか年がちがわず、受験科目として選択している生徒が少ないせいだろうか、授業においても質問が多くだされた。自分自身も「政治経済」の研究をするようになり、政治についての関心を深めることになった。また下町のせいか、休み時間や下校のときなどにいろいろな質問を浴びせられた。また数人の女子生徒は板書での誤字を指摘してくれた。一一月末にD組の女子の生徒、小泉（旧姓、黒沢）美智代さんが、次のような人物批評を書いてくれた。

泉谷先生へ

（一）性格　話をする前に「よく知らないけど……」と断るところは奥ゆかしい。そういえば、一学期の頃は、話すとき前を向かないで窓の方だけ見ていたっけ。先生の人気投票もやったら上位にランクされるんじゃないかと思うほど、わがクラスでは好かれている。生徒の名前を覚えるのが早いといったらなかったけ。記憶力の弱い私なんかうらやましい。

（二）直してほしいところ　ジャイアンツが負ければいいなんて、私の前で言うなんてけしからん。吉永小百合は大のジャイアンツびいき。それだけでも、ジャイアンツびいきになっていいはずなんだけど！　フェミニストでないと、口では言っているが、見ると聞くとは大違い。見ていると女性をひどく意識しているみたい。やっぱり気になるのかな？

（三）感想　社会科の先生って案外愉快な人が多いみたい。話を聞いていて至極楽しい。話に夢中になると記憶が断絶するらしく黒板に書くことが前後チグハグ。生徒は読解力が大いに必要である。一口で言うと、偽悪者ではないかしら。耳がよすぎて困る。ナイショ話ができない。

江北高校では六〜八人の生徒と知り合った。そのなかで現在も交際を続けているのが谷津利夫さんである。昭和三九年二月二一日に、谷津さんはひとりで私の下宿（小岩）を訪れた。受験の最中でどこに進もうか迷っていたが、きわめて健全な精神を保持しているように思われた。三月一〇日に受験を終えて再び下宿に来たので、二人で江戸川に沿って金町まで歩いた。そして谷津さん宅を訪れてお母さんに挨拶し、夕食をご馳走になった。一年後、谷津さんは東北大学の歯学部歯学科に合格し、歯医者になられた。谷津さんは、インプラントの治療に関心をもたれ、毎年、海外での歯科の研究大会に出席している。東日本大震災のときにはボランティアとして現地で活躍された。研究熱心で、現在も日本歯科大学で非常勤講師として学生を指導している。歯並びの悪い私は、歯の具合が悪くなると、谷津歯科医院を訪ねた。そしてインプラントの治療をお願いいし、入れ歯の不便さから解放され、快適な生活を過ごしている。

昭和三九年二月、私は、大学院の博士課程の試験をうけ、合格した。

昭和三九年三月二七日から二九日まで、中川敏郎さんの助言を受け、一人で大島（三原山火口——自然公園——波浮の港）を旅した。伊豆大島は、東京から約一二〇キロメートル、伊豆半島から約二五キロメートルという位置にある。私は、多くの若い女性が飛び込んだことで自殺の名所として知られる三原山の火口を見たとき、「ようやくここに来た」という感動に襲われたが、自殺を肯定する気にはならなかった。また波浮の港についたとき、吉永小百合の歌を思いだした。

昭和三九年四月九日、堀田彰先生の紹介で大谷康夫君（京北高校二年）の家庭教師をすることになった。昭和四〇年三月、小牧治先生宅に来日したカール・ミュンヒさんを三日間（皇居前—銀座、鎌倉—江ノ島、国立博物館など）案内した。私は、この三日間の体験を通じて「自分もどうやら外国に行って暮らすことができる」という自信をもった。

東海大学でドイツ語を教える

昭和四〇年（一九六五年）二月一七日　川那部保先生から、「ドイツ語の非常勤講師をやってみないか」と言われ、日本大学の向坂寛先生を紹介された。さらに翌日午後二時、駒場の東海大学で文学部長の原田敏明先生と面会し、四〇分ほど話し合い、採用が決まった。

昭和四〇年四月より　月　二コマ、土　三コマ　担当
昭和四一年四月より　月　四コマ、土　三コマ　担当
昭和四二年四月より　金　二コマ、土　四コマ　担当

昭和四三年四月より　金　三コマ、土　四コマ　担当
昭和四四年四月より　月　四コマ、木　二コマ　担当
昭和四五年四月より　木　四コマ　担当

東海大学でドイツ語を教えながら多くの先生と知り合うことができた。ドイツ語では真鍋良一先生、杉浦忠夫先生、根本萌騰子先生、小林俊明先生らにいろいろ教えられた。また哲学専攻の廣川洋一さん、玉井治さんと知り合った。三人が町田や玉川学園に住んでいたことから、土曜日の夜、誰かの部屋で、廣川さんから親子どんぶりやその他の料理の作り方を習い、それらを食べながら、親睦を深めることができた。また近藤重明さんにはベートーヴェンの音楽を理解する仕方、フルトヴェングラー（一八八六―一九五四）の魅力などを教えられた。東海大学の宿舎の松前荘では、下山田裕彦さんと出会い、彼のお父さん（下山田富保氏）が福島工高等専門学校の教授であることを知った。

奈良、京都への旅（昭和四一年三月一一日から三月一六日まで）

大学生のときから奈良・京都をゆっくり歩きながら見物したいと思っていた。或る知り合いの女性が友人と二人で日吉館に泊まって旅行することを聞いて、日吉館の宿泊を頼んでもらい、二人に同行したり、単独で行動したりした。私は、三月一一日（金）東京駅発二二時三五分発「大和」一一号車一二番（上段）の寝台車に乗った。

第一日目　三月一二日（土）
日吉館に集合。九時出発→博物館見学→櫻井→大神神社→玄賓庵（昼食）→金屋の石仏→日吉館で夕食、その後、二月堂の水取りの行事を見た。

第二日目　三月一三日（日）
日吉旅館を出発→春日大社祭りを見る→単独でささやきの小道→新薬師寺→般若寺→戒壇院→大仏殿裏→二月堂→三月堂（おみくじ：第一百凶をひく）
東大寺法華堂（三月堂）を訪れたとき、おみくじを引いてみようと思い、僧侶に「おみくじはどこですか」と尋ねたところ、「ここです」と言って三〇センチの棒が三〇本ほど入った丸い箱を出された。そこで一本引いたところ、「第一百凶」という最悪のくじを引いてしまった。僧侶は「一番悪いくじを引きましたね。お払いを受けてください」と言われた。おみくじの文章を読むと、漢詩らしい文章が四行書かれており、最後に、「待ち人来たらず。訴訟望み事ともに叶わず。争い事負けるべし。売買ともに利なし。……生死あやふし。」と書かれていた。僧侶がお払いを受けると思ったようだが、私は「このくじは本当に当たるのか」と聞いたところ「わからない」との返事であった。そこで「お払いはしません」と答えて三月堂を去った。この体験後、おみくじを引くことをやめた。

第三日目　三月一四日（月）
朝九時半、近鉄前よりバスで円成寺まで行き、それから歩いて大柳生、柳生下を見、再びバスに乗り、磨崖仏→笠置山登山→二月堂に戻り、夜「ダッタン人の踊り」を見た。

第四日目　三月一五日（火）

朝九時半、近鉄バスで法隆寺→法輪寺→法起寺→慈光院（昼食）→天理市、夕方雨になり、日吉館に戻る。

第五日目　三月一六日（水）

朝八時半、近鉄で京都へ　銀閣寺→法然寺→南禅寺（湯豆腐を食べる）→清水寺→薬師寺→唐招提寺→大安寺→五時半、日吉館→八時二二分発の寝台車で翌日の朝、六時に東京駅に着いた。

福島工業高等専門学校の専任講師になる

昭和四〇年九月一四日　渡部正一先生の研究室で福島工業高等専門学校の校長である佐藤光氏と会った。渡部先生の秋田時代からの友人であるだけに話し合いにおける言葉の用い方からも信頼度の深さが感じられた。校長は、「実は福島高専ではドイツ語の教師が見つからなくて探しており、一〇月中に申請書類を提出しなければならない」ということであった。私は、東海大学でドイツ語を教えており、東海大学の非常勤をもう少し続けたいと要望したところ、「認める」との返事をいただき、高専の専任になることを承諾した。

昭和四一年四月六日　栗又秀雄・秀一郎さんが朝六時小岩の中川家に到着。七時半堀川君と四人で小型トラックで出発、途中、川尻で昼食、下宿先の梶山家が葬儀のため荷物を降ろせなかった。そこで高専に戻って荷物を一時ボイラー室に置き、秀一郎君と寄宿舎に泊まることになった。六時、秀一郎君とスパリゾートハワイアンズに行き、風呂に入り、踊りを見てから夕食を食べて高専に戻った。荷物を処理できず困惑していた私たちに一番親切に対応してくれたのは福島高専の守衛の人たちであった。翌日、雨が降っていたが、秀一郎君と二人で荷物を梶山家に運び、昼食をいただいた。この家の人々は庶民的で感じのよい人々であった。四月九日、福島高専で先生方と対面した。ほとんどの人が私より年上のように思われた。懇意の人がいないせいか、一人ぼっちの異邦人という感じであった。本来ならば、新任式前後は、明るい希望に燃える時期であろうが、私は、都を追われて遠い島に流された落人のような心境であった。四月一二日、四年生三クラスにドイツ語を教えた。学生は、ドイツ語のテキストを読みながら、懸命に学ぼうとしていた。授業後、図書室には入ったが、宗教、哲学、社会などの本が少ないのに驚ろかされた。

昭和四一年四月二〇日、清水書院より『シュバイツアー』の図書出版契約書が届いた。

昭和四一年一二月一九日、高専で新しい家（官舎）が完成したとのことで、そこに移ることにした。栗又秀一郎君が手伝いに来てくれた。

除夜の鐘の音を聞きながら

紅白歌合戦が終わり、除夜の鐘の音がテレビから聞こえてくる内に今年も終わろうとしている。この一年をふり返って見ると、私は何を目標とし、何のために生きて来たのかがはっきりしない。ただ夢中で福島工業高専と東海大学の間を往復し、常に研究の必要性を痛感しながら、研究に専念できないもどかしさを感じてきた。昨年の夏休みにまとめた小牧治先生との共著、『人と思想　シュバイツアー』（清水書院）が出版され、『現代教養百科事典』（暁教育図書版）ではヒルティ、マン（トーマス）、シュバイツァー、世界連邦の項目を書き、東京法令出版の資料集ではルネサンスの大部分を執筆した。また『福島工業高等専門学校紀要』（第四巻、第一号）に「宗教的ヒューマニズムについて—ベルジャーエフとシュバイツァーを中心にして—」を発表した。しかし、近年自分が関心を抱いている英米倫理学については充実した研究ができなかった。来年の三月で福島高専に二年間勤めたことになる。現在依然として胃腸の調子がよくない。福島高専をやめてもう一度東京教育大学の文学部の博士課程にもどるか、それとも福島高専の教員に専念するか、どちらかを選ばなければなるまい。……後悔と精神的葛藤に明け暮れた。昭和四二年は終わった。来年は決断の年になることだろう。（昭和四二年一二月二一日記す。）

昭和四二年一二月、佐藤光校長に福島高専の辞任をお願いしたところ、「もし後任を探してくれるならば、認めよう」ということになった。昭和四三年一月一〇日、芋川平一先生が奥さんと共に来校し、後任を引き受けることを了承された。同年一月九日から一〇日まで渡辺信夫先生や岩淵悟先生と福島高専の厚生補導の要旨をまとめた。一月一八日、小牧治先生からの電話で、「幾徳高専の校長に会うように」との連絡があり、校長に会い、四月からドイツ語の授業を担当することになった。

機械工学科えむよんのクラス会

平成二二年二月七日に福島工業高等専門学校機械工学科「第四回生の第一回クラス会」が郡山で開催され

た。私は、福島高専では二年間ドイツ語を教え、このクラスの副担任をしていたので妻と共に招待された。午後二時半、郡山に到着し、郡山美術館を見物した。クラス会は、午後一六時より一八名が参加して「郡山ビューホテルアネックス」で開催された。開会の進行係を戸松嘉明さん、懇親会の進行係を鈴木光一さんと吉田裕さんが担当し、私が一時間半ほど「来し方・行く末」について話をし、懇親会では各人が近況報告をした。ついで二次会、三次会が開催された。

平成二五年三月二五日に日本イギリス哲学会が東北大学片平キャンパスで開催された。只腰親和さんの会長講演「方法への関心」を興味深く拝聴した。午後、仙台で福島高専出身の馬上正光さんと会い、瑞鳳殿、青葉城跡などを案内してもらった。その後、馬上さん宅で奥さんを交えて親しく話し合うことができた。

「第二回えむよんクラス会」は、平成二五年一〇月二七・二八日いわき市の「ワシントンホテル」で開催された。懇親会、二次会などで近況を話し合い、翌日は母校の福島高専を訪問し、実験室や施設を見学し、青空の下で運動場を走っている学生たちの姿を見た。幹事を担当された亀岡広美さん、江尻勝威さん、胡口敏雄さんには大変お世話になった。

「第三回えむよんクラス会」は、平成二八年九月二七・二八日、「ホテルエピナール那須」で開催された。私は、参加できなかったが、幹事の馬上光夫さんが私の傘寿を祝して激励の言葉を書いた色紙を贈ってくれた。

「第四回えむよんクラス会」は、平成三〇年一〇月二一・二二日に会津東山温泉「東鳳」で開催された。私は、やまびこ一三三号で郡山駅に着き、戸松嘉明さん、鈴木光一さん、馬上正光さんの案内で、諸橋近代美術館においてパメーラ・ジューン・クルック展とサルバドール・ダリの絵画と彫刻を見たのち、長い時間をかけてそば屋を探し、ようやく食べて会場である東鳳旅館に着いた。午後一六時から一七時まで、講話では「横山大観（一八六八—一九五八）の生涯と作品」について話した。

懇親会は、一八時から二〇時三〇分まで、笠原さんの司会でおこなわれ、各人の現在の心境が述べられ、興味深かった。宴会場には志賀幸之丞さんの力作の能面が飾られていた。志賀さんは、平成二九年九月に能面工房「ゆき」をオープンし、長年の夢を実現した。それぞれの能面が個性を表現していた。志賀さんより大著『能面を打って増女になる本—長寿命の生きがい講座』をいただいた。翌日、鶴ケ城で「戊辰一五〇周年」を見ながら天守閣に登った。秋晴れで磐梯山の美しい姿を細かく見ることができた。私は、郡山発一五時三〇分のやまびこ一四四号に乗り東京に向かった。数日後、能面の本にひかれて林望著『これならわかる能の面白さ』（淡交社）、『能面からたどる能楽百一番』（淡交社）、戸井田道三監修『能楽』（三省堂）を購入した。本年一月二六日、東京観世会で「草子流小町」「須磨光源氏」を鑑賞したが、音響がよくないせいか、シテ・ワキの言葉が聞き取れず、「これが能か」という疑問を抱きながら帰途についた。

また鈴木光一さんから、私の横山大観に関する報告に対する感想文が届き、彼の長い絵画歴と大観についての鋭い観察力に驚かされた。そこで鈴木光一さんの大観論を書いていただいた。

私にとっての横山大観（一八六八—一九五八）

鈴木光一

〈岡倉天心との出会い〉

横山大観は『大観の画論』のなかで、「岡倉さんは、美術はアイデアである。理想で行かなければならぬというのが眼目でありまして、写生に行っては芸術は衰へるぞということは絶えず前から言ってておりました。日本画は岡倉さんの言われた精神的に行かねば嘘だと思います」と回想している。大観のこの言葉には、岡倉天心（一八六二―一九一三）の理想主義に対する畏敬の念がこめられている。大観は、東京美術学校で日本画の橋本雅邦の指導を受けて才能を磨き、卒業制作の《村童観猿翁》では、猿を中心に据え、級友一一名の幼少の頃の顔を想像して描くという、非凡な「構成力」「発想力」で八六点という最高点を獲得した。他方、岡倉天心は、横浜の商人の子として生まれ、幼少時から英語や漢籍に親しんだ。東京大学時代にフェノロサと出会い、日本美術研究を深め、二九歳で東京美術学校の校長になった。天心は、画家ではなく学者であり、美術行政官であった。著書には『茶の本』『東洋の理想』などがある。「絵は技術で描くものではなく心で描くものだ」という大観の芸術論は、天心の理想主義を継承したものであった。

明治三一年三月、岡倉天心を誹謗する怪文書が配布され、天心が辞職した際に、橋本雅邦、横山大観、菱田春草、下村観山らが文部省の措置に反対して辞職した。辞職者は三〇名を超えた。このとき大観は懲戒免官であった。天心は辞職した教員たちと共に、一〇月に日本美術院を創設した。大観が日本美術院創立第一回展に出品したのが《屈原《くつげん》》であった。屈原は、古代中国の楚の國の伝説的な詩人で、讒言《ざんげん》により都から追放され、その後、自殺した。

大観は、《屈原》において、東京美術学校を追われた天心を屈原に重ね合わせて描いており、風に吹かれてさまよい歩く屈原の背景は、ぼかし塗で独特の色調と明暗を表現し、草むらに潜む黒い鳥や空を舞う燕雀は、対立派閥の人々を表している。天心が「気魄《きはく》の大観、技巧の観山、頭脳の春草」と評したように、《屈原》は、大観の気魄が画面から溢れてくるような迫力を感じさせる傑作である。この絵は、画家大観の存在をアピールしたが、この作品が大観の出世作になったかというと必ずしもそうではない。むしろこれからの十年間の苦難の時代のはじまりを告げるものであった。

明治三三年ごろ、岡倉天心が「空気を描く方法はないか」と問いかけたのがきっかけで、横山大観や菱田春草が中心になって、伝統的な線描の日本画から無線彩色の新しい手法を提示したが、「絵が暗い」「妖怪画だ」と世間からは認められなかった。この新しい手法は朦朧体《もうろうたい》と呼ばれるようになった。大観の代表作品は、《夕立》である。明治三六年一月、大観は天心の勧めで、春草とともにインドに旅し、古代壁画から「東洋美術」の源流を学び、アメリカでは日本で不評な自分たちの絵が大評判で高い絵から売れたことから、日本でも遠からず認められると自信をもつようになり、印象派風の彩色を工夫した。

〈悲愁一二年—明治三五年から大正二年まで〉

明治三九年一二月、日本美術院は茨城県北部の五浦《いづら》海岸沿いに研究所を建設し、天心、大観、春草、観山、武山が研究所の近くに家屋を新築して移り住んだ。世間では「日本美術院の都落ち」とささやかれた。大観と春草は、絵が売れず、「餓死寸前」と言われるほど貧困に苦しんだ。さらに明治四一年に大観は、失火で住居を全焼した。この時期に、大観の六人の近親者が病気などで亡くなった。

明治四四年九月一六日には親友の菱田春草が腎臓疾患で亡くなった。さらに大正二年九月二日に岡倉天心は赤倉の山荘で五二年の人生を終えた。天心の葬儀の時に大観を中心にして日本美術院を再興しようとする発議がなされ、大正三年九月二日、日本美術院の開院式がおこなわれた。大観は、この苦難続きのなかで、「人間ができてはじめて絵ができる。それには人物の養成ということが第一で、まず人間をつくらなければなりません。……作家はどこまでも創造していくことが尊いので、人の真似はいけません。自分の今日の作品と、明日のそれとは変わっていてもよいのです」(『大観画談』)と述べ、日本画の前途に希望をもち、芸術に対する燃えるような情熱をもって絵を描き続けた。そして大観は、彩色画では《秋色》、《喜撰山》、水墨画で《雲去来》、《生々流転》などの名作を発表した。とりわけ、《生々流転》は、全長四〇メートルにおよぶ巻物で、岩の表現に使われた「片ぼかしは、大観独自の表現方法で観客の度肝を抜いた作品であった。

〈日本画の巨匠〉

大観は、昭和五年、ローマの「日本美術展」で総指揮をとり、民から官への華麗な変身を遂げたように思われる。その後、皇室との結びつきを強め、昭和一五年には《山に因む一〇題》《海に因む一〇題》を制作し、その売上金五〇万円を陸・海軍に寄贈し、昭和一八年「日本美術報国会」の会長になった。戦後、大観と藤田嗣治は戦争責任を問われた。藤田嗣治は、フランスに出国し日本に帰ることができなかった。大観は、戦犯容疑者として取り調べを受けたが一度の弁明で容疑が晴れると、理想としての富士山を描き続け、「日本画の巨匠」として高く評価された。

参考文献　古田亮著『横山大観』(中央公論社、二〇一八)、草薙奈津子著『日本画の歴史　近代編』(中央公論社新社、二〇一八)、別冊太陽『横山大観の世界』(平凡社、二〇〇六)

東京教育大学文学部の助手となる

昭和四三年（一九六八）三月二七日、栗又秀雄、秀一郎さんに運転していただき、いわき市から町田市旭町一丁目に引越した。また四月一日から四月七日まで、ドイツ語を教えた福島高専の学生の修学旅行に同行して、四国→奈良→京都を廻ってきた。ほとんどの学生の名前も覚えていたせいか、多くの学生との交流を楽しむことができた。

今日はこのアパートに移って始めて朝から晩まで本を読んでいた。ベンサムとJ・S・ミルの著書を読んでいる内に、当分冷や飯を食べながら、学問とは何かという問題を考察してみようと思うようになった。教員の定職を離れる不安は、この一週間自分の心にこびりついて離れない。最近分析哲学の研究書を読んでいると、規範を除外した点に、その限界があるように思われる。だからといって、古いタイプの倫理学者に見られるように無制限に倫理学の領域を拡大しすぎることを認めるつもりはない。これらの疑問に対しては、今後の研究の進展によって解明されることであろう。（四月一二日に記す。）

昭和四三年五月、東京に戻って大学院の博士課程に復学しようと思っていたが、突然助手になる話がでてきて、五月八日の文学部の教授会で承認された。五月一六日に東京教育大学から「文部教官教育職（一）四等級（東京教育大学助手文学部）に採用する。六号俸を給する」という辞令を受け取った。これから新しい研究生活がはじまった。私が助手に採用されたときの倫理学教室の教員は、次の通りである。

〔西洋関係〕大島康正、小牧治、堀田彰

〔日本・東洋関係〕渡部正一、川那部保、高橋進

昭和四三年五月、パリでは大学制度の改革を要求する学生が、ドゴール大統領の平静の呼びかけにもかかわらず凱旋門を占拠して警官隊と激突し、その後学生の叛乱はフランス全土に広がった。六月一五日医学部紛争中の東大では、反日共系の学生が安田講堂に角材をもって乱入し安田講堂を占拠した。学生を排除するため大河内総長の要請で警視庁機動隊千二百人が大学の構内に入った。四月一五日、日本大学では経理二〇億円の使徒不明金をめぐって千五百人の学生が経済学部の学生ホールで無届け集会を開催し、そこから本部前まで二百メートルをデモをした。

東京教育大学では、以前から大学の敷地が狭隘になったことから、広い敷地を求めて移転してはどうかということが問題になっていた。昭和三八年夏に文部省から筑波新都市への移転を勧誘された。昭和四二年六月一〇日、大学の評議会が文学部の反対を無視して「総合大学として発展することを期し、条件付きで筑波に土地を希望する」と筑波移転を正式に決定したことから紛争が始まった。この紛争は一般には筑波移転をめぐる移転賛成派と移転反対派との争いと見られている。たしかに筑波山麓に建設される研究学園都市への移転計画に端を発しているが、大学を構成員の総意に基づいて民主的に運営していくか、いいかえれば学問の自由の保障を十全な方向に発展させていくか、それとも学長や評議会の意志を優先させる非民主的な運営を続けるかの争いでもあった。当時助手については、各大学や学科においてその位置づけがさまざまであった。東京教育大学の文学部では、期末テストの監督や図書の購入、補完、貸し出しが主な仕事で、まだ授業をおこなうことは認められていなかった。私の場合には博士課程を中退して福島高専に出てから助手になったことから院生との関係が微妙であった。だが、昭和四三年六月二六日、文学部の学生がストに突入し、大

学本部を占拠した。これに対して六月三〇日に文学部長は「E館・本館封鎖学生に対する告示」において、次のように批判した。

過日来の文学部学生の行動は、大学自治の根本を否定し、大学の正常な機能を破壊するものであり、断じて容認できない。とくにE館のみならず、本館までも封鎖する暴挙を敢えてした学生の行動に対し、本学部教授会は、その責任を強く追求するものである。学生はただちに一切の封鎖行為を解き、「ストライキ」を中止せよ。かくのごとき行動が学生自治会の名において文学部全学生の意思としておこなわれていることに対し、文学部学生一人一人が今こそその責任を痛感すべきである。

この移転問題では、賛成か、反対かをめぐって教員の対立が深刻化するにつれ、助手の立場もいっそう難しいものになった。助手は、それぞれの研究室で孤立化していたが、「助手会」を結成して、助手のあり方について議論してまとめた要望書を学部長に提出した。私は、安保闘争では敵対するものが限定されており、日常生活で悩むことはなかったが、筑波移転問題では、大学の執行部が反対派の意見を無視したこと、倫理学教室の内部でも反対か賛成かの対立が深まったこと、また学生運動の指導者が安易にストライキによって学生や院生から「学ぶ自由」を奪うことに納得ができず、精神的にも不安定にならざるを得なかった。

山崎団地から上高田住宅に移住、朋子と裕の誕生

九月五日になると満三二歳になる。依然として胃腸の具合はよくない。他大学への就職が決まらず、研究にも専念できないような状態が続いている。だが、ようやく結婚問題が決着を迎えようとしている。

今朝は九月上旬というのに、一〇月下旬ぐらいの寒さで、雨上がりの青空が秋のすがすがしさを感じさせる。もう秋だ。夏は、すべてのものを暑熱の大気の中で狂わせたが、ようやく静かさと豊穣にあふれる秋が始まったのだ。今日は私の満三二歳の誕生日である。三二歳……この言葉は微妙な響きと共に、過去への悔恨と将来への不安を駆り立てる。「自分は今までどんな仕事をしてきたのか」また「自分は学者として社会に貢献できるようになるだろうか」と。今この三二年の生涯をふりかえって見ると、人生についても、学問についてもいかに廻り道をし、限られた人生を浪費してきたことだろう。実はこの数日、三二歳の誕生日におこなうべきこととして二つのことを考えた。ひとつは結婚問題に決着をつけることであり、もう一つは自分の生涯をふりかえり、『自伝』の形でとめることである。（昭和四三年九月五日に記す。）

昭和三九年六月、私は、竹内まささんと知り合い、その後、結婚を考えるようになった。だが竹内家では二人の結婚に反対であった。彼女の父親・竹内誠氏は、東京帝国大学を卒業した弁護士で厳格な人であったので、最初は反対の一点張りであった。数年後、竹内家の両親は、時間の経過と共に、娘の気持ちを変えることができないことを知り、結婚を認めることになった。昭和四四年九月、新しい住居として登戸にアパートを借りたが、突然公団の山崎団地のひとつが当たり、九月七日「町田市旭町一丁目一八―一二　旭荘C」から「町田市山崎町二一三〇　山崎団地六―一〇―四〇七」に転居した。ここで私は、長い間望んでいたステレオ、トリオのマルチ・チャンネルMT五〇を九万円で購入することにした。中学二年から高校を卒業するまで、我が家は電気がなく石油ランプであったので、ラジオから流れるメロディーを聴くことができなかった。小岩にいるときに、シューベルトの『冬の旅』（ゲルハルト・ヒッシュ、バリトン）を購入したし、ベートーヴェン『ピアノ・ソナタ全集』（一二枚、ウイルヘルム・ケンプ、ピアノ）、『フルトヴェングラーの遺産』（一三枚、ベルリン・フィルハーモニー管弦楽団、日本グラムフォン株式会社）などを購入していた。

昭和四四年一一月二七日、午後四時から神田の学士会館で、福島工業高専の校長である佐藤光夫妻を仲人にして結婚式をあげた。新婚旅行で京都、奈良、南紀を訪れた。

昭和四六年七月一五日、登戸病院で朋子が生まれた。朋子が生まれてから丁度一年が過ぎた。最近の朋子はめっきり知恵がついてきたようだ。

　現在朋子は、三メートルぐらいを一人で歩くことができる。片方の手を握ってやると一〇メートルほどよちよちと歩くことができる。疲れるとお尻をペタンと床に落として坐ってしまう。言葉では「ンマ」（食事）「オンモ」（そと）を使うことができる。朋子の容姿について言えば、背が低く、こじんまりとしてまとまっているようだ。目はぱっちりしており、表情が豊かで色が白いように思われる。（昭和四七年七月一五日記す）

山崎団地に移住して三年ほど過ぎたころ、義兄・竹内謙さんから「上高田にある同僚の分譲住宅を買わないか」という話があった。私たちは、十一階建の七階の部屋を見て買うことを決めた。昭和四七年一一月二四日に引越しをした。一〇日あまり好天が続いたのに、当日は低気圧により朝から風雨が強く最悪の天気であった。雨のため、荷物を外に置くことができず、直接トラックに積んだので時間がかかった。栗又秀一郎さんが大型のトラックをもってきて仕事を手配してくれた。日山紀彦（東京成徳大学）さんが学生を二人連れて手伝ってくれた。鎌倉の家からは山崎さんと進藤貞江さんが来てくれた。苦労が多い引越であったが、無事に終えることができた。新しい住所は、「中野区上高田四丁目一七、一―七〇四」である。

昭和四八年四月、妻は向ヶ丘高校の定時制から江戸川高校に転任し、朋子は四月五日から昭和保育園に通うことになった。

九月一日から高校が始まり、妻は朝七時一五分に家をでる。七時前後に目を覚ました朋子はパンをかじりながら「ママ！　行ってらっしゃい」と言いながら見送る。七時三五分から朋子向きのテレビが始まる。面白そうだと思うとテレビを見るが、面白くないときには絵本を持ってきてひとりで読んでいる。ときどき「パパ！」と言って私の存在を確認する。八時一五分に『北の家族』が始まると、「パパ！　始まるよ」と言って、保育園に行く準備を始める。八時三〇分から『ピンポンパン』に変わる。着替えをさせようとすると、最初は嫌がるが、「保育園へ行くよ」と言うと着替えて、カバンを持ってくる。八時五〇分に部屋を出てエレベーターで一階に下りる。外に出て少し歩くと「ダッコして」と言う。時間を気にして一〇分ほどダッコする。早稲田通りを渡るとひとりで歩かせる。まもなく保育園が近いことを知り、保育園に向かう。保育園につく。先生が「朋ちゃんお早う！」と言うと、朋子は、私にバイバイをして中に入って行く。これが朋子の朝の姿である。(四八年九月八日)

昭和四八年九月二六日、筑波新大学法案が国会で成立した。九月二八日には初代学長として三輪知雄氏が任命された。一〇月一三日、一四日秋田大学で日本倫理学会が開催された。初日トマス・ヒル・グリーンの研究発表を聞き、午後日山紀彦さんと平野美術館を訪れた。その後青森に行き、池田大八氏宅を訪れた。翌日青森駅で日山紀彦さんと会い、バスで十和田湖に向かった。八甲田付近は紅葉が進み、見事な光景を見ることができたが、十和田湖に近づくにつれ、緑色が多くなった。日曜日のため人が多く、学生時代に味わった神秘的な自然美を味わうことはできなかった。

昭和四九年九月八日、東京衛生病院で裕が生まれた。

最近裕はご機嫌なときに私や妻と話をするようになった。相手の目をじっと見つめながら〈あー・あー・〉と言ったり、笑顔を見せるようになった。まだ汚れを知らない澄んだ目は、とてもきれいだ。泣いているときに抱っこしてやると生き生きした表情を見せて話しかけてくる。こんなにかわいい赤ん坊も、あと二〇年もたてば、自己主張するようになり、私に反抗するようになることだろう。朋子は昨日客が来てはしゃいだせいか、今朝もおねしょをし、妻に怒られて泣いていた。朋子がおねしょから解放されるのはいつの日になるのだろうか。（昭和四九年一一月四日）

研究課題——倫理学とは

私は、卒業論文で「実存主義かマルクス主義か」という問題意識から、「ベルジャーエフの思想について——その背景と問題点——」を考察した。ベルジャーエフ（一八七四—一九四八）は、ロシアの哲学者で、青年期にマルクス主義に共鳴したが、ロシア革命後、ロシア正教に実存の根拠を見出した。一九二二年にベルリンに亡命し、ついでパリに移り、宗教的実存主義者として活躍した。私は彼の思想の形成・展開を直接ロシア革命と結びつけて考察したせいだろうか、彼の思想と社会主義倫理との関係を把握することができなかった。大学院では「倫理学とは何であるか」という問いに直面し、和辻哲郎の『人間の学としての倫理学』を読み、そこに倫理学研究のひとつの手がかりを見出すと共に、彼の倫理学には社会の現状を追認する発想法と個人性よりも全体性を重視する傾向があり、その克服の必要性を痛感するようになった。そこで修士論文のテーマを「『人間の学としての倫理学』研究序説」とし、和辻倫理学の研究をはじめた。

和辻哲郎（一八八九―一九六〇）は、主著『倫理学』において、日本や中国などの東洋思想をふまえ、しかも解釈学的現象学というモダンな方法論を用いて西洋の倫理学との対決を試みている。

　倫理学を「人間」の学として規定しようとする試みの第一の意義は、倫理を単に個人意識の問題とする近世の誤謬から脱却することである。この誤謬は近世の個人主義的人間観に基づいている。……個人主義は、人間存在のひとつの契機にすぎない個人を取って人間全体に代わらせようとした。この抽象性があらゆる誤謬のもととなるのである。……倫理問題の場所は、孤立的個人の意識にではなくしてまさに人と人との間柄にある。だから倫理学は人間の学なのである。人と人との間柄の問題としてでなくては、行為の善悪も義務も責任も徳も真に解くことができない。

（『和辻哲郎全集』、（第一〇巻、一一―一二頁）

和辻哲郎は、ここでデカルトにはじまりドイツ観念論に達する近代認識論の思考様式を批判して、倫理問題の場所が「人と人との間柄」にあることを強調する。次に解釈学的方法を用いて人間存在の理法を解明する。彼によれば、言葉は「人間の主体的存在の表現であり、したがって私たちに主体的存在への通路を提供する」ものである。だから倫理という概念は、「倫理」という言葉によって表現されている。「倫」という語は「なかま」を意味し、「理」という語は「ことわり」「すじ道」を意味する。それゆえ、倫理とは、人間の共同的存在をそれとしてあらしめるところの秩序、道であり、言いかえれば、「社会的存在の理法」である。次に人間という概念について、人間とは「世の中」であるとともにその世の中における「人」である。だからそれは単なる「人」ではないとともに、また単なる「社会」でもない。ここに人間の二重性格の弁証法的統一が見られる。和辻は、「世の中」としての性格を「人間の社会性」と名づけ、「人」としての性格を「人間の個人性」と名づけたうえで、この二重構造は、全体の否定によって個人が成立し、個人の否定によって全体が成立するという否定の運動によって顕現すると主張し、人倫の根本原理を、次のように述べている。

人間存在が根源的に否定の運動であるということは、人間存在の根源が否定そのもの、すなわち絶対的否定性であることにほかならない。個人も全体もその真相においては「空」であり、そうしてその空が絶対的全体性なのである。……。だから人倫の根本原理は、個人（すなわち全体性の否定）を通じてさらにその全体性が実現せられること（すなわち否定の否定）にほかならない。それが畢竟本来的な絶対的全体性の自己実現の運動なのである。

（『和辻哲郎全集』第一〇巻二六頁）

和辻哲郎は、空の弁証法と解釈学に基づいて人間の学としての倫理学を展開するのである。戸坂潤（一九〇〇―一九四五）は、『日本イデオロギー論』（一九三五）において和辻哲郎の倫理学とその方法論を厳しく批判している。他方、夏目漱石（一八六七―一九一六）は、大正三年に講演した「私の個人主義」のなかで自己本位の生き方の重要性を強調し、個人主義道徳のもつ意義を述べている。

自己本位というその時得た私の考えは依然としてつづいています。否年を経るにしたがってだんだん強くなります。……そのとき確かに握った自己が主で、他は賓《ひん》であるという信念は、今日の私に非常の自信と安心を与えてくれました。

（『漱石文明論集』岩波文庫、一一六頁）

私のここに述べる個人主義というものは、決して俗人の考えているように国家に危険を及ぼすものでも何でもないので、他の存在を尊敬すると同時に自分の存在を尊敬するというのが私の解釈なのですから、立派な主義だろうと私は考えているのです。もっと解りやすくいえば、党派心がなくって理非がある主義なのです。朋党を結び団体を作って、権力や金力のために盲動しないということなのです。それだからその裏面には人に知られない淋しさも潜んでいるのです。

（同書、一三〇頁）

ところが、漱石は、その時期に木曜会ではみずから造った「則天去私」という言葉を生活信条としていた。また文学作品のなかでは、人間のエゴイズムの根深さと傲慢さとを徹底的にあばき、汚れた存在としての人間を回避する道として、発狂・自殺・宗教による救済などを描いていた。自己本位の原則と則天去私の境地との間には矛盾があるように思われる。江藤淳氏によれば、やはり矛盾がある。漱石の作品には二重の倫理体系が見られる。ひとつは、自己本位に基づく倫理であり、他のひとつは、自己が世界の中心になる資格はないと考える伝統的倫理である。江藤淳氏は、多くの弟子が則天去私の神話を信奉することに反対して、次のように述べている。

漱石は何ひとつ完成したわけではないので、彼の偉大さは、彼がなしかけた仕事をわれわれに向って投げてよこそうとしているその姿勢にある。それを受けとめる以外に、漱石を現代に生かすことはできない。ぼくらはその姿勢を支えているものを探ろうとするのである。

（『夏目漱石』、角川文庫、一九頁）

私は、家永三郎・小牧治編『哲学と日本社会』における論文「和辻哲郎の転向について」において、和辻の転向が漱石の死を契機に西洋的なものから日本的なものへと視点を転じる過程をあざやかに示していることとを指摘した上で、両者の個人主義のちがいと和辻倫理学に対して、次のように解釈している。
和辻は、漱石との関係においても、ニーチェとキェルケゴオルの場合と同様に、漱石の思想と人格に自己の生き方の模範ないし指針を性急に求めるあまり、漱石の多年にわたるエゴイズムとの苦闘を、彼の人間観と文学作品を通じて総体的に把握しようとすることなく、漱石の人格と〈則天去私〉という思想にのみ目を奪われて東洋的なるものへと帰っていったように思われる。（一一七頁）
和辻倫理学は、その構想・内容において、戦前、戦中には日本人の倫理思想を体系化した最も卓越した倫理学であったかもしれない。しかし、戦後三〇年を経た今日、私たちは、和辻が〈近代と伝統との接ぎ木〉を試みた姿勢を評価しながらも、その接ぎ木の仕方の問題点および和辻倫理学の随所にみられる集団主義的伝統意識ないし反民主主義的思想（とりわけ国家のためには自己を無にしなければならないという結論など）を徹底的に批判し、民衆を重視しながら、日本的なるものの意味を問い、民主主義の原理となる倫理学の構築を模索する必要があるのではなかろうか。（一一八頁）
わが国の哲学会や倫理学会では、依然としてカント、ヘーゲル、ハイデガーらのドイツ哲学を研究する者が多いが、英米哲学関係の研究者も以前よりはふえてきている。一九八〇年までに中央公論社の「世界の名著」では、『ホッブズ』『ロック、ヒューム』『アダム・スミス』『ベンサム　ミル』などが出版された。また岩崎武雄著の『現代英米の倫理学』（勁草書房、一九六三）などの研究書も公刊された。したがって、英米哲学に関心をもつ人は、ほとんどの思想家の著書を読むことができるようになった。
東京教育大学では、堀田彰先生と埼玉大学の片木清先生を中心にして英米倫理学に関する研究が進められ、『現代倫理学』（法律文化社、一九七四）、『現代倫理学の課題』（法律文化社、一九七八）などが出版された。

私は、前著では第二章の「自由と責任」を、後著では第三章の「価値」を担当して、意志の自由をめぐる諸問題や「善とは何か」あるいは「善は定義できない」という問題を考察することができた。また堀田彰先生のもとで石川裕之さん、永松健生さんと協力してプラムナッツの『イギリスの功利主義者たち』の翻訳を続け、一九七四年に福村出版から出版した。

J・S・ミルの研究を進める

この時期に私が最も大きな影響を受けた研究書は、慶応義塾大学の小泉仰教授の『ミル』（牧書店、一九五四）であった。小泉仰先生は、ミルの倫理体系をできるだけ客観的にながめ、その骨組み、原理と結論の仕組み、原理の適用などを記述している。この立場はメタ倫理学の立場である。私は、小泉先生のミル研究のねらいに注目すると共に、第六章の「文献の紹介」において、倫理学の領域の論文・著書に関しては、ミルの体系全体についての研究書とミルの体系の特殊研究の研究書を区別して紹介していたことである。この著書を契機にして小泉先生のご指導を受けるようになり、慶応義塾大学での小泉仰先生を中心にする研究会に参加することになった。その後、小泉仰監修『西洋思想の日本的展開』（慶應義塾大学出版会、二〇〇二）においては、論文「国民道徳論と個人主義」を発表することができた。

また國學院大學の山下重一教授から抜刷「ミル『自由論』に関する最近の研究」（『國學院法学』第七巻第四号、一九七〇）をいただいた。この論文は、最近一〇年間の英米における『自由論』に関する研究のなかから一〇篇の著書ないし論文を選んで、その内容を紹介し論評を加えたものであった。この論文を読むことによって、ミルの『自由論』がさまざまに解釈されることに驚くと共に、『自由論』の意義を理解することができた。山下先生は、翌年『J・S・ミルの思想形成』（小峯書店）を出版された。私は、この二人の先生のミル研究を手がかりにして、論文「功利主義の諸形態と問題点―とくに規則功利主義を中心にして―」（『哲学論理学研究』、東京教育大学文学部紀要、一九七〇）、「J・S・ミルの『自由論』における諸問題」（『哲学倫理学研究』、一九七三）、「J・S・ミルによる快楽の量と質との区別について」（『哲学倫理学研究』一九七五）を発表することができた。

小泉仰名誉教授（右）――米寿記念会にて

私がこの時期に発表した他の論文としては、「倫理的判断の分析的基礎づけ」（『倫理学年報』、一九六七）、「J・S・ミルにおける『功利の原理』の証明について」（『倫理学研究』、一九七二）などがあげられる。後者の論文は、一九七二年一〇月二一日に御茶の水女子大学で開催された日本倫理学会で和辻賞の佳作賞を授与された。この論文を執筆する際に、東京教育大学の倫理学研究室にあった英米関係の諸論文を利用できたことが論文の内容を深めたのではないかと推察している。

私は、東京教育大学の助手になってから、早く大学の教員になりたいと願っていたが、哲学あるいは倫理学での応募の機会はなかなか訪れなかった。大学で教員の一人が定年になり、ポストがひとつ空いたとしても、公募しないで教員を採用する大学が少なくなかった。また国立大学では、公募の形式を取りながら実質的にはその大学の院生を採用する傾向が強まっていた。それゆえ、応募しても採用される可能性はきわめて少なかった。それにもかかわらず、筑波移転に反対する先生方は、助手の就職のために諸大学の知人に連絡を取って尽力された。だが、多くの応募者の中で最後の一人に残るという機会はなかなか訪れなかった。またこの時期に同じ団地に住んでいた小松攝郎教授（東海大学短期大学部）と知り合い、彼の研究会に参加し、小松攝郎編『日本の思想』（法律文化社）、担当箇所、西周、一九七二）や小松攝郎編『哲学講義』（法律文化社、担当箇所、イギリス経験論、価値論、一九七三）の出版に関与した。

筑波新大学法案が国会で成立してから、文学部事務室から「筑波大学教官就任に関する意向について」「宿舎希望調書」が配布された。前書では筑波大学教官に就任するか、しないかの意向を求めていた。文学部に所属し、反対を表明してきた多くの教員は、他の大学に移ることを試み、それが実現しないときには、筑波大学に行くことになるであろう。私は、できたら筑波大学に行く前に他の大学に行くことを希望していたが、今後どうなるかはまったく予測できない状態であった。当時、あれかこれかと迷いながら進路を模索し続けた。国立大学や公立大学の公募に対してはいくつか書類を提出してきたが、いずれも「不採用」という回答であった。

第六章　横浜国立大学への転任

昭和四九年に横浜国立大学の教育学部の哲学人事選考委員会に書類を提出してきたが、昭和五〇年三月に哲学人事選考委員会で私が残り、教授会で承認された。昭和五〇年四月一日より横浜国立大学教育学部で助教授として採用されることが決まった。

文部省　人事異動通知書

泉谷周三郎

教育職（一）二等級（横浜国立大学助教授教育学部）に昇任させる。七号俸を給する。

昭和五〇年四月一日

任命権者　文部大臣　永井道雄

哲学・倫理学教室の教員は、沼田滋夫、川村仁也、古田光、泉谷周三郎の四名であった。私は助手の期間が長かったせいか、教授会の一員になったということがとてもうれしかった。東京教育大学の文学部では筑波への移転に反対してきた先生方は、弟子の就職活動に努めながら、自らも他の大学に転出しようと模索していた。また東京教育大学に在学している学生たちは、教師が筑波大学と併任していることもあり、十分な教育と指導を受けられなかった。これらの学生こそが大学の移転騒動の最大の犠牲者であったといえよう。私は、横浜国立大学では「倫理学」（一般教育）「倫理学概論」「倫理学演習」「倫理思想史特講演習」などを担当することになった。また東京教育大学の助教授を二年間併任することが認められ、「倫理学」と「倫理学演習」を教えることができた。

私は、横浜国立大学に移ってから、授業終了後、ときどき沼田滋夫先生と川村仁也先生に連れられて横浜駅周辺のレストランでビールなどを飲んだ。その際に両先生は、横浜国立大学の教育学部の成り立ちや現在学部が直面している諸問題などについて話してくれた。二人の先生のお好みの店は野毛坂にあり、店の看板のない、おばさん二人が運営している飲み屋であった。沼田先生は保守的で、川村先生はリベラルであったので、政治的な問題では意見が対立したが、相互に信頼しあっていたので、決して激論になったり、相手を罵倒するようなことはなかった。

昭和五三年四月、沼田先生、川村先生と私の三人で金沢共済会館に一泊し、宇ノ気の西田幾多郎記念館を訪れた。金沢駅を出発して雑談している内に「宇ノ気」駅に着いた。駅から徒歩約五分で「町立西田幾多郎記念館」に着いた。ここには西田の原稿、書簡、着衣などの数々の品が展示されていた。また本館の隣には、京都にあった往年の西田の書斎が忠実に復元されていた。帰り際に、館長の上杉知行氏が書かれた『西田幾多郎の生涯』（燈影舎、一九八八）を購入した。この本の最初の頁には若き日の西田幾多郎（明治三〇年前後）の写真が飾られていた。「序」では下村寅太郎先生が上杉氏が二代目の館長として一〇年間、この記念館の発展に尽力されたことを指摘した上で、館長が書かれた西田先生の新しい伝記の出現を祝っていた。西田幾多郎は『続思索と体験』の「ある教授の退職の辞」のなかで、次のように述べている。

「回顧すれば、私の生涯はきわめて簡単なものであった。その前半は黒板を前にして坐した。その後半は黒板を後にして立った。黒板に向って一回転をなしたと言えば、それで私の伝記は尽きるのである。」

（『西田幾多郎全集』、第一二巻）

上杉知行氏は、「黒板を前にして」を就学時代から東京帝国大学を卒業するまでとし、「黒板を後にして」を尋常中学校七尾分校の教員に就職以降とみなしている。西田幾多郎の伝記を就学者と教育者との観点からは「黒板を前にして」と「黒板を後にして」と簡単に区別できるが、彼の生涯は多くの苦難に満ちており、内面生活は忍耐と努力の連続であった。私は、この旅行を契機に、西田幾多郎の生涯と思想に興味をもつようになった。竹田篤司著『西田幾多郎』（中公叢書、一九七九）が出版された。本書は満二七歳までの西田幾多郎の詳細な伝記で、ひとりの明治人としての西田幾多郎の青春の苦悩と混沌をあざやかに描いている。私は、四七八頁の伝記を時間のたつのも忘れて読み、彼の若き日の姿と思索を追体験することができた。

ミルの会に参加して

昭和五〇年六月四日、本郷の学士会館で第一回の「ミルの会」が開催された。杉原四郎先生が「ミルの会」の趣旨を説明し、毎年二回、杉原四郎先生が司会し、山下重一先生が事務局を担当することとし、「ミルおよびその周辺の研究者の学際的交流の場としして育てて行きたい」ということで参会者の意見の一致をみた。この日は、自己紹介と情報の交換がおこなわれた。杉原四郎先生と山下重一先生は、一九七三年五月三日から三日間カナダのトロント大学で『ミル著作集』の主宰者であるロブスン教授を中心として開催された、「ミル父子記念学会」に出席し、九人のミル研究者による報告と討論から大きな刺激を受け、日本でもこのような学際的なミル研究の場の必要性を痛感し、「ミルの会」が開催されることになった。また『ミル父子記念学会』の報告書を翻訳して『ミル記念論集』を刊行することになった。私は、シュニーウィンドの「ミルの『功利主義論』に関する一八六一年から七六年にかけての諸批判」とL・S・フォイヤーの「社会学者としてのJ・S・ミル──書かれざる性格学──」を翻訳することになった。

昭和五〇年一〇月一〇日、第二回の「ミルの会」が開催され、石田雄氏と高島光郎氏の報告があった。

第三回の「ミルの会」は、昭和五一年五月二一日に東大の教養学部で開催され、私が「ミルの功利主義論」というテーマで新刊の『ミル著作集』のドライアー氏の功利主義論の解釈を中心に報告した。

昭和五四年三月、品川の御殿山で三井不動産による三階建のマンションの販売があり、私は、二階の部屋を買う予定であったが売り切れていた。だが、運よく三階の部屋を買うことができた。妻は都立江戸川高校に、私は、品川駅から横浜駅でおり、そこからバスで横浜国立大学に通うことになった。

裕は、三歳頃から汽車や自動車が好きで、秋田に向かう汽車に乗ると駅名を懸命に覚えようとした。品川に移転したときは五歳であったが、バスの運転に興味をもち、日曜日になると、バスに乗り、運転手の動作がよく見える前の座席に坐って運転手の動作を学ぼうとしていた。私は後ろの席に坐って、バスを運転したい裕の気持ちに共感しながらも、毎週バス旅行をさせられることに閉口していた。裕は、家に帰ると、ソファーに座り、長い物差しをギヤーと見なして、バスの運転を試みるのであった。

沼田滋夫先生が亡くなる

昭和五三年二月二七日、沼田滋夫先生は最終講義で「自己を問う」というテーマについて話された。『沼田滋夫教授　退官記念論文集』では「私の歩いた道」を述べられた後、「西田幾多郎における哲学と宗教とのかかわり」について論じられている。この論文の趣旨は、その後、『西田哲学への旅―哲学と宗教との接点を追って―』（北樹出版、一九八四）においてより深く考察されている。また二〇〇七年に沼田クナウプ　由美子さんがまとめられた歌集『いのち尊ぶ　沼田滋夫』（市民かわら版社）には、沼田先生の生き方あるいは人生観が見出される。沼田滋夫先生は、大正一年に神奈川県に生まれ、平成一九年四月九日に逝去された。

沼田滋夫先生の御歌

命かけて道を求めし先師たちの心の深さを思ひつつゆく
かくばかりこひしきものか生きるとはその極まりにわれは死ぬべき
日は暮れて道は遠しと嘆くまい　ただ愛のみぞ尊かりける

死神とすれ違う

昭和五四年一〇月七日、午後五時頃、台風の影響で激しい雨が降っていた。私は、第九回の「ミルの会」の出席者は減るかもしれないと思いながら、加藤幸夫（長岡技術科学大学）さんが品川駅にいるとのことで急いで家を出た。御殿山の交番の前でタクシーを探したが見つからなかった。信号が青に変わったので交番に向かって進み始めた。道路の中央に来たとき、突然乗用車が右手から自分に向かってきた。「避けられない、やられるな」と思ったとき、交番の中から雨合羽を着た警官が出てくるのが見えた。次の瞬間、身体が空中に飛び上がり、雨傘が手から離れて空中に舞い上がっていくのが見えたと思ったとたん、私の身体が道路にたたきつけられた。右横からはねとばされたせいか、右手で受け身をするような形で道路に落ちた。最初右の腕から落ちて衝撃を受け、次に道路を流れている水を冷たいと感じた。私は、起きようとしたが、右足と腰が動かなかった。交番から二人の警官が出てきて「動かないで」と叫び、私の両手と両足をもって交番の中に運んでくれた。そのとき中年の女性が「大丈夫ですか」と交番に入ってきた。その声を聞いたとき、意識がもうろうとしていたが「自分に車をぶつけた運転手だ」と気づき、怒りがこみ上げてきた。「信号を確認して渡ったんだ」とどなった。一人の警官が救急車を手配し、もう一人の警官が右足を板で固定してくれた。救急車に運ばれ、毛布を掛けられ、和田外科病院に到着した。医師がズボンを脱がせてレントゲンを二枚撮った。すぐに現像して「骨折していないようだ。どこか痛いところはないか」と尋ねた。それから一階の急患処置室のベットに横になった。最初に妻が駆けつけ、次に加害者の夫婦が見舞いに来た。誰も居なくなり一人になったとき、私は、死神とすれ違ったことを痛感した。交番の中で私と自動車がぶつかるのを見ていた警官が「大腿骨骨折だ」と叫んだのに、大腿骨にひびも入っていなかった原因としては、当時雨が激しく降り、身体が飛ばされた場所を水がざあざあと流れていたこと、および私の体重が軽かったこと（現在の私の体重は六六・八キロであるが、当時は四八キロであった）によるのであろうと推測した。

迫り来る　車の姿　一瞬に　はじき飛ばされし　台風の夜
雨傘の　空に舞うのを　見つめつつ　たたきつけられし　交番の前

診断書
病名　右大腿打撲傷　約一〇日間の安静加療を要するものと認める
品川区平塚一丁目八―一八
和田外科病院　医師　浅川裕公

『J・S・ミル初期著作集』の翻訳など

昭和五〇年六月「ミルの会」が発足し、ミルの会の活動がミル研究者の関心を集めるようになったとき、杉原四郎先生と山下重一先生は、『J・S・ミル初期著作集』（四巻）の翻訳を構想された。両先生は、一八四〇年頃までのミルの論文および関連資料のなかから主要なものを選んで翻訳し、ミルの思想の形成過程を解明することを目指した。翻訳の担当者は、ミルの会の会員を中心に依頼された。私は第一巻から第三巻まで、個人としてあるいは友人と協力して、次のような箇所を担当した。

『J・S・ミル初期著作集　1』（一八〇九～一八二九）
　知識の有用性（一八二三年）
　ホェートリ『論理学綱要』（抄、一八二八年）竹内一誠（國學院大学）氏との共訳
　完成可能性（一八二八年）
『J・S・ミル初期著作集　2』（一八三〇～一八三四）
　ハリエット・テイラーとの親交
　ベンサム氏の訃報（一八三二年）
　ベンサムの哲学（一八三三年）
『J・S・ミル初期著作集3』（一八三四～一八三八）
　プラトン『プロタゴラス』（一八三四年）加藤幸夫（長岡技術科学大学）氏との共訳

ベンサム論（一八三八年）

非常勤講師について、「倫理学」「道徳教育」「人間学特講」などを教えた大学（一九八九年まで）

東京教育大学（二年間）、都立立川短期大学（三年間）、文教大学（五年間）、大妻女子大学（四年間）

また習志野市津田沼の菊田公民館で館員の神道幸義さんの紹介で、「成人講座」を担当することになった。第一回　人間とは何か、第二回　生と死、第三回　幸福とは、第四回　人間の自由、第五回　森有正の「経験と思想」、第六回　ニヒリズムと現代、第七回　愛とは、などについて論じた。

また昭和五九年　旺文社の大学受験講座ラジオで「現代社会」の文化・倫理分野を担当した（一回の放送時間、三〇分）。

①「現代社会」学習のねらいをつかめ　三月二二日

②日本の文化と伝統　四月二二日

③青年と自己探求　五月一七日

④真理の探究とよく生きること　六月一七日

⑤生きがいの追求と民主主義の倫理　七月二二日

⑥人間生活における文化と青年期　八月一七日

翌年、在外研究により担当できないことになり、太田哲男さんに後任を頼んだ。

昭和五九年一〇月、『現代社会の要点』（旺文社）を公刊した。

汝自身を知れ

昭和五六年六月一八日(木)、私は午後一時からの「倫理学」(一般教育)の授業をおこなうために講義室(受講生二一二名)に入ったところ、五人ほどの青年に「講義をやめよ。今日はこの授業をわれわれの話しいの場にしたい」と要請された。私は、「学生は私の講義を聴くために集まっている。それゆえ、講義をやめるつもりはない」と拒否した。青年たちは、「話し合いに賛成せよ」と学生に呼びかけるが、学生たちは応答しない。それは話し合いに反対すると、敵対するグループの一員とみなされるからだ。「それでは二〇分だけ時間を与えろ」といわれたが、「だめだ」と拒否し、一〇分だけを認めることにした。当時、横浜国立大学では、中核派と革マル派に属する少数の学生がときおり衝突をくり返していた。

私は、昭和五六年に倫理学(一般教育)、倫理学概論、倫理思想史特講演習、現代倫理思想特講(大学院)などを担当していた。「倫理学」の講義では「人間とは何か」という問題について、最初にギリシア語の「汝自身を知れ」という言葉で説明することが多かった。

古代ギリシアにおける自己認識への努力は「汝自身を知れ」という言葉に集約されていると言ってよいであろう。ギリシアのデルフィのアポロン神殿の玄関の柱に「汝自身を知れ」という言葉が刻み込まれていた、と伝えられている。ギリシア人は、現代人とちがって、あらゆる出来事に神々の支配や介入がなされていると信じていた。しかもその神々は嫉妬深く、ある人が成功して有頂天になっているときに没落をはかり、強固な健康を誇っているときに病気をもたらすと考えられていた。このような不安定な人生において、人々は自分の心を唯一の頼みとして生きていかなければならなかった。

プラトンによれば、「汝自身を知れ」という言葉は、神アポロンの人々への忠告ではなくて「ごきげんよう」に代わる挨拶であって、その意味は「心の健康を祈る」ということである。それは、人間が苦難や不幸に直面したときに、心の健康を保つためには「自分のしていることを知っていること」が最も大切であることから、「正気であれ」「思慮を失うな」「自分を忘れるな」「身のほどを知れ」ということである。

このように「汝自身を知れ」という言葉は、元来は「汝は神ではなくて人間である。身のほどを知れ」という意味で、人間の傲慢さに対する戒めの言葉であった。この言葉を自己認識へと深化し、無知の自覚こそ真知にいたる唯一の道であると主張したのがソクラテス（前四七〇／六九―三九九）であった。

（泉谷周三郎・石川裕之著『人間と社会』、木鐸社、二三―二四頁）

「人間とは何か」について講義しているときに、私は、脳裏の片隅で「ギリシアのアテネとデルフィを訪れてみたい」と念願していた。

森有正氏の「感覚」と「経験」

私は、昭和五二年に出版された森有正著『経験と思想』（岩波書店）を読んでから、外国旅行のときに「経験」と「体験」を区別することがきわめて重要であると考えるようになった。そこで大学の授業でも「森有正の思想」を取り上げるようになった。

森有正は、昭和二五年(一九五〇年)九月五日(三九歳)にフランス政府給費留学生として船でフランスへ留学した。

パリ留学の目的
①デカルト、パスカルの研究を深めること
②日本と日本文化を外から客観的に眺めること
③一回限りの人生を徹底的に生きること
ところが、森有正は、パリで感覚の騒乱、何とも言いようのない絶望感に陥り、一年後、東京大学の助教授という職と妻子を投げ出して、日本への帰還を拒否してパリに残った。彼は、感覚と孤独との関係について、次のように述べている。


感覚はすべての思想、すべての作品の根源であって、独立していなければならぬ。それが孤独ということの本当の意味である。それ以外の孤独は感傷である。あるいは癒されうるものである。

(『森有正エッセー集成1』、ちくま学芸文庫、三〇一頁)


また森有正は、この書『経験と思想』の目的を次のように述べている。

この稿全体の目的は、一箇の人間が「経験」から出発して自己の「思想」に到る過程を、すなわち自己の存在を自ら知り、それを組織し支配するに到る過程を、私一箇の探り求める道筋に即して明かにしようとすることであった。しかし、これだけの一見きわめて単純にみえる動機が、それを十分に説得的に(殊に自己に対して)遂行しようとすると、どれだけの具体的な困難を含むものであるか、それを見透すことは非常にむずかしかった。

「経験」と「体験」の違いは、『経験と思想』では、次のように述べられている。

経験と体験とは共に一人称の自己、すなわち「わたくし」と内面的につながっているが、「経験」では「わたくし」がそのなかから生まれてくるのに対し、「体験」はいつも私がすでに存在しているのであり、私は「体験」に先行し、またそれを吸収する。こういう本質的相違が存在するのである。しかも、この「経験」と「体験」とは、内容的には、同一であることが十分にありうる。差違は一人称の主体がそれとどういう関係に立つか、によってきまるのである。

（同書、八〇―八一頁）

森有正は、「ひかりとノートル・ダム」では、「経験」と「体験」を次のように区別している。

経験というものは、体験ということとは全然ちがう、という意味のことを前に書いたが、その根本のところは、経験というものが、感想のようなものが集積して、ある何だか漠然とした判ったような感じが出てくるということではなく、ある根本的な発見があって、それに伴って、ものを見る目そのものが変化し、また見たものの意味が全く新しくなり、全体のペルスペクティーヴが明晰になってくることなのだ、と思う。したがって、それは経験が深まるにつれてあるいは進展するにつれて、その人の行動そのものの枢軸が変化する、ということをも勿論意味している。

（『森有正　エッセー集成3』、五七―五八頁）

森有正によれば、経験」とは「あるべき本来のもの」に向っての歩みであり、この歩みを支えるのが「内的促し」である。彼は『いかに生きるか』（講談社現代文庫、二三三頁）では、「内的促し」は自由の根拠であり、人格の基礎になるものだ、とも述べている。森有正は、「経験」と「体験」をこのように区別し、わが国の海外旅行者の多くを、次のように厳しく批判するのである。

戦後海外旅行は、観光であると研学であるとを問わず、非常な盛況ぶりを示しているが、その何割が日本人の本当の経験のなかに入ってきたであろうか。その大部分がひとつの体験であるに終わり、やがて忘却のなかに置き捨てられてしまうのではなかろうか。時間と個人にとってはかなり莫大な費用とが、浪費されることになるのではなかろうか。

しかし、ことにいけないのは、自己の体験をあたかもヨーロッパに関する正確な知識のように語ることである。人は正確には自己の経験を語りうるだけであって、経験とは語られてみて知識として役立つものだけである。これに反して、体験とは語られてみて普遍性を欠くもの、語る人の主観的状態を示すものだけである。そこにフランスとかパリとかヨーロッパとかいう言葉が語られていても、事態には何の変化もない。

（『森有正全集　4』、筑摩書房、三五五頁）

森有正の「経験」を的確に解説することは困難であるが、外国を旅行する際に、彼の「経験」を重視することはとても大切なことである。イギリスやドイツなどの国の事柄を、可能なかぎりその国土と歴史に基づいて深く理解しようと努めることが肝要なのである。

川村仁也先生が亡くなる

昭和五七年二月二〇日（土）、川村仁也先生の最終講義と退官記念パーティが開催された。最終講義は「初心にかえる」という考えを中心にしておこなわれた。川村仁也先生は、『川村仁也教授　退官記念論文集』において、「初心にかえる」と「ポパーにおける『自然と社会』」について述べている。その後、ポパーの生涯と思想をまとめられ、『ポパー　人と思想』（清水書院、一九九〇）が公刊された。川村仁也先生は、大正六年に東京で生まれ、二〇〇二年一月二二日に脳梗塞で逝去された。川村先生は、同書で、ポパーの思想の意義について、次のように述べている。

激動する現代ヨーロッパを現象的にみるだけでなく、思想の根底からとらえなおさねばならない。そうした意味で、ポパーを素材として多くの人が、さまざまな視点から考えていくことは緊急な現代の課題であろう。

（『ポパー　人と思想』の表紙より引用）

はじめての海外旅行（昭和五七年六月二六日～七月二〇日）

この旅行は、横浜国立大学の同僚と二人で出発し、ロンドンで鶴見尚弘教授と会い、三人でイギリス（ロンドン、エディンバラ、ネス湖）とフランス（パリ、リヨン、アヴィニョン）などを旅行した。私は、当時の記録を部分的には保持しているが、約三五年前の出来事であるので、自分の記憶を中心にして、何を見つめ、何を感じたかを述べることにしたい。

昭和五七年六月二六日（土）

私と同僚は、アエロフロート五八二に搭乗し、一二時二七分成田を出発した。四時間ほど過ぎて飛行機は、窓から下を見ると、大小の湖が見出される湿地帯の上を飛んでいるようだ。町や人家らしいものはまったく見えず、モスクワを目指して飛んでいると想定される。雲が見られないせいか、外を見ていると、ときどき飛行機が空中で静止しているのではないかと思われるほどである。五時間ほど過ぎたとき、眼下の景色は一変して緑色と濃い茶色の大地に変化していた。飛行機は雲の上を飛んでおり、上空には青空が無限に続いているように見える。日本から離れているというよりは、ソビエトの広大な領土に圧倒されている感じである。モスクワに二時間停まった後、再びロンドンを目指して飛んでいる。……。一九時四五分（現地時間）、ロンドンのヒースロー空港に到着した。

六月二七日（日）

朝五時、小鳥がピーピーピョ、ピーピーピョと鳴く声で目が醒めた。寒かったせいか鶴見さんがつくられた特製のうどんがとてもおいしかった。午後三時過ぎ、ロマン派の詩人ジョン・キーツ（一七九五―一八二一）が一八一八年から約二年間過ごした白い建物「キーツ・ハウス」を見物した。

六月二八日（月）

大英図書館を訪れて図書館員のブラウンさん（MRS. YU-ING BROWN）と会った。彼女は、午後二時ごろ大英図書館の円天井の読書室を案内してくれた。夜、ソーホーの泉章居酒家で素晴らしい海老料理を食べた。

六月二九日（火）

地下鉄がスト続行中なので、タクシーで自然史博物館に向かった。午後三時ごろから鶴見教授と私は、ブルーの標示（blue plaque）に記された住所を手がかりにして、ミルが一八三六年から五一年に結婚するまで母と弟妹と共に過ごした家を探した。ケンジントン・スクエアの小さな公園の側に四階建ての家を見つけることができた。その後、ヴィクトリアアンドアルバート博物館に入った。

七月二日（金）

キングズ・クロス駅発、九時のインターシティでエデンバラに向かった。最初にホリルードハウス宮殿、次に聖ジャイルズ大聖堂、スコット・モニュメントを見たのち、エディンバラ城を見物した。

七月三日（土）

午前八時四〇分、長距離バスでネス湖に向かった。スコットランドの景色は、絵に画いたような美しさがあり、ネッシーが住むと言われるネス湖は細長い湖であった。夏ではなく冬にこの荒涼たる大地を訪れ、波立つ湖を数時間見つめているならば、いつのまにかネッシーが背中のこぶをみせながら近づいてくるのを確信することであろう。このバス旅行を終えてエディンバラに着いたとき（七月六日に）「鉄道組合がストライキに入った」ことを知った。イギリスのストライキは一日だけでなく、一ヶ月も続くことがあるので、どうしたらよいかと迷ったとき、鶴見教授が「飛行機で帰ろう」と決断して下さり、すぐに空港に向かい、チケットを三枚購入することができ、ロンドンへ戻ることができた。

七月八日（木）

午前一一時、ハムステッドの下宿を出てタクシーでヒースロー空港に向かい、ヒースロー空港を一三時四〇分に出発し、一四時三〇分パリに到着。ホテルに荷物を預け、夕食後、セーヌ河遊覧船に乗った。翌日、パリ市内観光をした。この夜飲み屋に入り、一一時半頃、私は、疲れたのでひとりでホテルにもどろうとして迷い、四〇分ほどホテルを探したことが忘れられない。

七月一一日（日）

鶴見教授と二人でベルサイユ半日観光に参加した。翌日、タクシーでパリ・リヨン駅に移動し、パリ・リヨン駅からディジョンに向かった。ここでブルゴーニュ大公宮殿を見物し、リヨンに向かい、六時三〇分に到着した。午前中、織物博物館などを見物し、昼食に素敵で美味しいフランス料理を食べた。その後、アヴィニョンに向い、一六時一〇分、アヴィニョンに到着。オテル・ドュロップに荷物を預けた。このオテルは、ミルが南フランスを旅行する際に利用した宿泊所であり、ハリエット夫人が死去したのもこの一室であった。私たちは、サン・ヴェラン墓地に行き、J・S・ミルの墓を見ることができた。

七月一四日（水）

九時にホテルを出発し、タクシーで古代劇場、ファーブル博物館などを見物した後、ヴァントゥー山（一九〇九メートル）に登った。途中でラベンダーの薄紫の花の群生を見た。一五時五五分、頂上に到着した。翌日、法王庁などを見学。七月一六日にパリに戻った。

七月一八日（日）

パリでノートルダム寺院、国立中世博物館、クリュニー美術館、リュクサンブール公園などを見た。

翌日、鶴見教授はロンドンへ、私たち二人は成田に向かった。この旅行では、鶴見尚弘教授が在外研究の貴重な時間を、私たち二人のために費やされたことに対して深く感謝すると同時に、外国人に接する際の鶴見教授の姿勢や私たちに対する細やかな配慮から多くのことを学ぶことができた。

第七章　教授に昇任する

昭和五八年一月、私は、東京教育大学の助手から横浜国立大学に転任してからまだ七年しかたっていないので、今年教授に昇任することは無理だろうと思っていた。ところが、一月末に突然古田光先生から「教授承認が決定した」という電話を受けて驚いた。私が教授に昇任したことで、他の一名の候補者が一年遅れることになることを知って複雑な気持ちになったが、辞退することもできないので、受け入れることにした。助手時代に他の大学への就職がなかなか決まらなかったことを考えると、教授への昇任があまりにもすんなり決まったことにとまどいを感じていた。

文部省　人事異動通知書

泉谷周三郎　教育職（一）一等級（横浜国立大学教育学部）に昇任させる。

一一号俸を給する

昭和五八年四月一日　文部大臣　瀬戸山三男

昭和五九年二月、教授会で各種の委員長の選挙が行われ、私は教務委員長に選出された。教務委員長は、教務と入試の業務も含んでいるので多忙なことで知られていた。私は教務委員を経験していたので、教務委員会での議論と教務担当の事務官、田島孝治係長や下川千恵子主任等の協力のもとに業務を進めていこうと決意した。教授会では毎回教務委員会からの報告をしなければならなかったし、入学試験については、かなり前から準備をして、ミスが生じないように配慮しなければならなかった。また全学教務委員会、推薦入学小委員会、不正行為検討小委員会、教員認定試験委員会などの多くの会議に出席し、それらの中で教務に関係する案件については教務委員会の立場を報告し、審議しなければならなかった。四月から、私は教務関係の仕事を遂行するために多くの教員と話し合い、意見を交換しなければならなかった。昭和六〇年一月三日、

『反省録』の中で次のように記している。

今外では細かい雪が舞っている。この品川のマンションは誰もいないと思われるほど静かである。暗い灰色の空から純白の雪が舞い降りてきて、地面に落ちて水滴に変わっていく。去年は本当に忙しい年であった。教務委員長になったせいで、いつもなにかの問題に追われており、机に座ってじっくり本を読むことができない日々が続いた。昨年の一一月一四日に嶋津春男学部長と評議員による在外研究員の選考が行われた。その結果、私が六〇年度長期在外研究員に決定した。「教務委員長の仕事が終われば、在外研究に行くことができる」という喜びを感じたが、年度末になると、入試の業務に追われた。

在外研究（昭和六〇年七月四日〜昭和六一年五月三日）

在外研究にあたって、J・S・ミルの研究が中心になるが、貴重な研究の機会を与えられたのだから、できるだけ多くの国を訪れ、それぞれの国の風土や国民性などを理解する契機にしたいと考えていた。長い間待ちこがれていた在外研究の第一歩がまもなく始まろうとしている。私の前途にどのような出来事が待っているのだろうか。今は過大な期待もいたずらな不安も抱かないで、外国人と接しながら自分の研究を推進していくことが大切であろう。

昭和六〇年七月四日（木）

私は、二二時三〇分成田発の日航ジャンボ機に乗り、翌日、午前六時四五分、ジャンボ機は、その重い機体をヒースロー空港に横たえた。下宿先のフォックス婦人から「八時まで家に来てほしい」という要望があったが、出国手続きのところで手間取り、さらにタクシーに乗ったが、通勤時間と重なり、下宿に着くまで一時間一〇分かかった。午後二時頃フォックスさんに誘われて買い物に出かけた。この町にはインド系の人や黒人などもおり、何となく下町風の感じであった。翌日、大英図書館への道を確認しながら、下痢に備えて駅などのトイレの場所を調べた。四日目にはピカデリー・サーカスのジャパニーズ・フード・センターで米、醤油、味噌、うどん、そばなどを購入することができた。私のミル研究は、大英図書館の読書室でおこなうことにし、午後、眼が疲れたときには隣接している大英博物館に入って、古代のいろいろな展示物を見て、その歴史や文化を理解することにした。一一月末から一二月末までの一ヶ月は、列車を利用し、駅前のInformation Centerでホテルを決めて諸都市を歩きまわる予定を立てた。その後、カナダのトロント大学に行き、ロブスン教授に会い、『ミル著作集』の出版のプロセスなどを知ることにした。在外研究中は毎日、日記を書くことにした。

七月一七日（水）

午後体調がよくなかったので、ロンドン大学所属のコートールド美術館に出かけた。この美術館は、世界屈指の印象派のコレクションをもつことで知られているが、私の目的はセザンヌの作品《大きな松のあるサント＝ヴィクトワール山》を見ることであった。松の枝がかぶさっているが、光を受けて、山肌が明るく輝いているサント＝ヴィクトワール山の雄大な姿を見ることができた。

七月一八日（木）

私は、午後大英博物館でエジプトの展示物を見た。今から数千年前、エジプトでこれらの石像をつくらせた王も、またこれらの石像を刻んだ芸術家たちも、石像が完成したとき、これこそ永遠に偉大なる成果として神に認められ、歴史に残るであろうと確信していたことだろう。そしてこれらの石像を通じて、彼らの救いと繁栄を祈ったことだろう。彼らは、石像やミイラが異国のロンドンで見世物として展示され、人々の眼にさらされるとは想像もしなかったであろう。深夜になると石像やミイラから霊たちが躍り出て、エジプトに帰りたいと叫んでいるかも知れない。

七月二三日（火）

妻と中学二年の朋子と五年生の裕がＪＡＬ四二三便でロンドンにやってきた。翌日キルヴァーン駅からテンプルの交通公社に行き、パリへの航空券を予約した。サウス・ケンジントンに向かい、駅前で昼食し、その後自然史博物館を見物した。七月二五日、一〇時三〇分に下宿をでてキルヴァーン駅から電車に乗り、グリーン・パークで降りてバッキンガム・パレスまで歩き、一一時からの衛兵交代の儀式を見ることができた。翌日、朝九時二〇分下宿を出てタクシーに乗ってキングズ・クロス駅に向かい、乗車券を購入してインターシテイに乗った。スタンダードクラスは混んでいたが、ファーストクラスは空いており、快適な旅を楽しむことができた。エディンバラに着くとまもなく雨が降り始め、どしゃ降りの雨となった。ホテルに着いてから、雨傘を買って散歩に出かけ、聖ジャイルズ教会を見て、スーパーで買い物をしてもどった。

七月二七日（土）

朝八時半「ネス湖とハイランド」というバスツアーに参加し、どしゃ降りの中、怪獣ネッシーが住むというネス湖に向かった。細長いネス湖と朽ち果てたアーカート城を見て、朋子と裕は、ネッシーの存在を信じたのだろうか。ネス湖を見た後、ネス湖エキジビジョン・センターを見物し、観光地ドロムナドロケットに泊まった。翌日、ここを出発して「カロードゥンの戦い」で知られる古戦場を見た。インヴァネスで約一時間休憩時間があり、インヴァネス城などを見物した。

七月三〇日（火）

エディンバラ城を見てからホリルードハウス宮殿を見物した。一五時三五分、エディンバラ発のインターシティに乗り、ロンドンにもどった。八月二日、大英図書館でブラウンさんと会った。昭和五八年一月一日にブラウン夫妻が鎌倉の家にきたときのことが話題になった。八月六日、妻と子供たちは、中世の雰囲気がただようウィンチェスターに向かい、頌栄カレッジやウィンチェスター大聖堂などを見物した。

八月八日（木）

朝六時一五分にフックスさん宅を出てヒースロー空港からシャルル・ドゴール空港に向かった。八時半ヒースロー空港を飛び立った。家族と一緒なのでのんびりしていたら、「ベルトを締めて」という表示にびっくりした。パリの日航ホテルに着き、二九階の部屋に入った。一二時頃外に出て、コンコルド広場でメトロに乗り、パレス・ホテルで降りてラーメン亭を探した。ここで熱望していたラーメンを食べることができた。

そのとき、裕が頭痛を訴えたが、すぐによくなった。翌日の午後、妻と子供たちはヴェルサイユ宮殿に向かった。私はひとりでシャンゼリゼを散策した。翌日、家族と相談した結果、エッフェル塔に登り、シャンゼリゼを散策することになった。午後リュクサンブール公園で休んだのち、クリュニー美術館を見た。夜中に上の部屋の騒音がひどくて眠られなかった。

八月一一日（日）

ルーヴル美術館に向かった。日曜日で無料なせいか大勢の人が押しかけいた。特にレオナルド・ダ・ヴィンンチの『モナ・リザ』の前には多くの人がおり、子供たちにはよく見えなかったようだ。その後サン・マルタン運河を散策した。午後五時三〇分パリ発の飛行機でロンドンにもどった。

八月一二日（月）

私たちは、午後五時下宿を出て招待されていたブラウンさん宅に向かった。キルヴァーン駅で電車に乗り、途中で乗り換えたとき、英語を読めない裕が電車のなかで新聞を読んでいる人を指さして、突然「ジャンボ機が落ちたらしい」と言ったので『ディリ・メイル』を購入して読み、日本でジャンボ機が墜落し、五二四名の方が死亡したことを知った。外国旅行中の私たちにとって、飛行機事故は決して他人事とは思われない。裕は興奮気味であった。お盆で帰省する人や仕事で搭乗していた人々が二〇分ほど恐怖を体験した後、飛行機は墜落し、亡くなったらしい。亡くなられた人々の冥福を祈ると共に、このような事故が起こらないことを切望した。電車を降りて最後のバスに乗るとき、車掌に「ここで降ろしてほしい」と住所を書いた紙を見せて頼んだ。バスはかなり混んでいた。私がその停留所に着いたと思い、家族が降りて歩き出したとき、運転手が降りて来て「間違っている、乗れ」と指示してくれた。親切な運転手の行為により無事に停留所に着くことができた。ブラウンさん宅では大変な歓待を受けた。オクスフォード大学の教授であるご主人が二人の子供に素敵な部屋を見せてくれたり、「ジュースがいいか、チョコレートがいいか」と配慮してくれた。午後一一時頃ブラウンさん宅を出るとき、ミニキャブを頼んでくれた。道は暗く、黒人の運転手でなんとなく不安であったが、自動車にくわしい裕が「来た道をもどっているよ」と言ったのでほっとしたことを覚えている。

八月一四日（水）

午前九時ロンドン発のオーストリア航空の中型機で、ザルツブルクに向かった。すぐに昼食が出たが、揺れがひどく、食べるのに苦労した。一五時三〇分、飛行機は美しい田園風景をわれわれに見せながら、ザルツブルクの飛行場に降りた。気温が三三度で暑かったが、夜市内を散歩してからレストランで食事をしてホテルにもどった。翌日は、雲ひとつない快晴であった。午前中市内観光で、市庁舎やモーツアルトの生家やミラベル宮殿などを見物した。午後は自由行動で、裕と自分は床屋に行き電車に乗った。朋子と妻は伝統のある修道院見物に出かけた。運よく音楽祭の券を購入することができたので、夜、ブルノ・レオナルド・ゲルバーのピアノ演奏会で、ベートーヴェン、リスト、シューマンの曲を聴くことができた。多くの人は正装して音楽を楽しんでいた。

八月一六日（金）

私たちは、バスで「サウンド・オブ・ミュージック」の舞台となったザルツカンマーグートを見て歩いた。

八月一七日、七時三〇分、バスに乗り、ザルツブルクを出発し、メルクに向かった。ここで昼食をすませて船に乗り、ドナウ川を下り、ウィーンに向かった。翌日、午前九時、ウィーンの市内観光に出発し、シェーンブルク宮殿をゆっくり見物することができた。午後二時からウィーンの森をめぐるバスツアーに参加し、リヒテンシュタイン城→ゼーグロッテ（ヨーロッパ最大の地底湖）→シューベルトの菩提樹→ベートーヴェンの住居などを見物した。八月一九日、素晴らしい天気に恵まれた。市立公園でベートーヴェンやシューベルトの彫像を見た。その後、シュテファン寺院に行き、鐘楼にエレバータで登り、市内を見下ろした。一六時、オーストリア航空四五五でウィーンを出発し、一七時二〇分、ロンドンにもどった。

八月二三日（金）

家族は無事に品川の家に帰った。朋子と裕は、今回の一ヶ月の旅でいろいろなことを体験し、何かを学んだことだろう。家族が飛行機で成田に向かっているときに、イギリスではボーイング七三七がマンチェスター空港で離陸直後にエンジンが爆発して五四人が死亡した。新聞によると、サッチャー首相が現場に駆けつけたらしい。飛行機事故は多くの人が犠牲になり、その親族には耐え難いものである。事故がなくなることを切望する。家族が去って一人になると、時間と空間のもつ重みがひどく意識されてくる。「あと八ヶ月は会えない」「ロンドンと東京は想像できないほど離れている」「自分の胃腸はまた悪くなっている」といった状況である。こんなことを考えていると次第に袋小路に落ち込んでゆく。おそらく政治上の理由で、牢獄や収容所に入れられた人は、神による奇跡を期待したり、解放されたときの自由を夢見たり、楽しかった少年時代を思い出したりして時間と空間の重みに耐えて、生き続けようとしたのであろう。人間が生き続けるためには、状況が悲惨であればあるほど、夢や希望が必要になるのではないか。また苦難のなかにおかれている人にとっては、過去の楽しい思い出や家族との会話が心の支えになることであろう。

私は、九月二四日から二六日まで湖水地方（Lake District）に出かけた。イギリス北部のカンブリア州にある湖水地方は、東京都をすっぽり包み込んでもまだ余裕がある広さの地域で、しかも起伏に富んだ自然が見られるので、国立公園に指定されている。そこには一六の大きな湖と五百以上の小さな湖があり、イングランドで一番高い山スコーフェル・パイク（九七八メートル）や数多くの峰と谷間がある。私は、グラスミアのスワン・ホテルに泊まり、最初の夜、二時間かけておいしいワインとディナーを味わうことができた。翌日はヒューズ夫妻に案内されて、最初に小さなストーンサークルを見て、次にコッカーマスでワーズワスの生家を見た。昼食後、ワーズワスが晩年を過ごしたライダル・マウントを訪ねた。この館は、湖水地方最大のウィンダミア湖と最小のライダル湖を眺められる高台に建っており、ワーズワスはここで庭作りを楽しんだと言われている。ここを降りてダブ・コテージとワーズワス博物館でワーズワスの遺品を見ると共に、数々の詩を生みだした詩人の生活を想像することができた。九月二六日にはグラスミア湖を見てから山の頂上を目指して歩いたが、天気が悪く、途中で断念した。秋になり、シダ類の枯れた色がわびしさを感じさせた。その後、ホークス・ヘッドに向かい、ワーズワスのグラマー・スクールで当時の学校の様子を知ることができた。その後、フェリーでウィンダミア湖を横切り、湖畔で昼食をとった。その後、アンプルサイドなどを見て、ウィンダミア駅まで送ってもらい、ここでヒューズ夫妻と別れ、ロンドンに向かった。湖水地方を理解するには、自動車を利用するよりも、散歩をしながら、自然や人に親しむことが大切であることに気づいた。

横浜国立大学の大学院生である中村豊治君が一一月九日にロンドンに来た。彼は、イギリス国内を見物し、私と共にベルリンに向かうことになった。フックス夫人と交渉し、宿泊代は私と同室で一泊四ポンドということになった。

昭和六〇年一一月一六日（金）

朝八時に下宿を出て、キングズ・クロス駅発九時のエディンバラ行きに乗り、午後二時ウェイヴァリー駅に着いた。私にとって三度目のエディンバラ訪問であった。友人が「泊まってよかった」というカールトン・ホテルを訪れたところ冬期料金で一泊二五ポンドとのことで、ここに泊まることにした。すぐに外出してスコティシュ・ナショナル・ポートレイト・ギャラリーに行き、スコットランドの歴史を彩った人物の肖像画を見、次に国立スコットランド美術館を訪れ、ポッティチェッリー、レンブランド、ゴーギャンらの作品とスコットランドを代表する芸術家たちの作品を見ることができた。翌日、一〇時過ぎにホテルを出て、アダム・スミスの墓、↓ホリルードハウス宮殿↓エディンバラ城などを見物し、二時三五分エディンバラ発のキングズ・クロス行きに乗り、二〇時一六分にロンドンに着いた。長い列車の旅で疲れた。下宿に戻ってうどんを食べて落ち着いた。

一一月二五日（月）

私は、中村豊治君と共に、ＢＡ機でベルリンに向かった。翌日東ドイツを観光できるバス乗り場に行ったが、雪が降ったためバスは出ないとのことであった。予定を変更して一時間ほど歩いてシャルロッテンブルク宮殿に到着した。宮殿の庭には雪が積って何とも言えない静かさがあった。この日の夕方、西ドイツと東ドイツを遮断している「ベルリンの壁」を近くで見ることができた。一一月二七日、パンアメリカン機でフランクフルトに到着し、ゲーテハウスやゲーテ博物館を見学した。この夜、これからの計画を二人で検討した。私は方向音痴なので駅などの交渉を担当し、中村君は地図を見て目的の方向を指示することにした。またスペインに行くのは無理なので断念することにした。

一一月三〇日（土）

前日、私たち（泉谷と中村君）は、フランクフルトから特急列車でミュンヘンに到着した。午前九時一〇分にホテルを出てダッハウ強制収容所に向かった。この収容所はフランクルの『夜と霧』のなかでは人体実験がなされた収容所として紹介されている。雪が降っているにもかかわらず多くの若者が収容所のなかを熱心に見ていたのが印象に残った。この日の日記にはハイネ（一七九七―一八五六）の次のような言葉がドイツ語で記されていた。

Das war ein Vorspiel nur, dort wo man Bucher verbrennt man auch am Ende Menshen.

この文章は、「これ（焚書）は序曲にすぎなかった。本を焼くところでは最後には人間を焼くようになる」という意味である。

一二月一日（日）

私たちは、八時二〇分ミュンヘン発の急行列車に乗り、午後五時四〇分にフィレンツェ駅に着いた。翌日、午前一一時発の列車に乗ってピサに向かった。ピサの町は学生の姿が多く見られ、フィレンツェよりも落ち着いている感じであった。ピサの斜塔には三千リラの入場料を払って登ることができた。この斜塔は一一七三年に建設が始まったが、下層土に砂が多く着工と同時に傾き始めた。屋上に上って周囲の景色を眺めていたが、斜塔はかなり傾いており、今にも倒れそうな恐怖に襲われた。

一二月五日（木）

私たちは、一〇時三七分フィレンツェ発、ローマ行きの列車に乗り、一三時五五分ローマに到着した。翌日、六四番のバスに乗り、サン・ピエトロ寺院に向かった。この寺院は、世界最大のキリスト教会であると同時に、カトリックの総本山である。楕円形のサン・ピエトロ広場に入って、サン・ピエトロ大聖堂を眺めたとき「ローマに来た」という感激を味わうことができた。ヴァティカン博物館に入り、ラファエロの間では『アテネの学堂』を見た。システィーナ礼拝堂ではミケランジェロの天井画が旧約聖書の世界をあざやかに描いているのに驚かされた。

一二月七日（土）

私たちは、午前九時、ローマ発ナポリ行きの列車でポンペイに向かい、ナポリで私鉄に乗り換えてポンペイに到着した。そして二時間ほど、紀元七九年のヴェスヴィオ山の大噴火で埋もれてしまった古代都市をできるだけ忠実に再現しようとしている遺跡を見た。その後、ナポリの町を一望できる展望台を探したが、見つけることができなかった。バスでナポリ駅に戻り、一八時五分ナポリ発の列車でローマに戻った。翌日、午前一〇時三〇分に「骸骨寺」を見てから、スペイン広場に向かい、映画「ローマの休日」で有名になった階段を歩いてから、ボルゲーゼ公園を訪れた。その後「トレヴィの泉」に行き、後ろ向きにコインを泉に投げ込んだ。昼食後、地下鉄に乗りサン・ジョバンニ駅で降り、バスに乗ってカタコンブに向かった。この地下の共同墓地は、地下四層、延べ面積一二万平方メートルあるとのこと、その規模の大きさに驚かされた。

一二月一〇日（火）

私たちは午前一一時、再びサン・ピエトロ寺院に行き、寺院近くのレストランで昼食をすませ、スペイン広場の近くにあった総合土産店で財布などを求めた。一八時四五分ローマ発の寝台列車でパリに向かった。ローマとの別れである。翌日、午前一〇時前にパリ・リヨン駅に着いた。タクシーに乗って「日本館」に向かった。館長の鈴木康司先生に挨拶をした後、私は一号室に、中村豊治君は六七号室に入った。

パリの日本館に滞在中の堀田隆司さんは、私と中村君が一二月一一日から一週間パリの日本館に宿泊する手続きをしてくれた。さらにオペラ座で上演されるオペラ『ロミオとジュリエット』の券を購入してくれた。一二月一二日パリのオペラ座で『ロミオとジュリエット』を見ることができた。上演には三時間四〇分かかった。アンコールのときに、ロミオはハンサムで甘い声であり、声量もあったので絶賛を博したが、ジュリエットは、歌は上手であったが容姿が中年太りのせいか、極端に拍手が少なかった。観客はプロデューサーに対して不満を表明したのであろう。

一二月一三日（金）

私と中村豊治君は、午後、ルーヴル美術館に入り、レオナルド・ダ・ヴィンチの『モナ・リザ』、ドラクロワの『民衆を導く自由の女神』などをゆっくり見ることができた。現在私は、かつて森有正氏（一九一一―七六）が日本館の館長として三年間過ごした部屋のすぐ上の一号室に滞在している。通りを走る自動車の音が、風の音のように聞こえてくるが、とても静かな所である。私が一一月二五日にロンドンを発ってから二〇日も過ぎている。風邪もひかず下痢に苦しむことなくここまでやってきた。ベルリン―フランクフルト―ハイデルベルク―ミュンヘンと雪につきまとわれてきたが、ドイツの旅は快適であった。フィレンツェやローマでは教会、遺跡、絵画、彫刻などでは素晴らしものを見ることができ、感銘が深かった。だが、イタリアに入るとホテルの設備の不備や強奪をもくろむジプシーなどにつきまとわれ、いやなこともあった。一二月一一日パリに到着し、日本館の一号室に宿泊できたこと、そして一二日の夜に、パリのオペラ座で『ロミオとジュリエット』を観劇できたことは、特記されるべきことであった。

一二月一六日（月）

私たちは、日本館を出てリヨン駅一〇時二三分発のTGVでアヴィニョンに向かった。パリを出て一時間ほど走ると青空が見えるようになった。一四時八分にアヴィニョン駅に到着したとき、雲ひとつない青空が拡がっていた。三時半頃、サン・ヴェラン墓地に着いた。ミルの墓は墓地の門を入って右折し、一五メートル行って左折した奥にあった。横一メートル、縦二メートルで、台座の高さは八〇センチぐらいで、そこにはジョン・スチュアート・ミルの文字が刻まれていた。私たちは、その墓に花束を捧げて写真を撮った。そのときミルがハリエットの死後、墓地の近くに家を建て、時間があるとこの地で暮らし、妻との対話を続けたことを思い出した。その後、ロシェ・デ・ドン公園に登って橋を見下ろしながら「アヴィニョンの橋で踊ろよ、踊ろよ……」という歌を口ずさんだ。一二月一七日パリに戻った。私たちは、松村隆さんに紹介されたホテルに荷物を預けて、近くの日本料理店で納豆、白菜の漬け物、お茶漬けなどをご馳走になった。

一二月一八日（木）

私たちは、午前一〇時二四分パリ発の汽車に乗り、アムステルダムに向かった。二つの塔をもつアムステルダム中央駅はモダンで堂々としていたが、駅前の通路が整備されておらず、重いかばんを引きずるのに苦労した。アムステルダムでは、最初に「アンネ・フランクの家」を訪ねた。アンネの家族はフランクフルトから逃れてきてこの隠れ家で二年間暮らしていたが、一九四四年にゲシュタポに発見されアウシュヴィッツに送られた。その後、国立ミュージアムに行き、レンブランドの『夜警』やフェルメールの『牛乳を注ぐ女』などの絵を見た。次にゴッホ美術館に行き、『黄色い家』『カラスのいる麦畑』などを見た。今夜がヨーロッパ最後の夜だということで、夕食に舌平目料理を食べた。とてもおいしかった。

一二月二〇日（金）

私は、一〇時三五分に空港で日本に戻る中村豊治君と別れた。一三時一〇分、アムステルダム発のＫＬＭ機に乗り、トロントに向かった。座席に座って新聞を読んだところ、Toronto High -11°Low -16°という記事を見て「寒いんだな」と思った。一七時一七分、トロント空港に到着。雪の降るなか高校時代からの友人でカナダ在住の佐藤京作・久子夫妻が出迎えてくれた。翌日、下宿するアパートの手続きを済ませ、防寒のブーツ、手袋、上着などを求めた。同じアパートに中村道雄さん（長瀬産業株式会社機械部）が滞在していることを知った。

一二月三一日（火）

私は、午前九時頃、電話を取り付けるために電話センターで交渉したところ、女性の店員は予想したより親切で、トロント大学の電話番号などを調べて一月三日から使用できるようになった。トロントのユニオン駅で一四時にサーニア行きの列車に乗った。車窓から外を眺めると一面に雪で覆われていた。一七時二五分にヒューロン湖畔のサーニアに着いた。大晦日の夜、私は、京作君の家で日本酒で乾杯をし、刺身やゼンマイの煮物などを食べながら話し合った。その後自動車でサーニアの町を案内してもらった。クリスマスのイルミネーションがとてもファンタジックで美しかった。

翌日、奥さんの作った雑煮と立派なおせち料理をいただいた。夜五時から四組の夫婦が来宅してパーティが始まった。一〇年以上日本を離れて過ごした人々の話は、教育問題にしろ、日本語の問題にしろ、興味深かった。彼らは一方で望郷の念を強くもちながら、他方で住めば都という気持ちがあることを知った。また彼らのほとんどの子供が英語しか話さないことを知った。一月二日、サーニアの商店街を散策し、日記帳と手帳を求めた。私は、軽く夕食をいただいてから、一八時一〇分発の列車に乗り、二一時四五分にトロントに戻った。

昭和六一年一月七日（火）

私は、トロント大学のヴィクトリア・カレッジのカーネギー図書館の二階にある「ミル・プロジェクト」を訪れた。ここではロブスン教授（John M. Robson）を中心にして研究員であるジーンさん（Dr. Jean O'Grady）、マリオンさん（Ms. Marion Filpiuk）と研究助手であるレアさん（Ms. Rea Wilmshurst）と他のミル研究者たちが協力して二〇年前から『J・S・ミル著作集』（Collected Works of John Stuart Mill）を刊行中であった。現在は三三巻が公刊され、完結している。午前一〇時、私は温かく迎えられた。ロブスン教授と三〇分ほど歓談し、火曜日、夜七時から九時までのロブスン教授とタッカー教授による大学院のゼミを聴講することにした。その後マリオンさんの案内で大学の構内を案内してもらい、中央図書館で入館証を作ってもらった。大学院の授業は、ヴィクトリア時代の政治・社会・文学をテーマにして二〇名ほどの院生が参加していた。院生は彼らが希望する人物やテーマを提示して、二人で同一のテーマをめぐって発表し、休憩後、質疑をかわすものであった。九時にゼミが終わり、外に出ると空には多くの星が輝いており、「きれいだ」と思った瞬間、防寒コートにブーツという服装をしていても、頬がこわばり、目から涙がぼろぼろと流れた。そこで気温がマイナス一〇度C以下に下がったときには、風よけのあるバス停留所に駆け込むようになった。

一月二六日（日）

同じアパートの中村道雄さんに誘われて彼の車でオークションの会場に出かけた。かなりの数の古い美術品が展示されており、多くの人が見に来ているのに驚かされた。だが、是非とも買いたいという品物を見つけることができなかった。会場を出た後、チャイナ・タウンに行き中村道雄さんと、ヴェトナム料理を食べて帰った。一月三一日には石川裕之氏（文教大学）より航空便でお茶、味噌汁などが届いた。早速味噌汁を飲んだ。とてもおいしかった。ロブスン教授は、ミル著作集の次の巻の資料収集と研究のために四月九日にロンドンに出発することになった。私は、四月八日の午後四時にロブスン教授に会い、お世話になった礼を述べて別れた。

山下重一先生が紹介してくれた宮本幸一・たえ夫妻には、ときおりお宅を訪問していろいろなことを教えていただいた。論文「日系カナダ人の強制移動に対する補償について」（『横浜国立大学人文紀要』第一類、第三四輯）をまとめることができたのは、宮本夫妻らの協力があったからである。また宮本幸一さんは三月二三日に自動車で私を「ナイアガラの滝」へ案内してくれた。その帰り道、宮本幸一さんは、戦後強制収容所から解放されたが、仕事がなくて困ったときに、ユダヤ人が仕事を与えて助けてくれたことなどを話してくれた。トロントの冬は、秋田の横手で育った私にとっても、厳しい寒さであった。そのせいかしばしば風邪を引いた。そのときには図書館から日本の小説を借りて読んだ。図書館員のひとりが三島由紀夫をよく知っており、彼の影響で三島由紀夫の小説も読むようになった。また中村道雄さんには、夕食を共にして下さり、オークションで、古美術品を探す喜びを教えていただいた。四月二七日、中村さんにお世話になった御礼を述べて空港に向かった。空港で佐藤京作さんと別れ、一一時三五分にトロント発の飛行機でニューヨークに向かい、一二時三五分に到着した。

四月二八日（月）

私は、グランド・セントラル駅で降りて、場所を確認したのち、エンパイア・ステート・ビルに登った。このビルは、一〇二階建で、世界恐慌の始まった一九二九年に着工し、一九三一年に完成した。エレベーターで一〇二階の頂上展望台に上がってニューヨークの巨大な姿を見下ろすことができた。この巨大な都市を見ていると、その背後に潜んでいるアメリカ人の巨大なエネルギーを感じ取ることができた。その後、近代美術館を訪れて、ピカソの『アヴィニョンの娘たち』ゴッホの『星月夜』などを見た。翌日、ロンドンの大英博物館、パリのルーブル美術館と共に、豊富なコレクションで知られるメトロポリタン美術館を訪れた。レンブラントの作品が三三点もあるのに驚かされた。この美術館のレストランで昼食を楽しんだ。

四月三〇日（水）

一二時一五分にグランド・セントラル駅で二〇年ぶりに水間宏さんと会った。宏さんは、日本大学の医学部に在学中で、当時ニューヨーク大学のメディカル・センターに所属していた。彼に『キャッツ』の券を購入してもらい、観劇を楽しむことができた。彼の上司はユダヤ人の助教授であるとのことであった。「アメリカの総人口の二％がユダヤ人であるが、大学教授の二〇％がユダヤ人である」という話は、ユダヤ人の優秀さを伝えている。私たちは、地下鉄を利用してバッテリー公園に出てフェリーに乗り「自由の女神」を眺めた。それからバスに乗ってブロードウェイに行き、ウインター・ガーデンの前のピザ店に入って夕食をすませた。『キャッツ』を見るために劇場に入ると、満席に近い状態であった。最初『キャッツ』は大したことがないと思っていたが、プログラムを購入して開いたところT・S・エリオットの生涯が紹介されているのに驚かされ、エリオットが文芸批評家であると同時に詩人であることを知った。劇の進行と共に、俳優の姿と歌にひきずりこまれ、最後の「はぐれ猫の歌」はすべての観客の心を動かし満場の喝采に包まれた。

現在、長期在外研究の制度は、なくなったらしい。残念なことである。私は、この在外研究を通じてイギリス、あるいはドイツだけ、あるいはアメリカだけを研究対象とすることの限界を身体全体で感じることができた。二〇〇三年に出版した拙著『地域文化と人間』（木鐸社）においては、地域文化を論じたあとで、イギリス、フランス、ドイツ、イタリア、アメリカの順で、各国の人間と文化の考察を試みた。

学部改革にかかわる

昭和六一年一一月五日、嶋津春男学部長は、本学部卒業生の小・中学校への採用率が低下していることをふまえて、学部改革委員会の設置を教授会に提案して承認された。そこで一一月一九日の教授会で学部改革委員の選挙がおこなわれ、一二名の改革委員が選出され、委員長に私が選ばれた。この委員会では最初に「学部改革の進め方」が審議され、その基本方針が承認され、新しい三つの課程、すなわち、文化研究課程（日本・アジア文化、ヨーロッパ・アメリカ文化、社会文化論）、基礎理学課程（数理科学、物質科学、生命地球科学）、生涯教育課程（人間関係、生活科学、社会体育）を創設することになった。昭和六二年三月末までに『横浜国立大学教育学部　新課程設置構想説明書』を作成し、教授会で繰り返し審議しながら、一、要求事由（一）目的及び必要性（二）期待される成果、二、学科目及び要求定員、三、設備費の要求、四、学生定員、五、教育研究組織、六、学士の種類、七、新課程の特色、八、卒業要件、九、新課程の教育課程。参考資料（一）本教育学部卒業生の進路状況（二）本教育学部卒業生の課程別教員就職状況（三）神奈川県における将来の教員需要の見通し（四）学部改革の経緯、をまとめた。

昭和六二年四月一四日、五月一二日に、文部省のヒアリングを受けた。横浜国大の出席者は嶋津春男学部長、内藤功一教育学部事務長、光岡康雄庶務部長、中村和延学事調査係長と私であった。その後、学内でヒアリングがおこなわれ、若干の修正が行われた。昭和六三年四月一日、教育学部に文化研究課程、基礎理学課程、生涯教育課程が設置された。

私は、昭和五四年度より大学院を担当していたので、新課程の設置により、個人としては文化研究課程のヨーロッパ・アメリカ文化に所属することになった。平成二年度の授業科目は次の通りである。「倫理思想史特別講義」（大学院）、「倫理学」（一般教育）、「道徳教育の研究」「近代文化研究Ｉ」「倫理思想史演習」。昭和六二年二月、品川のマンションの東側の森ビルと鹿島建設の空地に二棟の高層ビルを建てる計画があり、その説明会がはじまった。住民の間にその建設を監視する世話人会が結成され、私もそれに参加した。

義父・竹内誠氏の死

義父の竹内誠氏は、一九〇二年生まれで、七〇歳をこえても丸ビルにある事務所に通い、弁護士の仕事を続けていた。だが、昭和五六年一月末に吐血と下血があり、検査の結果、胃がんであることが判明し、日大病院で手術をして胃の三分の二を切除した。その後、体調もよくなり、昭和六一年四月には夫婦でアメリカの竹内洋さん宅に出かけるほどであった。ところが、昭和六二年二月になると、入れ歯の具合が悪くなり、痛みを感じるようになった。通っていた桜井歯科病院で診察したところ腫瘍があることが判明した。日大病院の歯科に入院し、口腔手術をおこなって、腫瘍を切除したが、骨髄にがんが転移していた。そこで日大の駿河台病院の内科に転院して治療を続けたが全身にがんが転移し、昭和六二年八月一一日未明（午前一時前）に八四歳で死去した。八月一九日、寛永寺の別院で本葬がおこなわれた。竹内誠氏は、刑事事件を専門とし、ロッキード事件や石油闇カルテル事件などにかかわった。多くの刑事事件に関与した経験をもとにして、裁判において検察官と被告の地位が対等でない現実を考慮して、「傾斜的衡平の原則」の重要性を強調した。竹内誠さんは、著書『刑事判決書研究序説』（有斐閣、一九六七）のなかで、次のように述べている。

憲法の人権擁護の理念のみならず、この憲法の理念とは別に、裁判を受ける者が不当に不利益にならぬような考え方はないものであろうかということから、「傾斜的衡平の原則」という考え方に到達した。……そして憲法の人権擁護の理念、傾斜的衡平の原則、および構成要件の理論の三つが刑事裁判を支える柱であることに思い至った。

（同書「はしがき」二頁）

欧米諸国においては、「無実の一人が苦しむよりも、有罪の十人が逃れるほうがよい」という格言が実際におこなわれており、われわれもまた「疑わしいときは被告人の利益に」という諺は、証拠不十分という表現によって現実にこれを実行している。……刑事訴訟法の根本的な考えとして、この被告人が検察官よりもはるかに低い地位にあるという現実を直視して、被告人にハンディキャップを付加して審判を下すことに正義があることを忘れてはならない。

（同書、九六―九七頁）

竹内誠さんの死後、相続問題をめぐって相続人の間で意見の対立があり、誰が義母、彗子さんの世話をするかを決めることができなかった。そこで竹内洋・竹内謙・泉谷まさが相談して、まさが面倒を見ることとし、家族用の建て増しをすることにした。この住宅に対して、二人の相続人が建築工事禁止仮処分の申立をした。東京地方裁判所は、平成四年二月三日、「本件建物の建築には高齢の母彗子の介護というそれなりの酌むべき事情があるので、妥当性を欠くものとも言い切れない」として「本件申立をいずれも却下する」と判決した。

昭和六三年九月二二日、保子の夫・佐々木勇さんが死去した。私は、二四日に妻と共に秋田県のの由利本庄市に向かった。二四日、葬儀に参加して泉谷家と同じ曹洞宗なのに、遺骨を壺に入れないでばらのまま穴の中に投げ込むのに驚かされた。保子は、昭和五五年一〇月一七日に勇さんと結婚したので、二人の結婚生活は、わずか九年一一ヶ月であった。

大島康正先生と古田光先生が亡くなる

平成一年一二月二〇日、大島康正先生が死去し、告別式が一二月二三日寂園寺でおこなわれた。大島先生は大正六年に東京に生まれ、京都大学の哲学科で田辺元教授や高山岩男助教授の指導を受けて卒業した。その後、東京教育大学教授となり、学会などで活躍した。主な研究業績として『時代区分の成立根拠』（筑摩書房、一九四九）、『実存倫理の歴史的境位―神人と人神』（創文社、一九五六）、『新しい倫理のために』（創文社、一九五六）、編著『新倫理学』（自由書房、一九七三）などがあげられる。大島先生は、自由書房、高校『倫理社会』の担当箇所の教師用指導書を書くことを私が承認したとき、銀座のなじみのバーに案内してくれた。

平成二年二月一七日、古田光先生の最終講義と退官記念パーティが開催された。古田光先生と歴史の吉村忠典先生が三月末で退官されることと横浜国立大学教育学部に文化研究課程が発足したことを記念して、ヨーロッパ・アメリカ文化コースを担当する教員の有志によって『ヨーロッパの文化と思想』（木鐸社、一九八九）がまとめられ、両教授に捧げられた。古田先生は、本書において全体の構成を提示しながら、「序論」の「文明・文化・人間」とⅡの「ヨーロッパ文化の形成」を執筆された。最終講義ではこれらのことを中心に述べられた。

平成一九年二月末に矢内光一先生から古田先生が胃ガンで慶友病院に入院していると聞いた。三月七日、午後二時半、古田さんの病室を訪れたところ、比較的に元気で研究会のことなどを話し合うことができた。最後に煙草がなくて困っているとのことで病院の中を探したが、見つけることができなかった。古田光先生は、大正一四年に東京に生まれ、平成一九年三月一七日に逝去された。享年八二歳。古田先生は、『河上肇』（単著、東京大学出版会、一九七六）『思想史』（共著、東京大学出版会）、『近代日本社会思想史』（共編著、有斐閣）、『レオナルド・ダ・ヴィンチ　人と思想』（単著、ブリュッケ）など多くの著書を公刊している。訳書としてはルカーチ著、城塚登・古田光訳『歴史と階級意識』（白水社、一九七五）などがある。また『ヨーロッパの文化と思想』について『横浜国立大学　教育学部の歩み』（五九〇頁）の中で、次のように述べている。

この書物には、教室の泉谷周三郎、木下英夫、矢内光一のほか、多教室の多数の方からの協力を得た。

これまでにも、川村仁也、子安宣邦ら、教室の方々と共著、共編著をまとめたことはあるが、広く多教室の方々の参加をえたのはこれが初めてである。複雑な性格をもった「教育学部」における共同研究のあり方を考える一助としていただければ幸いである。当時、丸山真男さんからも、好意ある書信をいただいたことが想起される。

韓国への旅、アバ（母）の死

私は、平成二年三月三〇日から二年間、田中正司会長の下で日本イギリス哲学会の事務局を担当した。この仕事は学会全体の運営に関わるもので大変であったが、田中正司会長のよき指導により円滑に運営することができた。この事務局の仕事を通じて、多くの会員と知り合うことができた。また理事会に参加するようになってから、理事の先生方から貴重な研究書をいただくようになった。その際にできるだけその研究書を読んでから礼状を書くように努めた。その結果、私は、政治学・歴史学・経済学・社会学などの研究動向を認識できるようになり、自分のミル研究における視野を拡げることができた。

韓国の姜泰権（KANG　TAE　KWON）さんが日本政府の教員研修留学生として（平成元年一〇月から平成三年三月まで）横浜国立大学に滞在した。また大邱教育大学教授である盧禎埴教授が一年間（平成二年九月から平成三年九月まで）客員研究員として滞在した。姜さんと福祉国家に関する研究書を読みはじめたとき、かなり難解な日本語の文章をすらすらと読み、私の質問に対しても的確に答えるのに驚かされた。姜さんが勉強家であることを知り、二人で、横浜国立大学の人文紀要に論文「福祉国家論と日本における社会保障制度」（『横浜国立大学人文紀要』第一類第三七輯）をまとめることができた。平成一五年二月二六日から三月一日まで、姜さんに招待されて慶州と釜山を訪れた。二月二六日、一五時四五分釜山に到着し、姜さん宅で夕食をご馳走になった。グランドホテルに宿泊し、翌日、慶州に向かい、仏国寺→石窟庵→慶州国立博物館→天馬塚→大邱タワーを見物。大邱に泊まる。二月二八日、金鎮泰先生と会った。海印寺を見てから、列車で釜山に向かった。ホテルリベラに宿泊。翌日、釜山市立博物館→在韓国国連記念公園→昼食→姜さんが通っている水営路教会などを見た。この旅行では姜さんの配慮により、韓国の仏寺や景色を楽しむことができた。姜さんは帰国後、経済学博士を取得し、高等学校の教頭を経て校長になられ、二〇一八年八月に退職された。

私の母・泉谷カネは、長い間リンゴの行商を続け、苦労を重ねたせいか、七〇代の後半から身体が衰えるとともに痴呆気味になり、悪徳な商人に高額な布団を買わされたりした。そこで老人ホームに入ることになった。昭和六四年二月六日、横手駅で妹の保子と待ち合わせ、アバ（母）の入っている老人ホームに向かった。アバはプラスチックの人形を抱いて昼寝していたが、保子と私を見て、知人が会いに来たことに気がついたらしい。だが、自分の子供が会いに来たことを理解できず、病状がよくなっているようには見えなかった。アバ（泉谷カネ）は、平成二年一二月二五日に八九歳で亡くなった。父の死後、アバは農地を維持しながらリンゴの行商を続けた。子供を育てるために働き続けた生涯であった。

〈人形を背負いし母の微笑みに　妹とわれ見るに堪えず〉

一般教育の改善に取り組む

私は、平成三年一月、教授会で一般教育主事（いわゆる教養学部長）に選出され、二年間一般教育の改革に取り組むことになった。一般教育主事は、国立学校設置法施行規則によると、「一般教育主事は、学長の命を受け、一般教養に関する教育に関わる校務を整理する」と記されており、教養部をもたない七つの国立大学に置かれている。四月二日一〇時半、学長室にて、太田時男学長より一般教育主義の辞令を受けとり、「部局長会議」の一員となった。

平成三年度の横浜国立大学の部局長会議の構成員は、次の通りである。

学長　太田時男　　事務局長　村上則明
学生部長　板垣浩　　教育学部長　鶴見尚弘
経済学部長　高島光郎　　経営学部長　稲葉元吉
工学部長　豊倉富太郎　　国際経済法学研究科長　成田頼明
付属図書館長　腰原久雄　　一般教育主事　泉谷周三郎
環境科学研究センター長　宮脇昭

平成四年度の部局長会議で交代した構成員は、次の通りである。

学生部長　関口隆　　教育学部長　平出彦仁
経済学部長　岸本重陳　　工学部長　野村東太

私は、早速一般教育係長の中野菊夫さんと相談して、開学以来の本学における一般教育の見直しや改善の状況を調べると共に、今回の大学審議会の答申（平成三年二月八日）と大学設置基準の改正（平成三年七月一日施行）などをふまえて、一般教育と専門教育との有機的連携を強め、特色あるカリキュラムを編成するために、一般教育の改革案の作成、教養教育科目の教育内容や教育方法の改善などに取組むことになった。一九九〇年二月に、畏友廣川洋一氏から御著『ギリシア人の教育―教養とはなにか』をいただいた。この本は、プラトンとイソクラテスの教養理念を解明した卓越した研究書であるが、「はじめに」と「I人間教育としての一般教養」の箇所で日本の大学やアメリカの大学における一般教育の問題点や課題をあざやかに論じており、我が国では教養課程のあり方・意義を論ずる場合に不可欠な研究書として高く評価された。最初に廣川洋一氏が『ギリシア人の教育』（岩波新書）のなかで、教養について述べている重要な箇所を紹介することにしたい。

〈徳を目ざしての教育〉

一般教育は、衣服や住居の制作にかかわるものでも、金銭の獲得や体力の増進にかかわるものでもない。それは、人が経済人として、技術者として、あるいは農民として秀れたものになることにではなく、人間が端的に人間としてすぐれたものになること、人間としての固有の善さにのみかかわる、あるいはそれを唯一最大の目標とする。このような意味での「徳」こそ一般教養・教育の目ざすものである。

（同書、一四頁）

〈不調和に対処する技術としての教養〉

徳を目ざしての教育こそ真の教育・教養（パイデイアー）といわれていたのだから、感性と知性、欲望と理知の間の不調和を除去し、そこに調和をつくり出すことは、教育・教養の大きな仕事だといわなければならない。それは、小売り商いや舵取りといった職業的専門技術の教育ではない。真の意味での人間教育・教養の仕事なのである。教養は、こうして、プラトンにおいて、二つの無知、すなわち端的な無知の無知と、そして不調和としての無知に対処すべき技術として受けとられていたのである。

(九八―九九頁)

次に「新入生を迎える言葉」を紹介することにしたい。

新入生を迎える言葉

「君にとって重要な書物は?」

一般教育主事　泉谷周三郎

新入生の諸君、入学おめでとう。

大学生活の開始にあたって、私は君たちに「君にとって重要な書物は?」と尋ねてみたい。政治哲学者として知られているアラン・ブルームによると、アメリカの学生の多くは、この質問の意味がわからないらしいが、君たちはどうだろうか。

一九八七年、アメリカの出版界で大きな反響を呼び起こした『アメリカン・マインドの終焉』(菅野盾樹訳、みすず書房)のなかで、アラン・ブルームは、近頃の学生は読書の習慣と趣味を失ってしまい、「本の読み方も知らなければ、読書から精神の悦楽や向上を期待することもない」とし、彼らが自己中心主義に徹し、ロック・ミュージックに熱狂し、性の解放のなかで異常としか思えない男女関係に走りがちなことを慨嘆しつつ告発している。わが国でも、一世代前の大学生は、書物を伴侶とすることの重要性に気づいていたが、最近の学生の多くは、偉大な古典に触れることがどんなに大切なことであるかを想像することさえ困難になっているようにみえる。

アラン・ブルームは、学生のあり方を非難すると共に、大学での一般教育が「僕は、全体としての人間だ。僕が全体として自己形成するのを助け、僕の本当の潜在能力を発揮させてほしい」と叫ぶ学生の要望を受け止めることができない現状を厳しく批判し、大学の教員が一般教育の本来の姿をもう一度確立するように努める必要性があることを強調している。私がこの著書にひかれるのは、大学改革の先進国といわれるアメリカにおいて、専門教育と効率を重視しすぎた結果、人間性を欠いた若者が続出するようになり、改めて一般教育の充実、とりわけ古典教育に工夫をこらして努力すべきことが説かれているからである。

日本とアメリカでは一般教育のあり方は、制度的に異なっているが、大学教育における理念としては基本的に異なるところはない。一般教育のねらいは、「人間としての善さ」、換言すれば、温かい人間性と豊かな教養を身につけることである。教養とは、われわれがひとりの人間としてその生き方を問われたとき、広い視野のもとで人類全体の幸福を考慮しつつ事柄を適切に判断できる力をもつことを意味する。諸君は、これからの大学生活を充実させる第一歩として、古典と言われる書物と取り組んで、受験勉強に追い立てられて見失っていた「高潔な志」や「崇高な理想」をもつように努めてほしい。

（横浜国立大学『広報』№一一六より）

私は、横浜国立大学『広報』（№一二四）において「一般教育の改革について」を発表すると共に、一般教育運営委員会において、一般教育の改善について議論を深めながら各学部で実施計画を話し合い、多くの教員の協力のもとに、第一次改革案として『新しい教養教育の実現を目指して』（平成四年三月）をまとめることができた。私は、主事に就任したとき、事務から「一般教育主事室があるので、そこで仕事をするように」と要請されたが、「自分の研究室で仕事をしたい」と主張して認めてもらった。また部局長会議では、どのメンバーも教養教育の重要性を認識していたし、特に太田時男学長は、一般教育の改善の必要性を強調して下さり、楽しく仕事を進めることができた。

堀田彰先生が亡くなる

平成五年八月二六日から九月六日まで、私は、同僚と二人で、ケルト文化を見るために、ダブリン→グラスゴー→エディンバラ→ウィンダミア→ロンドンを旅した。ダブリンでは「ボイン川の古戦場」や「タラの丘」を訪れたかったが、当日バスが運休しており、行くことができなかった。ダブリンではトリニティー・カレッジとジョナサン・スウィフトの墓のある聖パトリック教会を見て、グラスゴーに向かった。帰宅して九月三日に堀田彰先生が逝去されたことを知った。九月七日、午前一〇時より葬儀がおこなわれた。

堀田彰先生は、大正七年に東京で生まれ、平成五年九月三日に逝去された。先生の研究業績としては『現代倫理学』（共編著、法律文化社、一九七四）、『現代倫理学の課題』（共著、法律文化社、一九七八）、『ギリシア社会の諸相とその価値観』（単著、法律文化社、一九七八）、『アリストテレス　人と思想』（単著、清水書院、一九六八）などがある。私は、堀田彰先生から、学部のときには経験論などの思想を、大学院のときにアリストテレスの『形而上学』などを学び、その後、英米倫理学の主要問題を提示され、学問研究の仕方を教えていただいた。

また一〇月二四日に鎌倉の市長選挙がおこなわれ、義兄の竹内謙さんが当選し、市長になった。一一月八日から一一月一二日まで船木亭教授の要請により、熊本大学で集中講義をおこなった。

附属横浜中学校の校長となる

平成六年四月、学部長から附属横浜中学校の校長をやってほしいという要請があり、引き受けることにした。当時横浜市では教師に体罰をしないように指導していたし、中学校のなかには荒れた学校もあった。附属中学校においても、体罰をなくし、学校を正常化する努力が続けられていた。私にとっては、学校やスキー教室に向かうバスのなかで生徒と個人的に話し合うことができた貴重な日々であった。私は、二期四年間、附属横浜中学校に通い、改めて教育の質を高めることの重要性を痛感した。ここでは、附属横浜中学校に在任中に、創立五〇周年記念誌『若き花々の歩み』に掲載したものを紹介する。

創立五〇周年記念誌

伝統と創造

校長　泉谷周三郎

附属横浜中学校の創立五〇周年のお祝いを、多くの関係者の皆様と共に分かちあえることは、私たち教職員にとって、この上ない喜びであります。

創立五〇周年の記念行事に際し、ひとかたならぬご尽力で支えて下さいました保護者、卒業生、教育委員会、大学の関係者、教職員の皆様に心より御礼を申し上げます。

本校は、昭和二二年五月、神奈川師範学校女子部附属中学校として創設されました。開校以来、教職員と保護者は、「個性豊かな創造、積極的な協力、正しい判断に基づく実践」という教育目標を目指して、生徒の学習に対する意欲を高め、自由な雰囲気のなかで個性の伸長をはかり、豊かな人間性を形成できるように努めて参りました。また教育実習を通じて優秀な教員の養成に寄与すると共に、教育実践を対象とする実証的研究を推進し、その研究成果を公開することによって、教育界に多大な影響力をおよぼしてまいりました。

ところで、今日二一世紀を目前にして、国立大学の附属学校は、教育改革のなかで厳しい状況のもとに置かれ、それぞれの学校が自己点検をふまえて、その存在理由を提示するように求められております。本校の使命としては、通常の学校教育を行ない、学部学生の教育実習の実施にあたると共に、公立学校との緊密な連絡のもとに、教育実践に関する実証的研究や帰国子女教育などの一層充実・発展させることがあげられます。

わが国の代表的な哲学者である西田幾多郎は、『働くものから見るものへ』の序文のなかで、「幾千年来我らの祖先をはぐくみ来たった東洋文化の根底には、形なきものの形を見、声なきものの声を聞くといったようなものが潜んでいるのではなかろうか、我々の心はかくの如きものを求めてやまない」と述べております。

私たちは、五〇周年という節目にあたって、本校の良き伝統を「形なきものの形を見、声なきものの声を聞く」という姿勢で受けとめ、時代の流行に目を奪われることなく、不易を見つめつつ新たな創造を試みたいと考えております。

　二一世紀は、地球環境の悪化などにより、人類にとって試練の世紀となるだろうと言われています。私たちは、今後も生徒一人一人が夢をもち、個性豊かで自立心に富んだ人になるように、生徒、保護者、教職員が一体となって教育実践に取り組み、附属中学校の使命を果たしてゆくつもりです。今後とも皆様方の一層のご支援とご協力をお願い申し上げます。


（創立五〇周年記念誌『若き花々の歩み』より）


　四年間の在任中で、もっとも感銘したのは、平成九年一〇月一八日から一一月一五日まで、創立五〇周年の記念事業に生徒、教師、父兄、卒業生がひとつになって取り組んだときのことである。

　五〇周年の記念事業として、平成九年一一月一五日（土）に記念式典が本校体育館で、記念祝賀会が附属養護学校体育館でおこなわれた。記念バザーは平成九年一〇月一八日に本校でおこなわれ、附属横浜小学校や附属養護学校のコーナーも設けられ、体育館でのレストランは、入場者が三千人をこえてにぎわった。

　記念演奏会は、平成九年一一月一一日に神奈川県立音楽堂でおこなわれ、神奈川フィルハーモニー管弦楽団によって、スメタナの『我が祖国』より「モルダウ」、ハイドンのトランペット協奏曲変ホ長調、チャイコフスキーの交響曲第五番ホ短調が演奏された。また私は、平成六年度と平成七年度に全国国立大学附属学校連盟の副理事長をつとめた。

第八章　カナダ横断の旅

平成八年八月四日から八月一五日まで、私は、妻と共にカナダの横断旅行を試みた。成田からカナディアン航空機でバンクーバーに飛んだ。八月五日、「ビクトリア・ツアー」に参加した。ビクトリアは、バンクーバー島の南端に位置し、ブリティッシュ・コロンビア州の州都である。フェリーとバスで約四時間かかってビクトリアに着いた。イギリス風の建物が多く、きれいな町であった。ダウンタウンから北へ二一キロにあり、四季折々の花が見られる「ブチャート・ガーデン」は、ローズ・ガーデン、イタリア・ガーデン、日本庭園などに分類されて、いろいろな花と花の香りに包まれていた。

八月六日、私たちは、午前中ブリティッシュ・コロンビア大学に行き、新渡戸記念公園などを見た。バンクーバー一二時三〇分発の飛行機でカルガリーに向かった。一四時四八分に到着し、佐藤京作夫妻が出迎えてくれた。自動車でダウンタウンの見える丘、スキーのジャンプ台、カルガリー大学などを訪れた。

八月七日、朝八時、佐藤家を出発してバンフ国立公園に向かった。バンフはカナディアン・ロッキー観光の拠点となる町である。スプリング・ホテルに宿泊。翌日、京作君がホテルに到着し、カナディアン・ロッキーの雄姿ときれいな水の湖を訪れることができた。夜、京作君の家に泊まり、翌朝、彼の家の前の公園を散策した。一二時二〇分カルガリー発の飛行機に乗り、一七時五二分にトロントに到着した。すぐに宮本幸一・たえ夫妻宅を訪問したが、夫妻は死去しており、息子さん家族に土産を渡してホテルに向かった。フロントでは、最初予約が入っていないと言われたが、まもなく連絡済みであることが判明した。八月一〇日、トロントで以前に下宿したアパートを見てから、一三時三〇分バスに乗り、二時間でナイアガラに着いた。遊覧船に乗ってナイアガラの滝を見上げた。夜、ライトアップされたナイアガラの絶景を見た。翌日、九時三〇分にナイアガラを出発し、トロントに着いてから、ヘンリー・ミル・ベラットという富豪が建てた古城「カーサ・

ロマ」を見てから土産店に入ったところ、「日本人か」と訊かれ「そうだ」と答えると、「今年活躍した野球選手はだれか」と質問され、「野茂選手?」と答えると、スカイ・ドームの入った絵入りのTシャツをくれた。

八月一二日、午前一〇時に駅に行ったが、行列ができており、駅員の切符を販売するのに時間がかかり、なかなか切符を買うことができなかった。午前一一時トロント発の一等車にかろうじて乗ることができた。一五時三〇分にオタワに到着し、シェラトンホテルに泊まることにした。オタワは、カナダの首都であり、政治の中心地である。八月一三日、国会議事堂を簡単に見学することができるのに驚いた。その後、市民の台所として知られるバイワード・マーケットを見物し、そこで昼食を楽しんだ。市内の中心を流れるリドー運河を見物し、カナダ国立美術館などを見た。

八月一四日、午前八時オタワ空港発で九時にはトロントに着いた。午前一〇時トロント発の飛行機が機械系統の故障のために六時間半遅れ、午後四時三〇分にトロントを出発した。「この飛行機は成田まで飛べるのだろうか」とほとんどの乗客は思ったことだろう。午後五時三〇分にバンクーバに到着した。バンクバーで飛行機を交換して、七時三〇分にバンクバーを出発し、成田に翌日の九時一五分に着いた。海外旅行で、これほど長時間待たされ、不安を感じたことはなかった。

拙著『ヒューム』（研究社出版）の公刊

平成八年一一月三〇日、イギリス思想叢書五、『ヒューム』（一九九六年、二八四頁、二四〇〇円）が研究社出版より出版された。

中野好之先生は、塚田富治著『ベイコン』と泉谷周三郎『ヒューム』の二冊の研究書が公刊されたことに対して、『週刊読書人』のなかで「思想と文学の橋渡し」という題名で「豊かな肉づけを備えた人物像と要領よい学説の案内を提示―現在までの状況に照らして意味ある企画―」を表示した書評を発表して下さった。

最初に中野好之先生の略歴を紹介したい。中野好之先生は、東京大学経済学部卒業、國學院大學、富山国際大学を経て現在著述に専念。イギリス思想史専攻。主要な著訳書　著書『評伝・バーク』（みすず書房）、レズリー・スティーヴン著『一八世紀イギリス思想史』全三巻（筑摩叢書）、ギボン『ローマ帝国衰亡史』七・八・九・十・十一巻（筑摩書房）、ギボン『ギボン自伝』（筑摩学芸文庫）、ボズウェル『サムエル・ジョンソン伝』全三巻（みすず書房）、著書『仙台「晩翠草堂」の顛末』（御茶の水書房）、『我が国の皇統継承の歴史と理念』（御茶の水書房）など。私は、日本イギリス哲学会で中野好之先生と知り合い、妻の実家が鎌倉の腰越にあり、その前の通りが中野先生の散歩道であったことから、交流を深め、翻訳の仕事をどのようにして進めるかなどについて多くのことを教えられました。

思想と文学の橋渡し

中野好之

今日まで人文社会分野の古典的なイギリス思想は、他のヨーロッパ大陸の思想、具体的にはフランスとドイツに比較してわが国のインテリ読者層の好みに訴える点で今ひとつ影の薄いものとの印象が否めなかった。

明治の文化的な開国から少なくとも自由民権運動の時期までは、この国の青年層が社会活動や教養の面で熱心に指針と仰いだものが、大学制度の整備確立以降はアカデミズムと哲学青年が精密な論理の学理や生新の気が溢れるロマン主義へ引きつけられる状況へと一変して、大陸の思想文芸の場では大陸のものが圧倒的な影響を及ぼすに至った。大学教育の場で、今や英語が他の諸外国語を駆逐しかねない支配的分野を確立した昨今でもわが国の文芸界では今述べた傾向が根強く尾をひいているが、実はこの現象は後述するように同じ楯の両面という性格をもっている。

〈経験論と功利主義〉

この思想叢書のリストから明瞭に見てとられるように、イギリス思想なるもののきわめて際立った特性は、敢えて言うならば経験論と功利主義であると言いうるが、誠に不運なことにわが国の近代以降の選良たちを気分的に反発させてきたのがこの二本柱である。わが国の哲学史で時として経験なる観念ないし用語が純粋経験という呼称で個人の内面の基本的データを指して使用されたが（西田幾多郎、森有正）、これらベイコンやヒュームに代表されるイギリス流の経験概念はきわめて日常的かつ世俗的な種類であり、従ってその学問的体系は思弁的神秘的とは逆に、現実的かつ実利的な性格の実学なのである。さらに言えば、きわめて自明で素朴なユテイリティなる観念が功利なる訳語として定着したのが不幸の積み重ねであって、今日の世相が示すようにその本性が本能的なまでに最も強く実利の追求に向けられる日本国民はこの傾向を自ら意識する故にこそ逆にこの性向の冷静な分析を進んで回避した。元をただせば明治初年の「人生に相捗る」意義をめぐる文学論争におけるこの実学派功利主義の旗色の悪さは、この国のその後の思想の流れにとってきわめて象徴的であったと言ってよい。

〈多面的な性格をもつ〉

二冊の書物の著者が口をそろえて強調するように、ベイコンもヒュームもひとしく政治外交の舞台から純粋な知的探究の素材を経験を通じて汲み上げて体系化した哲学者文人であり、当然に彼らの思索の立場は、今日の細かい学問的な分類に従えば、政治理論家でもあり歴史家でもあるというきわめて多面的かつ横断的な性格をもつために、今日のアカデミズム諸学科の蛸壺状の自閉症的な状況が従来久しくこれらの思想家の教説の全体的総合的な把握を極端に困難にしてきた、と言いうる。

ブリテン本国においてさえ過去には、この日本での状況と似通った縦割りの接近や党派的な裁断の手法が必ずしも稀ではなかった。しかし、最近二、三〇年の新しい学問的資料の探索収集、これら文献整理と編集公刊が専門家研究者の間に広くおよぼした恩恵は、これら歴史上の思想家の業績の正確な理解と適確な評価の面で、一昔前には考えられなかったような成果を学問研究の場において生み出すに至った。そのおかげで日本の専門研究家も従来とは格段に違った客観的で精密なこれら哲学者の全体像を把握できるようになった。ところが前述したわが国読書界の趣味の偏りに災いされて、彼らについての新しい知見は一部の敢えて言うならば篤志的な専門研究者の世界から広く外部の教養での共通財産になる機縁に久しく恵まれずに来た。その結果この国の読書家が過去の「社会科」なる教科を通して得た血の通わぬきわめて断片的な知識からつくられた既成の人物像と最近の学術的共通財産から得られる知見との落差は拡大する一方であった。今日最も必要性が痛感される課題はわが国の読書人の裾野を開拓することで、この点への関心を少しでも喚起して、従来とは比較にならぬ豊かな肉づけを備えたこれらの人物像と要領よい学説の案内書を提供することに他ならなかった。

〈研究の前進の成果〉

今回の哲学叢書の最初の二冊は右に見たような課題を誠に過不足なく達成している。おそらくこれは全巻を通ずる方針に沿った結果と信ぜられるが、両者とも一言にして言えば伝記の流れに応じた段階ごとの思想家の学問体系の展開という体裁を取っている。生涯と学説を別々に叙述するのが従来の教科書の流儀であったかも知れないが、先に述べたように彼らの学理の多面的分野にわたる特性に照らして、この叙述は読者にとって非常に取りつき易い。たとえばベイコンの場合に我々は彼の政治家としての栄進の過程でその段階ごとに彼が取り込んだ学問的産物が最晩年に「大革新」のなかで学問体系に構成される様子とその内実を知らされるし、ヒュームの場合には処女作「人間本性論」全三巻の内容の解説で彼の哲学の特徴が要領よく分析された後をうけて、その後の彼の政治経済思想や彼による自分の国の歴史記述が彼の生涯との関連で説明されるという具合である。

一応自分でも似たような主題に関わってきた評者の印象を語るならば、私は一時代前のこの種のガイドブックに比較して、格段に叙述が平明で個々の論点の把握とその要約が適確になってきたことを強く感じた。これは前に述べた最近の共通な学問成果の集積によることはもちろんだが、従来のこの種の啓蒙的な案内はそれぞれの筆者の専門もしくはイデオロギーによってややもすれば自己流の我田引水の傾向が鼻につく欠陥がある。両書にひとしく見られる万遍なく多面的な分野を概観して要領よく纏めた手際のよさに、私は広く学術研究の前進の成果を認めるとともに、反面ではつい半世紀前までこの種の哲学者の「評伝」の類にこめられてきた政治や党派の怨念が逆に懐かしく思い起こされるという経験をした。

冒頭に言及したブリテンの文物のわが国での受容と関連して、これらの思想が白眼視された副産物としてフランス、ドイツの両分野に比してわが国の英文学研究におけるこの人文思想全体への関心の欠落がアカデミー内において格段に顕著であったことを考えると、わが国の英語英文学畑の代表的な出版社によるこの企画は、私が指摘してきた現在までの状況に照らして非常に大きい意味があると信ぜられる。

なかのよしゆき(社会思想史専攻)

『イギリス哲学研究』第二一号(日本イギリス哲学会)の書評で、輪島達郎氏(青山学院女子短期大学)は、拙著の書評を発表してくれた。輪島達郎氏の略歴は、早稲田大学大学院政治学研究科博士課程で政治思想史を専攻し、藤原保信先生の指導を受けた。論文「ヒュームにおける政治学の構想—その実践性と規範的含意」『イギリス哲学研究』第一四号、藤原保信・飯島昇藏編『西洋政治思想史Ⅰ』(担当「ヒューム」新評論)、訳書、ジョン・グレイ著、藤原保信・輪島達郎訳『自由主義』(昭和堂)

『ヒューム』の書評

輪島達郎

泉谷周三郎『ヒューム』を一言で評するならば、きわめて良心的かつ実用的なヒューム研究入門書・概説書であるということになろう。本書はすでに国内外でさまざまな立場から多くの研究がなされているヒュームに関して、それらの研究動向の大きな流れを把握した上でヒュームの多面的な相貌をわかりやすく伝えるものとなっている。

本書は、著者のヒューム研究の確固とした枠組みを前提とし、そこから独自のヒューム像を再構成するというタイプの研究書ではない。むしろ、できるだけ原典に内在しつつ、哲学、道徳、政治、経済、歴史、宗教にいたるヒュームの多様な思想領域のほとんどすべてを網羅し、(著者の前書『ヒューム』(清水書院、一九八八)では新書という制約上『イングランド史』への言及が割愛されていた)、それらを手際よく忠実に要約整理しているところに最大の特徴と意義がある。この手法はときとして、著者自身の文章と、ヒュームからの引用との境界をともすると曖昧にする結果をもたらしているが、この点は厳密さを要請される研究書としては問題になりうるとしても、入門・概説書としてはむしろ読みやすさの点で有益であると言える。

また本書は、古典的なものから最新のものまで、内外の多様なヒューム研究のエッセンスを随所に織り込み、ヒュームに関する豊富な二次文献の案内としても好便な内容となっている。読者は、いわば著者の個人的な研究ノートをそっくりそのまま利用できるかのような恩恵に浴することになる。

著者は、このように、さまざまな立場からする多くの二次文献を引用あるいは援用しつつ、ヒューム思想の多面性を浮かび上がらせようとしており、その試みは成功している。しかしこの手法は、相互に対立または矛盾する見解を、ひとつの思想家研究の中に共存させることによって、当の叙述を曖昧なものにする危険性をもつ。たとえば、ヒュームの「コンヴェンション」に基づく社会形成論は、ホッブズ的な同意による社会形成とその権力的支配という枠組みの延長線上にあり、したがってヒュームは、スミスが切り開いた市民社会の自律性の認識にはいまだ達していないという水田洋の見解の引用で結ばれる節（一七一―一八三頁）がある。一方で、ヒュームの経済論が近代社会の自律的発展を前提とした経済的自由の主張で貫かれているとの見解をとる田中敏弘からの引用で結ばれる節（一八八―一九八頁）もある。この場合、ヒュームの思想がこれらの相反する解釈を許容する多面性を持つことを示しうる一方、ヒュームの全体像をそれだけ不明確なものにすることにもなる。

しかしこの点に関しても、本書の入門書あるいは概説書としての役割という点からすれば、逆に有益であると筆者は考える。特定の解釈枠組や全体像が読者に押しつけられることなく、ヒュームの思想とその研究史を構成する豊富な素材が――それらが相互に矛盾することがあったとしても、矛盾を矛盾としてそのままに提示しつつ――利用しやすい整理された形で提供されているからである。

また本書は、ヒュームの思想を全体として概観しようとする入門者にとってのみならず、特定の解釈枠組みに従って新しいヒューム像を提出しようとしている研究者にとっても、少なくとも二つの意味で有益である。ひとつは、ヒュームの思想の一部に研究対象を限定しがちなヒューム研究者に、ヒュームの多面性・多様性への注意を改めて喚起し、みずからのヒューム解釈の一面性の反省へといざなう点において。いまひとつは、二次文献への豊富な言及・引用によって、広範囲にわたる研究史へのアプローチが容易になるという点においてである。いずれにしても本書は、これまでのヒューム研究の成果とその将来的可能性を分かりやすく伝えるものとなっており、ヒューム研究の入門者であると専門家であるとを問わず、広く実用に供されるべき内容をもった一冊であるといえよう。

わじまたつろう（政治思想史専攻）

生きがいについて

私の故郷にある横手市栄公民館の館長である小原襄氏から「住みよいふる里づくり研究集会」において、人生における大切なものについて話してもらえないかという要請があり、母校の栄小学校で講演をすることになった。その要旨を紹介したい。

平成一〇年一〇月一八日（日）一〇時四〇分から一二時まで　主催：横手市栄公民館

「生きがいについて―漱石とフランクルを手がかりにして」泉谷周三郎

室生犀星（一八八九―一九六二）のふるさと観

小景異情、その二

ふるさとは、遠きにありて思うもの
そして悲しくうたうもの
よしや、
うらぶれて異土の乞食となるとても
帰るところにあるまじや
ひとり都のゆうぐれに
ふるさとおもひ涙ぐむ
そのこころもて

遠きみやこにかへらばや
遠きみやこにかへらばや

『抒情小曲集』（大正七年公刊）

〔室生犀星の生涯〕

明治二二年八月一日石川県金沢市裏千日町に生まれる。父・小畠弥左衛門吉種、母は小畠家の女中ハル。生まれるとすぐ、雨宝院住職の室生真乗の妻・赤井ハツに渡され、育てられた。ハツは、理由もなく子どもを殴る女であった。一三歳のときに金沢地方裁判所の給仕となった。二一歳のときに上京。翌年金沢に帰る。一九一八年『愛に詩集』を自費出版。詩だけでなく、小説『幼年時代』『杏っ子』などを書き、多彩かつ多作の作家であった。

この詩は、犀星が金沢に帰ったときに作られた。「みやこ」は東京のことである。

マルク・シャガール（一八八七―一九八五）は、ベラルーシ共和国のヴィテブスクに九人兄弟（弟二人、妹六人）の長男として生まれた。家族は敬虔なユダヤ教徒で、彼は生涯ヴィテブスクの、「原風景」（もの心つく前に心に刻みつけられた風景）大切にした画家として知られている。

シャガールの作品の魅力は、魚が空を飛んだり、雄鶏がバレエを踊ったり、抱き合った恋人たちが空中を浮遊している「幻想性」にある。彼の幻想画家としての頂点を示すのがアンドレ・マルローの依頼によって描かれたパリのオペラ座「ガルニエ宮」の天井画である。この装飾画は一九六三年に完成したが、その内容は、モーツアルト、天使、踊り子、恋人たちが飛翔したり、エッフェル塔、パンテオンなどが描かれている。この天井画は、現在パリの名所のひとつとして知られている。

生きがい……生きていることの値打ち
①生きがいを求める気持ち
②人生の喜びを味わう（生きがい感）
③生がいの対象（仕事あるいは子供など）
夏目漱石（一八六七―一九一六）は、ロンドン留学中に「自己本位」で生きることの重大さを知り、生きがいを求めた。

私の経験したような煩悶があなたがたの場合にもしばしば起こるに違いないと、私は鑑定しているのですが、どうでしょうか。もしそうだとすると、何かに打ち当たるまで行くということは、学問をする人、教育を受ける人が生涯の仕事としても、あるいは一〇年、二〇年の仕事としても、必要じゃないでしょうか、ああここにおれの進むべき道があった！　ようやく掘り当てた！

『私の個人主義』（『漱石文明論集』、岩波文庫、一一八頁）

ヴィクトール・E・フランクル（一九〇五―一九九七）は、ウィーンで生まれたユダヤ系の精神科医で、『夜と霧』（みすず書房、二〇〇二）のなかで、ドイツ強制収容所の体験を述べている。
収容所に入れられた人々は、
第一段階　収容ショック「駅の看板がある―アウシュヴィッツだ！」
第二段階　比較的無感動の時期（内面的死滅の始まり）
唯一の課題　生存を維持すること
第三段階　絶望との戦い「私は人生に何を期待できるか」↓何も期待できない。

「人生が私に何を期待しているか」

人生がわれわれに課する使命を果たすこと

生きがいとは簡単に把握できるものではない。生きがいをもつには、人間と自然との共存を維持する道を模索しつつ、私益優先の生き方をやめて、どんな状況においても、真の感動を経験できるように努めることが必要であろう。真の感動とは、自分の内面から湧き出てくる力であり、それゆえ、感性を磨き、常に心を開放しておくことが求められる。

この時期に、五つの場所で、次のようなテーマで講演をおこなった。

（一）平成八年九月二八日（土）午後一三時～一五時
「学校における環境教育」横浜国立大学・文化ホール
主催　神奈川県自然保護協会

（二）平成九年一一月一〇日（月）午後一四時～一六時
「今日の少年問題―その社会的背景と改革の方策―」
主催　神奈川県学校・警察連絡協議会

（三）平成一〇年二月二三日（月）午後一三時三〇分～一五時
「現代社会における家庭環境を考える」神奈川県私学会館
主催　神奈川県私学父母連合会

（四）平成一〇年四月二五日（土）午後一四時～一五時一五分
「今日におけるモラルと環境問題」

主催　平塚学園高等学校

（五）平成一七年八月四日、午前一〇時より一二時まで
「Ｊ・Ｓ・ミルと現代」都立工芸高等学校にて
主催　全国公民科・社会教育研究会
責任者　篠田健一郎（富士森高校教諭）

ギリシアへの旅

平成一一年一〇月二日から一〇月一一日まで、私は、国語教室の平田喜信教授と二人でギリシアを訪れた。

第一日目　一〇月二日（土）
一一時二〇分、成田発ＪＡＬ四〇五便でパリへ、一八時三〇分、パリ発→二三時四五分でアテネへ。午後一一時、アテネのエスペリア・ホテルに到着。

第二日目　一〇月三日（日）
アクロポリスの丘のパルテノン神殿を訪れた。「アクロポリス」という言葉は、「高い丘の上の都市」あるいは「城塞都市」と訳され、ギリシアのどこを旅してもそれがあり、耳にする言葉である。アテネのアクロポリスは、北・東・南の三方を崖で守られた石灰岩の丘（標高一五六メートル）で、その入り口は西側にある。

パルテノン神殿は守護神アテナを祭っており、紀元前五世紀の中頃に建設された。政治家ペリクレスのもとで、彫刻家フェイディアスや建築家イクティノスらによって建てられた。

この神殿は、正面の幅三〇・八八メートル、奥行き六九・五三メートルの巨大神殿である。建物の材料は近郊の山から切り出した大理石で、澄みわたる青空の中に威厳に満ちて浮かび上がる神殿の姿は現在も多くの人々を魅了し続けている。

私たちは神殿を見てから、アクロポリスの北西部に広がる古代アゴラを散策した。アゴラは、現代では「市場」を指す語として使われているが、古代ではもっと広く「人の集まる所」を意味していた。アゴラには、西の高台に、パルテノン神殿とほぼ同じ時期に建てられたヘファイストス神殿が原型をとどめていた。北東部にはアタロスの柱廊（古代アゴラ博物館）と呼ばれる長さ一一六メートル、幅二〇メートルの二階建ての建物が完全に復元されていた。一階の外側には四五本のドーリア式列柱が、中間には二二本のイオニア式列柱が並んでいた。中央にはローマの将軍アグリッパが建てた約千人が収容できる音楽堂の跡が残されていた。私たちは、平田さんが横浜国大の図書館長をしていることから、パンタイノスの図書館跡を探したが、そこには図書館らしい施設は残っていなかった。アゴラは古代アテネの男たちにとっては生活の中心地であり、政治や経済の拠点でもあった。ソクラテスやプラトンが彼らの思想を話し合い、政治家たちが熱弁をふるい、市民が耳を傾けた場所であった。

第三日目　一〇月四日（月）

アテネ大学の本部を訪ねた。アテネ大学の本部は、ギリシア学士院と国立図書館の間にあり、すぐに見つけることができた。学長はまだ登校しておらず、一時間半ほど待たされた。講堂のような大きな部屋の中に机がおかれており、多くの女性が働いていたが、その女性たちの容姿はいずれも個性的で魅力的であった。午前一一時に学長と会い、「横浜国立大学の板垣浩学長がよろしくと申しておりました」と伝えた。学長は、「アテネ大学では考古学のシマントニー教授を待たせている」とのことで、タクシーに乗ってアテネ大学に向かった。到着したとき、昼休みの時間で学生たちが教員と面接するために長い列を作っていた。日本からの女子留学生が二人いた。午後二時間ほど、シマントニー教授は、考古学の附属展示室を案内してくれた。そこにクレタ島で訪れることになる「クノッソス宮殿の縮小された模型」があった。

私たちは、アテネに着いてギリシア旅行のスケジュールを再検討したところ、オリンピアに行くことが難しいことが分かった。オリンピアは、アテネからバスで五時間半かかり、しかもバスも汽車も本数がきわめて少ないからである。そこでアテネのミキ・ツーリストで調べてもらったが、「無理らしい」ことが明らかになり、一九世紀に一時ギリシアの首都であったナフプリオンに変更することにした。

第四日目　一〇月五日（火）

フロントから突然「ミケーネ・エピダヴロス・ツアーのバスが来ている」との連絡を受け、一〇分ほどで荷物を整理してバスに乗った。急いだせいか、私は背広の上着を忘れ、夜ホテルに電話して保管を頼んだ。最初にコリントスの遺跡を訪れた。次にアルゴス平野が広がる小高い丘にあるミケーネの遺跡を訪れた。アイスキュロスの『アガメムノン』によれば、ギリシア軍の総大将であるアガメムノンがトロイアに遠征中、王妃クリュタイメストラは、アイギストスという男と姦通しており、トロイア戦争に勝利して凱旋するアガメムノンを殺害しようと待ちかまえている。そして風呂場で夫を殺害した。王妃は、夫が戦争遂行のために娘イフィゲネイアを人身御供にしたことを深く恨んでいた。アガメムノンの息子オレステスは、姉と共に報復の決意をかため、アイギストスと実母を殺害し、父親の復讐に成功する。アイスキュロスは、人間の悪の選択の悲劇を浮き彫りにし、人間は苦悩のなかで理解と知恵に通じることの大切さを説くのである。

ミケーネの遺跡では獅子の門を入ると、すぐ右下に円形墓地がある。ドイツの考古学者であるシュリーマン(一八二二―一八九〇)は、一八七三年にこの墓地から一九体の遺骸と「黄金のマスク」、装身具、宝剣、指輪などを掘り出し、アガメムノンの墓を掘り当てたと確信した。だが今日では、それらはトロイア戦争よりも数世紀古い時代のものとされている。円形墓地から坂を上がって行くと、王宮の跡を示す土台に使われた石を見ることができる。クリュタイメストラとアイギストスの死体は墓地の外に埋められている。またミケーネ遺跡からミケーネ村の方向へ五〇〇メートルほど行ったところに両脇を石で囲まれた「アトレウスの宝庫」といわれる墓地があった。昼食後、エピダヴロスの遺跡を訪れた。ここは医療の神アスクレピオスの聖域で紀元前四世紀には多くの病人がこの地を訪れた。医療設備と共に劇場や音楽堂、浴場などがあり、スポーツやマッサージで身体をほぐし、観劇や音楽鑑賞で患者の気持ちをリラックスさせて治療していたらしい。この野外円形劇場は、一万二千人を収容できるもので、ギリシアで最も保存状態のよい劇場である。私たちのバスでは、ガイドが「祭壇」と称される円形の石板の上にコインを落として、音響が伝わることを示した。次にドイツ人の三人の婦人が舞台に登り、シューベルトの『菩提樹』を歌って人々の拍手を誘った。この劇場では、どんなかすかな音でも観客席の最上段まではっきり届くことに驚かされた。

私たちは、ミケーネの遺跡やエピダヴロスの古代劇場などを見て、午後四時頃、コリントスでバスを降りた。ガイドはバスを降りて店に案内して、店の人に電話をかけさせるように頼んでくれた。タクシーに乗って宿泊予定のカラマキ・ビーチに着いた。荷物を預けて海辺に出たとき、海の青い色がとてもきれいに見えた。平田さんは、一家族（四人）が泳いでいるだけだったので、「パンツで泳ぎたい」と言い始めた。そこで二人は三〇分ほど「泳ぎたい」「体調がよくないので泳ぐことはダメだ」と言い争った。海の青い色がとても明るくきれいだった。

第五日目　一〇月六日（水）

私たちは、カラマキ・ビーチのフロントで両替を頼んだところ、女主人は最初「両替はできない」と言った。そこで私たちは日本人で、バスやタクシーで旅行していることを説明したら、「日本人が泊まったのは初めてだ」と言い、コリント遺跡へ宿泊所の車で送ることを了承し、最後に両替もしてくれた。二人はコリントスの遺跡に着き、考古学博物館に入ったところ、この地方で出土した多くの壺が展示されていた。それらの壺にはそれ以前の幾何学模様に代わって動物や植物、あるいは空想の怪獣などが描かれていた。それから中庭に出たとき、優美な長衣をまとった四人の女性が、いずれも頭部を失って、街角で話し合っているような姿勢で立っており、さらに頭部を切られた三人の女性像が右側に並んで立っているのが見えた。私は、「誰が首を切ったのだろうか」という疑問を抱いた。

それからコリントスの遺跡に向かった。アクロコリントス山（五七五メートル）を背にしてアポロンの神殿が目に入った。この神殿は前六世紀の遺跡で、ひとつの石から造られた石柱が七本残っており、堂々たる雄姿を示していた。二人は神殿の柱の間に坐って空と海を眺めた。左側にコリントス湾の海の色、前方に空の青い色、右側にサロン湾の海の色が見えた。海の青い色が、空の青い色とが同じに見えた。二人はいつのまにか静寂の中で澄んだ空気と降り注ぐ陽光の下で「至福の時」を感じていた。私は、「なぜ二人は同時に至福の時だ」と感じたのだろうかという疑問を抱いた。今回、平田喜信さんとのギリシア旅行をふり返りながら、「至福の時」を感じた理由のひとつを見つけることができた。美術史学の沢柳大五郎氏は、『ギリシアの美術』(岩波新書、一九六四)のなかで、次のように述べている。

ヨーロッパ人、特にアルプス以北の人がギリシアについて語るとき、まず第一に言うのは光と空気である。信じられないくらいの明るさと遠くの木の葉や礫《こいし》までもはっきり見せてほとんで距離感をなくしてしまうような澄明な空気が北方のキムメリオイの目を瞠《みは》らせるのである。……第二に言われるのは、山容樹姿の厳しさである。ギリシアにはドイツのような深秘な森はない。イギリスの緑野も、フランスの耕地もイタリア海岸の柔媚《じゅうび》さもない。国土の大半を占める山々はあらかた禿山で刻みの深い灰色の岩肌を露わに見せ、それほど高くも険しくもないのに容易に人を近づけない峻烈な相貌を示す。

(同書、一―五頁)

ギリシアでは燦々と降り注ぐ陽光と澄んだ空気が一体となって、遠くの海と遠くの山を人間の目の前に浮かびあがらせ、人間に自然の美しさを示すのである。パルテノンもコリントスのアポロン神殿も明るい青空を背後にするときに、人々を魅了するのだ。この解釈で国文学者の平田喜信教授が納得できるかどうか尋ねてみたい。しかし、平田さんは二〇〇〇年八月二九日に満六三歳で逝去してしまった。彼の死は、多くの人に惜しまれた。彼は、体調があまりよくないのに、大学で講義や研究を続けながら、図書館長を兼務されていた。私は、機会があればもう一度ギリシアに行ってみたい。コリントス遺跡やクレタ島に行くと、どこかで平田さんに突然会うことができるような気がしている。コリントス遺跡を去るとき、平田さんと私は「もう一度来る機会があったらアクロコリントスを登ってみたい」と話し合った。アクロコリントス山は、標高五七五メートルの低い山であるが、黒くくすんで見えるギリシア特有の山の姿をしており、人々を惹きつける魔力をもっている。私は、アクロコリントスの山の偉容を見たとき、シーシュポスの伝説を思い出した。ギリシア神話によると、シーシュポスは神々をあざむくほどずる賢い人物であった。ゼウスが彼のもとに死神タナトスを送り込んだとき、人間のなかで最も狡猾な男といわれるシーシュポスは死神をだまして縛ってしまった。そのためにしばらくの間、死者がいなくなってしまった。ゼウスがそのことに気づいて死神を解放し、シーシュポスを冥界に送り、重い大きな石を繰り返し永遠に山の上まで押し上げるという永劫の罰を与えたのである。

ところが、アルベール・カミュ（一九一三—一九六〇）は、『シーシュポスの神話』（一九四二）のなかで、「真に重大な哲学上の問題はひとつしかない。自殺ということだ。人生が生きるに値するか否かを判断する、これが哲学の根本問題に答えることである」（清水徹訳、新潮文庫、一二頁）と述べている。カミュによれば、不条理を生かすとはなによりも不条理を見つめることである。筋道の通った哲学的姿勢のひとつが「反抗」である。自殺は反抗に続いて起こると人は考えるかもしれないが、それは誤りである。自殺は不条理への同意を前提とするという点で、まさに「反抗」とは正反対である。この反抗こそが人生に偉大さを与えるのである。カミュは、シーシュポスが絶えざる努力によって落下する力と闘おうとする点で彼を「不条理の英雄」として高く評価するのである。私たちは、コリントス遺跡を見た後、バスでナフプリオンに向かった。

ナフプリオンは、近くにミケーネの遺跡やエピダヴロスの円形劇場などの観光名所があり、風光明媚なリゾート地として知られている。ここには一七一四年にヴェネツィア軍がフランス人の技師のもとに完成した

「パラミディの城跡」(標高二一六メートル)があるが、その丘に登るためには九九九段の石段を登らなければならない。私たちは、疲れていたので要塞に登ることはあきらめ、海岸通りを散策することにした。一〇〇メートルほど離れた場所にあるブリジ島に廃墟の城らしいものが見えた。ホテルが郊外にあったので、夕食後早く床に入った。

第六日目　一〇月七日(木)

午前八時頃バスに乗り、アテネに向かった。ホテルのフロントではバスの乗り換えは「簡単だ」と言っていたが、アテネで降りたバスターミナルには、デルフィ行きがなかった。そこで二〇分ほどジェントルマンらしい人物を探して見つけ、「デルフィに行きたいのだが」と述べたところ、「タクシーでリオシオン・バスターミナルに行かなければならない」と教えてくれ、運転手に料金まで確かめてくれた。アテネからデルフィまで約三時間かかった。私は疲れて眠っていたところ、平田さんが「着いたよ」と起こしてくれた。

デルフィは、パルナッソス山(二四五七メートル)の南麓に横たわる古代都市で、海抜五七三メートルの高地にある。紀元前六世紀頃が最盛期で、当時はギリシア国内だけでなく、古代ギリシア人が築いた地中海全域にある植民地から多くの巡礼者が押しかけた。アポロン神殿の地下聖堂で巫女が月桂樹と大麦を燃やし、その煙を吸って恍惚状態になり動作と声によって神託を告げたらしい。巡礼者はその神託によりポリスの重要な事柄を決め、ポリスの命運を予知しようとしたと言われている。

私たちがバスを降りてホテルに荷物を預けて、不ぞろいな六本の柱だけが残っているアポロン神殿の前に立ったとき、「ようやくデルフィに着いた」という安堵感をもつと同時に、途方もなく広がる破壊されつくした遺跡の姿に「誰がこれほどひどく破壊したのか」という怒りがこみあげてきた。この夜、私は、平田さんと共に、夕食でワインを飲みながら、外の暗闇を眺めつつ、「ようやくデルフィに到着した」という感動を味わっていた。

第七日目　一〇月八日（金）

午前九時　予約していたベンツに乗り込んで、アマリア・デルフィ・ホテルを出発した。昨日までのバスとちがって、振動が少なく乗り心地は最高で、私たち二人はベンツ旅行の快適さを楽しんだ。太陽が顔を出さないせいか、半袖のシャツでは寒いので、運転手に「どこかでセーターを買いたい」と頼んだところ、アラホバの衣料店に案内してくれた。そこで白いセーターを購入して着ることにした。一一時頃アテネのエスペリア・ホテルに寄って忘れた背広の上着を受け取った。一一時半アテネ空港に到着し、ゆっくり昼食をとることにした。一五時一〇分　アテネ発に乗り、クレタ島に向かった。五〇分でイラクリオンに着いた。私たちは、空港からタクシーに乗り、キャンディア・マリンズ・ホテルに着いた。部屋に入ったところ、二つのベッドがくっついて置かれていた。「これは近すぎる。もっと離すことにしよう」と言って夢中で

デルフィを出発するとき

ベットを移動させようとした。ベッドの側にあった四〇センチの正方形の板ガラスが落ちて割れてしまった。私は、すぐにフロントに行き「ベッドがくっついていたので、離そうとしてガラス板を落として割ってしまった。ベッドの並べ方が悪かったからだ」と説明し、私たちに責任がないことを伝えた。

第八日目　一〇月九日（土）

クレタ島は、エーゲ海の最南端に位置する細長い島で、エーゲ海では最も大きい島で、古来から交易の要所として栄えていた。首都は、イラクリオンで、人口は一〇万人で行政・商業の中心地として活気にあふれている。クノッソスでは、紀元前六千年頃に農耕を伴う集落が成立していた。ギリシア神話によると、クレタ島のミノス王は、強大な勢力をもつ王であると同時に最高位の神官であった。

彼は、一度入ると二度と出ることのできない迷宮を造り、ミノタウロスという牛頭人身の怪物を閉じこめたと言われている。ところが、イギリスの考古学者アーサー・エヴァンズ（一八五一—一九四一）は、一八九九年に発掘を開始し、それが実在の宮殿であることを明らかにした。宮殿は、一辺が一六〇メートルで中庭をもつ巨大な建物で、部屋の数は一二〇〇以上あったと伝えられている。また東方にはシィクテ山（二一四八メートル）があり、最高の神ゼウスの誕生の地と言われている。さらに古代都市の遺跡としてゴルティスの遺跡やフェストスの遺跡がある。

私たちは、一〇月九日午前九時、クレタ島めぐりの半日ツアーに参加した。一時間ほどクノッソス宮殿を見物した。宮殿の一部が新しく修復されていたが、これが望ましいことか否かに疑問を感じた。その後バスに乗り、考古学博物館に近づいたとき、私は、トイレに駆けこむために、平田さんに乗る時間と場所の確認を頼んで先に降りた。四五分後、エレクトリアス広場の乗り場に行ったが、誰もおらず、バスも来なかった。私は、「多分場所が違ったのだろう。自由に行動しよう」と言ったが、平田さんは「バスは必ず迎えに来る」と主張し、九〇分ほど待ったが、バスは来なかった。二人は待ちくたびれてタクシーでホテルに戻った。

第九日目　一〇月一〇日（日）

午前中ホテルの近くを散歩したが、特別目につくものはなかった。午後ホテルでの精算を済ませて空港に向かった。一三時四〇分　イラクリオン発の飛行機でアテネに向かった。一四時三〇分にアテネに到着し、タクシーでエスパリア・ホテルに着いた。部屋が二つ確保されていたので、二人はほっとした。翌日、私たちは、クノッソス宮殿で購入した『クノッソス』の本に掲載されていた、クノッソスの復元図や『王妃の間に飾られていたイルカの絵』『牛跳びをする男女』『パリジェンヌと言われる女性像』などを思い出しながら、一五時一五分アテネ発ＫＬＭ一五七六便でアムステルダムに向かった。アムステルダム空港で土産を購入したのち、一九時三五分　アムステルダム発ＪＡＬ四一二便で成田に向かい、翌日の一二時四〇分に成田空港に着いた。この旅行ではいろいろ学びかつ失敗もしたけれども、平田さんと共に、古代ギリシア文明に接触したことは大変意義のある貴重な旅であった。

小牧治先生が亡くなる

小牧治先生は、大正一二年に京都府に生まれ、平成一二年五月二一日に急性心不全のために逝去された。

訃報を聞いて、先生が講義室で授業をされていたときの姿や筑波移転に反対し、東京教育大学の文学部長として学部のために忙しい日々を過ごしておられたときの姿を思い出した。

また先生の研究業績としては、『社会と倫理―カント倫理思想の社会史的考察―』（有信堂、一九五九）、『国家の近代化と哲学―ドイツ・日本におけるカント哲学の意義と限界―』（御茶の水書房、一九七八）、『カント　人と思想』、『マルクス　人と思想』、『アドルノ　人と思想』、『和辻哲郎　人と思想』、『ホルクハイマー　人と思想』はいずれも単著で、清水書院から出版された。『哲学と日本社会』（共編著、弘文堂、一九七八）、『輝け若者たち―ある人生探求者の送ることば―』（東信堂、一九八八）、訳書、ハーバーマス著、小牧治・村上隆夫訳『哲学的・政治的プロフィール（上）（下）』（未来社、一九八四、一九八六）などがあげられる。

私は、小牧先生から倫理学研究において社会との関わりが重要であること、カントとマルクスという二人の偉大な思想家の思想を教えられた。また清水書院から出版された『シュバイツァー』と『ルター』をまとめるように指示され、思想家の生涯と思想を全体的に把握することを教えられた。

平成五年五月に『新版　高校倫理』の作成のために、日本書籍株式会社と出版契約を結び、執筆を続けてきた。『新版高校　倫理』が日本書籍から出版された。

『ミル「自由論」の再読』の書評

ミルの『自由論』は、彼の生涯を通じての広範な領域にわたる諸成果の総決算ともいうべき著作であり、そのなかにはミルの人間観、宗教観、歴史観、道徳哲学、政治哲学などが示されており、彼の思想の真髄ともいうべきものが含まれている。私は、大久保正健教授らとジョン・グレイ、G・W・スミス編著、「ミル『自由論』再読」の翻訳を続けてきたが、平成一二年一二月、木鐸社から公刊することができた。松園伸（まつその・しん氏＝早稲田大学教授（イギリス近現代史専攻）は、平成一三年三月一六日の『読書人』に「自由の真の価値とは」という主題でこの訳書の書評をしてくれた。松薗伸氏の略歴は、次の通りである。早稲田大学政治経済学部政治学科卒業。リーズ大学大学院歴史学で学位を取る。イギリスの近現代史に関心をもち、特に一八世紀～一九世紀前半の英国議会史・政党史を研究している。主要な業績、「J・S・ミル－自由の擁護と民主主義」藤原保信・飯島昇蔵編『西洋政治思想史Ⅱ』(新評論)、論文「ウエストミンスター議会とスコットランド政治（一七一四～一七六〇）」早稲田大学大学院文学研究科紀要第四三輯第四分冊など。

自由の真の価値とは――手垢のついた概念を現代に再生する試み

松園　伸

『自由論』（一八五九）は、あまたあるジョン・スチュアート・ミルの著作のなかでも白眉とみなされてきた。民主主義的な政治に限りない共感を感じながらも、他方ミルは、この政治体制が「多数者の専制」を生む危険を察知し個人の有する自由を熱烈に擁護したのであった。本書「ミル『自由論』の再読」はこうしたミルの自由礼讃を手放しで認めているのではもちろんない。『自由論』への批判的な姿勢は、アイザイア・バーリンによる「J・S・ミルと生活の諸目的」に端的に現れているのである。バーリンは、ミルの著作全般に見られる「損得抜きの理想主義」に惹かれながらも、『自由論』のもつ論理的矛盾を示したのであった。ミルは「最大多数の最大幸福」に代表されるベンサム流の功利主義から次第に距離を置きつつも、なお彼は功利主義者として活躍していた。このミルの立場と、個々人の「個性と多様性」の発現を重視するミルの論理的不整合を、バーリンは的確に指摘したのであり、従来のミル批判の集成ともみなすべきものである。以後のさまざまな立場からのミルの再評価も多くはバーリンのミル批判を念頭に置いたものであり、その意味で（すでに翻訳があるにもかかわらず）バーリン論文を劈頭に据えた編者（そして訳者）の判断は正しい。

バーリン以後の諸論考は、いずれも程度の差こそあれ、ミルの『自由論』の現代的な価値を追求しようとするもので、いずれも興味深い。これらの論文の初出は一九六〇年代から八〇年代前半であり、ごく最近のミルに関する研究動向を追ったものではない。しかし読者は自由、自由主義といった、いささか手垢のついてしまった概念を現代に再生する試みを本書によって見ることができるであろう。たとえば「社会的自由と自由な行為者」と題された論文でG・W・スミスは、ミルが『自由論』のなかで力説して止まなかった個性の発現が現代社会において完全に阻まれ、「どうしようもなく哀れな順応主義」によって人々はもはや「模範や説得によっても自己改革を全く受け付けない」状態となることが危惧されているのである。戦後教育における自由の「行き過ぎ」が喋々されるわが国にあって個性を発揮しうる自由な教育、自由な社会が果たして実現したか否かを自問するとき、やはりわれわれも今一度ミルの『自由論』に立ち戻って自由の真の価値について考え直す段階にきているかに見える。その際本書は有益な導き手となるであろう。

まつぞのしん（イギリス近現代史専攻）

第九章　横浜国立大学を定年退職

私は、平成一四年三月二日午後二時から四時まで、横浜国立大学の教育文化ホールで、最終講義を「J・S・ミルにおける自由原理と個性」というテーマでおこなった。退官記念パーティは、きゃら亭で開催された。木下英夫先生、矢内光一先生、宮崎隆先生が協力して多くの同僚ないし卒業生を集めてくれ

最終講義

教育人間科学部の社会系の教員

た。とりわけ宮崎さんは、細かい点にまで配慮して下さった。

私は、平成一四年三月末で六五歳の定年になり退職した。同年四月より横浜国立大学名誉教授となった。平成二年から一四年まで非常勤講師として「倫理学」「道徳教育」「地域文化論」を担当した大学は、慶應義塾大学（二年間）、大妻女子大学（七年間）、大学院は、東洋大学（二年間）早稲田大学（二年間）である。

日本イギリス哲学会の会長となる

平成一四年三月二九日、三〇日に香川大学で開催された第二六回　日本イギリス哲学会総会で、私が次期の会長（二年間）に就任することが決まった。日本イギリス哲学会は、「イギリス哲学の研究と普及をはかることを目的とする」学会である。役員の任期は、二〇〇二年大会終了時から二〇〇四年大会終了時までで、学会の役員は、次の通りである。

会長　泉谷周三郎（横浜国立大学）

理事　天羽康夫（高知大学）　伊勢俊彦（立命館大学）

一ノ瀬正樹（東京大学）　岩井淳（静岡大学）

大久保正健（杉野服飾大学）　川本隆史（東京大学）

坂本達哉（慶應義塾大学）　桜井徹（神戸大学）

佐藤正志（早稲田大学）　篠原久（関西学院大学）

下川潔（中部大学）　関口正司（九州大学）

只腰親和（横浜市立大学）　田中秀夫（京都大学）
柘植尚則（北海学園大学）　寺中平治（聖心女子大学）
中才敏郎（大阪市立大学）　成田和信（慶應義塾大学）
野田修（北九州大学）　浜下昌宏（神戸女学院大学）
三浦永光（津田塾大学）　村松茂美（熊本学園大学）
山岡龍一（放送大学）　山田園子（広島大学）
会計監査　星野勉（法政大学）　輪島達郎（青山学院女子短大）
幹事　森達也・面一也（学術振興会特別研究員）
井上弘貴（早稲田大学大学院博士課程）

事務局は早稲田大学の佐藤正志教授が引き受けて下さり、森達也さん、井上弘貴さん、面一也さんらの若手研究者に大変世話になった。私は、二五名の理事、会計監査、幹事の協力を得て法政大学と秋田大学で日本イギリス哲学会の総会、研究大会を開催することができた。法政大学では、私は、会長講演「J・S・ミルの正義論」をおこなった。

木下英夫先生が亡くなる

平成一四年一二月一日、木下英夫教授が敗血症で亡くなられた。昭和一七年に東京で生まれ、六〇歳。あまりにも早すぎる死であった。木下先生は、倒れる直前まで講義や研究を続けながら、大学改革に積極的にかかわっていたようである。私が在任中には毎年人間ドックを受けると、古田先生や私はいつもB、BF、Cが多いのに、木下さんはAが多く、体調のよさを強調しておられた。木下さんの死が同僚の多くの人にとって大きな衝撃であった理由のひとつは、木下さんが癌になるまではきわめて健康に恵まれ、卓越したテニスプレーヤーであったからである。木下英夫さんは、若い時代に「松川事件と思想の問題」『哲学の探究』第三号（一九七五）、「良心論への一視角」『日本倫理学会年報』第二五集（一九七六）などの論文を発表した。

横浜国立大学では、『現代の倫理』（共著、青木書店、一九七九）、「裁判批判の論理と思想、（一）（二）（三）（四）」『横浜国立大学人文紀要』（一九七九、一九八三、一九八五、一九八七）、「十八世紀フランスとルソー」『ヨーロッパの文化と思想』（木鐸社、一九八九）、「忘れてはならぬこと」『崩壊の時代に』（同時代社、二〇〇二）などを発表した。

中部大学の専任教授となる

平成一六年三月、横浜国大で教育人間科学部の学部長などを歴任され、当時中部大学の教授をしていた平出彦仁先生が「相談したいことがある」と突然鎌倉の腰越の家に来られた。平出彦仁先生のご尽力により、私は、平成一六年九月一日から火曜日と水曜日に中部大学に出校することが決まった。火曜日の夜は、大学の宿泊所に泊まることになった。ときおり、宿泊所で平出先生と出会い、夕食を食べながら親睦を深めることができた。担当科目は、国際関係学部の大学院では「政治思想史」を、学部では、人文学部の英語英米文化学科に属し、「フレシュマン・ゼミ」「英米文化入門」「英米文化演習」などを担当することになった。

中部大学の英語英米文化学科の教員は、塩沢正、大門正幸、延岡繁、市川紀男、中尾祐治（以上が教授）、チャールズ・サンディー、若山裕加、河内山晶子（以上が助教授）であった。

塩沢正先生の依頼により、平成一八年六月一一日から六月一八日まで、秋学期ニューイングランド大学海外長期研修の付き添いとしてオーストラリアのアーミデールに出張した。六月一一日シンガポール空港で四時間半待ち合わせたのち、シドニーに向かった。シドニーから小型機でアーミデールに飛んだ。小型機で高度約百メートルの空中を飛んでいると、最初不安にかられたが、慣れてしまうと、上空の様子を眺めながらいろいろなことを推測することができた。ニューイングランド大学に四日間滞在し、学生たちと共に無事に帰ることができた。私は、平成一九年三月、中部大学を七〇歳定年により、市川紀男先生、中尾祐治先生、延岡繁先生といっしょに退職した。中部大学に在任中に論文『人文学部研究論集』に「人生と幸福論」を発表した。

息子・裕の結婚と義母・竹内彗子さんの死

平成一七年一一月六日　裕と新井さやかさんとの結婚式が鎌倉山の「ローストビーフ」でおこなわれた。この結婚式に義母（竹内彗子）は車いすで出席した。翌年八月八日に梨乃ちゃんが生まれた。

平成一八年一月三〇日　義母の竹内彗子さんが午後九時一〇分頃、湘南記念病院で娘のまさに看取られつつ、九五年の生涯を閉じた。義父（竹内誠）が亡くなってから、おばあちゃんは、夜ひとりになるので、最初は子供たちが交代で宿泊していたが、うまくゆかず、まさが平成二年一〇月、住所を腰越に移した。また進藤貞江さんが高齢のため退職することになり、平成一四年三月六日に退職した。角田祥子さんの紹介により、三月一一日から松原芳子・昇美根子・岡田恵子さんに交代で介護をお願いすることになった。また佐藤仁美さんと二本洋さんにも介護を依頼することになった。おばあちゃんは、進藤さんと共に、室内だけでなく屋敷の草や木にも気を配っていた。植木屋の高山勇一さんは、花壇の左側にあった大きな桜の木が衰えてきたので、「切りましょうか」とおばあちゃんに訊ねたところ、「普段は穏やかな人なのにこのときはダメですと叱られた」となつかしそうに語っていた。またおばあちゃんは、ダークダックスのCDをよく聞き、童謡や唱歌が好きで、ときどき口ずさんでいた。晩年になると、記憶力が減退してときおり混乱することがあった。おばあちゃんは、朋子と同じ部屋で寝ていたので、朋子が帰宅すると一人でふざけることがあった。またトマトが大好きで、あるとき朋子がトマトを食べようとしたところ、ないのに気づいたとき、おばあちゃんが「私が食べちゃった」と笑いながら答えたこともあった。

平成一八年六月一〇日(土)、朝、栗又秀一郎、秀和さんにより鎌倉の腰越から品川の家に引越しを栗又工業の自動車でおこなった。夜、私は、六時二〇分品川発で名古屋に向かった。六月一一日から六月一八日まで、オーストラリアのアーミデールのニューイングランド大学で研修中の中部大学の学生の世話と帰国の補助のために出かけた。

ドイツ、オーストリア、イタリアへの旅

平成一九年四月一三日から四月二三日まで、ＪＡＬパックによる「憧れのヨーロッパ縦断―ロマンチック街道・チロル・イタリア九日間」に参加し、最後に二日、ローマに延長して滞在した。乗客は三組の夫婦だ

けで、添乗員の鈴木さんもしっかりしており、とても有意義な旅行を体験することができた。

第一日目　四月一三日(金)

成田を一三時にJAL四〇七で出発。一八時フランクフルト着。ヒルトン・ホテルに荷物を置いて近くのマーケットで土産の小さい人形と食料品をもとめた。

第二日目　四月一四日(土)

朝八時五〇分にホテルを出発。午前中ライン川クルーズ観光。リューデスハイムからザンクトハウゼンまで約一時間半船に乗り、川沿いに点在する古城やローレライの岩などを見た。丘陵にあるレストランで昼食。午後二時「ロマンチック街道の宝石箱」と言われるローテンブルクに向かい、到着後市内観光し、ヤコブ教会や市庁舎などを見、夜九時、時刻を告げると元市長の人形が現れた。ホテル・ティルマン・リーメンシュナイダーに宿泊。

第三日目　四月一五日(日)

朝八時半ホテルを出発し、ロマンチック街道を南下し、ルートヴィヒ二世のノイシュバンシュタイン城(白鳥城)に向かった。城は、日曜日のせいか、観客が溢れており、王が愛したワーグナーのオペラを描いた絵画や調度品などをゆっくり鑑賞することができなかった。

午後、バスで南下してオーストリアのチロル州の州都であるインスブルックに向かった。天候がよかったせいだろうか、インスブルックは、ヨーロッパにおける南北要所として成長した、景観が美しい都市であった。ヒルトンホテルの夕食は塩の味が強かった。

第四日目　四月一六日（月）

午前中インスブルックの市内観光では、黄金の小屋根、王宮、聖ヤコブや教会などを見たが、古都らしい雰囲気があった。特にイン川のはげしい流れと、顔を上げて視線を北に移すと、雪を抱いたアルプスの二千メートル級の山々が輝いていたのが印象に残った。各自昼食をすませた後、バスに乗り、インスブルックから南三〇キロにあるブレンナー峠を通ってイタリアの水の都のヴェネツィアに入った。ラグナー・パレスに宿泊。

第五日目　四月一七日（火）

朝七時四〇分ホテルを出発し、八時二〇分ヴェネツィアに到着し、徒歩で市内観光には入り、ドゥカーレ宮殿、サンマルコ寺院、ヴェネチアン・グラス工房などを見てから、ゴンドラに乗って運河めぐりを楽しんだ。昼食のときにイカ墨のスパゲッティーを食べた。昼食後、「花の都」フィレンツェに向かった。グランド・ホテル・バリオーニに宿泊。

第六日目　四月一八日（水）

私にとって二回目のフィレンツェであったが、一日だけの観光ではヨーロッパ随一の芸術都市のほんの一部しか見ることができなかった。宿泊したホテルは町の中央にあり、窓からドゥーモの屋根を見ることができた。午前中の市内観光では、ドゥオーモ美術館では、この聖堂を覆う巨大なドームが天才建築家ブルネレスキの設計であることを知った。ウッフィッツィ美術館ではアンジェリコの『聖母の戴冠』やポッティチェッリの『春』、『ヴィーナスの誕生』やレオナルド・ダ・ヴィンチの『受胎告知』などを見て、改めていずれの作品もすごい芸術品であることを痛感した。シニョーリア広場では、一四九八年にサヴォナローラが裁判で有罪と宣告され、絞首刑にされたのち火あぶりになったことを思い出した。添乗員の鈴木さんが推薦したレストランで食べたピザは特においしかった。夕方アルノの上流からフィレンツェを眺めるために、タクシーでミケランジェロ広場に行った。

第七日目　四月一九日（木）

午前中バスは「永遠の都」ローマに向かった。途中で自動車が混んで渋滞が続き、ホテルの駐車場に入るのにも四〇分ほどかかった。ローマではコロッセオ、トレヴィの泉などを訪ねた。

第八日目　四月二〇日（金）

終日、自由行動となったが、疲れていたので、ホテルで身体を休めていた。

第九日目　四月二一日（土）

私はポンペイの遺跡を訪れるのは二度目であるが、妻にとっては初めてなので、ツアーのバスに乗ってポンペイの遺跡見物に出かけた。ナポリに入ってまもなく水晶を売る店に寄ってからポンペイに向かった。紀元七九年のヴェスヴィオ火山の大噴火で一瞬にして埋まった遺跡を見ていると、改めて自然災害について恐怖のようなものを感じた。

第一〇日目　四月二二日（日）

私と妻は、ローマの滞在を二日間延長し、ローマのテルミネ駅発、八時一四分発の列車に乗り、一〇時二五分にアッシジ駅に着いた。アッシジ駅は小さな駅であった。天気がよく素晴らしい青空のもとでスバシオ山の麓にあるフランチェスコの大聖堂に向かった。丘の斜面に建立されている長方形の大きな白い聖堂が見えてきた。聖堂に近づくにつれ、その壮大な建物に驚かされた。聖フランチェスコ大聖堂に入ると、大きな部屋で区切られていた。フランチェスコの遺骸は、この聖堂が一五三〇年に建立されたときに大聖堂の地下室に移された。アッシジのフランチェスコについて、『キリスト教大事典』（教文館）では「いっさいの所有をすて、一枚の衣に縄を帯びとし、福音の喜びと平安を説教するようになった。この説教に感動した人々のなかから生まれたのが正式には「小さいキリスト兄弟たち」と呼ばれるフランシスコ会で、瞑想による神との交わりを重んじると共に清貧・貞淑・服従の誓約を守り、一ヵ所に定住せず、福音を伝え、人の嫌がることを進んで奉仕し、托鉢によって生活を支える新しい型の修道会となった」と書かれている。一九五二年にインドで「死を待つ人の家」を設立したマザーテレサ（一九一〇―一九九三）の先駆者である聖フランチェスコの聖堂が、彼の死からわずか四年後に、しかも壮大な聖堂として建立されたのはなぜか。この疑問を抱きながら、アッシジの町を二時間半ほど歩き廻った。

第一一日目　四月二三日（日）

昨日のアッシジの旅は、フランチェスコの晩年の深い苦悩に気づいた点で成果があったが、不満が残った。ホテルの近くにボルゲーゼ公園があり、ボルゲーゼ美術館、国立近代美術館などがあったが、日曜日で休館であった。公園のなかをゆっくり散歩したり、ベンチに座って周囲の情景を眺めていた。

最終日

私と妻は空港に向かい、帰国の飛行機に乗ることができた。飛行機のなかで、ワインを飲みながら今回の旅行の成果と失敗を話し合っている内に、貧血状態に陥り、乗務員に多大な迷惑をかけた。この体験から、その後の飛行機ではアルコールを飲むことをやめることにした。この旅行で阿部英明・香津枝さんと知り合い、その後、ときおり会って交流を楽しむようになった。

帰国後、下村寅太郎著『アッシジのフランシス研究』（みすず書房）を読んで、晩年のフランチェスコの苦悩を僅かではあるが理解することができた。その後、下村寅太郎著『遭逢の人』（南窓社）の「西田幾多郎」の没後二〇年の箇所で、下村先生は、次のように述べている。

西田先生が亡くなってから、いつの間にか二〇年になる。時がたつにつれて先生に偉大さを感じることが益々深くなってくる。高山の偉容が山麓からへだたるほどいよいよ大となるに似ている。……。我が心の故里という外ない。聖フランシスの弟子たちが、一所不在の托鉢の旅路にあって、年に一度、アッシジに還ってきて、相会し互いにその経験を語りあい、聖者の祝福をうけてまた旅路に就いたということを読んだとき、はからずもこのことに想到した。故里は離れることによって故里になる。

（同書、一六頁）

基底細胞がんの手術

私は、一年前から外で作業をした後、右目の下がただれるようになった。腰越で見てもらった眼医者は「薬をつけていればその内治るでしょう」と診断していた。ところが、平成一九年六月になると、再び右目の下がただれはじめた。そこで六月二〇日一〇時頃、近くの東京高輪病院の眼科を訪れたが、患者が多く順番がなかなかこなかった。待つことに疲れ、帰ろうと思ったが妻に「もう少しよ」と言われ、待ち続けた。ようやく呼ばれて診察を受けた。吉脇正雄先生は、「これは悪性の腫瘍の疑いがある。国立がんセンターの鈴木茂伸先生を紹介します」と紹介状を書いてくれた。六月二七日、一〇時二〇分に国立がんセンター中央病院に到着した。鈴木先生は診察して「できるだけ早く切除した方がよい。遅れるとリンパ腺に移る可能性がある」と言われた。そこで手術をしてもらうことになり、七月九日に入院し七月一〇日午後五時から手術することになった。病室は一七階Ａ棟の四で、窓の正面からレインボウブリッジが見えた。七月一〇日、午後五時より鈴木茂伸先生ともうひとりの先生によって手術がおこなわれた。手術により右眼下の全腫瘍が切除された。鈴木先生が予想したとおり「基底細胞がん」であった。私は昨年品川にもどり、がんの知識のある眼医者さんの診察を受けたことにより、幸運にも悪い腫瘍を切除することができた。手術の経過を見るために病院を訪れると、いつも幼児ないし小学生の子供が眼の診察のために訪れていた。私は、「この子供たちの眼の病も是非なおるように」と祈ることしかできなかった。

日本ピューリタニズム学会にかかわる

平成二〇年一月三一日、日本ピューリタニズム学会の企画委員長になった。この学会は、平成一八年六月二三日の第一回総会において設立された新しい学会である。日本ピューリタニズム学会は、ピューリタニズムおよびそれに広く関わる諸分野に関する研究を促進し、研究者の相互交流を図ることを目的とする」ものである。二〇〇二年の会長及び委員長は、次の通りである。

会長　　　大木英夫（聖学院大学）
総務委員長　田中浩（一橋大学）
企画委員長　泉谷周三郎（横浜国立大学）
編集委員長　大久保正健（杉野服飾大学）
渉外委員長　古屋安雄（聖学院大学）

企画委員会の仕事は、シンポジウムの主題と報告者の原案を理事会に提示することである。企画委員長の仕事は二〇一二年まで続いた。二〇一二年に役員の改選がおこなわれ、会長に有江大介氏（横浜国立大学）が就任された。

インドへの旅（平成二〇年三月五日から三月一六日まで）

大学に入ったときから、自分がインドという国をほとんど理解していないことを痛感していた。そこで機会があったらインドを旅したいと思っていた。平成二〇年三月にインド旅行に参加する手続きをとったとき、インドに関係する本を一〇冊ほど購入して読んだ。そしてヒンドゥー教は、世界最古の宗教のひとつであり、現在もインド人口の八二パーセント以上の人の篤い信仰を集めており、複数の神々を信ずる宗教であることを知った。また言語の数は約二六〇あり、どこでも通じるような共通な言語が存在せず、高校の教科書でのカースト制度の説明はきわめて不十分であることを理解することができた。

山下博司氏は、『ヒンドゥー教―インドという謎』のなかで、「ヒンドゥー」という言葉について、次のように述べている。

ヒンドゥー教は、一一億人近いインド国民の大多数（八割強）が信奉するインドの民族宗教である（しかし、インドは世俗国家であるから、ヒンドゥー教は「国教」ではない）。このことから、日本の学界では「インド教」とか「印度教」と呼ばれることもある。「ヒンズー教」というのも、これに等しい。しかし、ヒンドゥー教徒はインドに限られるわけではない。バングラデシュの総人口の一四パーセント、スリランカの一五パーセントがヒンドゥー教徒である。ヒンドゥー王国とされるネパールは、人口の過半をヒンドゥー教徒が占める。イスラム化したインドネシアにあって、バリ島には、在来の宗教と混淆した形態のものもあるが、三〇〇万人近い人々がヒンドゥー教を奉じている。……。

現代インドの宗教別人口は、ヒンドゥー教徒が八二パーセント（六億九千万人）、イスラム教徒が一二パーセント（一億人）、キリスト教徒が二・三パーセント（二千万人弱）、スィク教徒が一・九パーセント（一六百万人）、仏教徒が〇・八パーセント（六四〇万人）、ジャイナ教徒が〇・四パーセント（三四〇万人）となっている。……。

ヒンドゥー教は、ひとりの開祖によって、統一的な教義・体系をともなって形成され発達した宗教ではない。ヴェーダ的・バラモン的な価値観や社会制度の枠組みのなかで、民間信仰に発する要素や非アーリア的なものを含むさまざまなレベルの神観念、儀礼、習俗、倫理、社会制度、生活様式などが一定の纏まりを保ちつつ、長い時代を経ながら再編されて出来上がった「宗教文化的複合体」ということができる。ヒンドゥー教は、ある種の折衷主義を特徴としている。ときには互いに矛盾するような考え方や実践をも併呑しつつ統一を保っていられるのは、ヒンドゥー教の折衷主義的な性格によるところが大きい。

（講談社選書メチエ、二二四―二二八頁）

仏教の開祖ブッダ（前四六三―三八三）は、インド国境に近いネパールで釈迦族の王子として生まれた。二九歳で出家し、ガンジス河流域で修業し、三五歳のときブッダ・ガヤの大きな菩提樹のもとで覚りに達することができた。ブッダは、バラモンの儀式の権威を否定し、人間は苦から遁れることはできないとし、宗教的啓示を得るためには自我と欲を消滅させるべきだと説いた。覚りの内容は、のちに四諦（苦諦、集諦、滅諦、道諦）、八正道（八つの正しい修業方法）としてまとめられた。ブッダは、これらの真理を人々に伝えようとして宗教者が集まるサールナートに向かい、ここで五人の修業者に出会い、自分が覚った真理を説いた。その後、これらの教えは多くの人々に伝えられた。ただし、宗教別人口の箇所で「仏教徒」と言われているのは主として「新仏教」のことを意味している。新仏教の開祖アンベードカル（一八九一―一九五六）は、西インドの不可触民の出身で、コロンビア大学で博士号を取得し、ボンベイ州立法参事会員に選ばれ、その後、政界に入った。彼が生涯をかけた闘いは、カースト制度の廃絶と不可触民の地位の向上であった。一九五六年に仏教への集団改宗を指導し、死去した。現在も新仏教への改宗が継承され、信者の数は増加している。だがその教義は、仏教と言うよりはアンベードカルが解釈した仏教であり、「アンベードカル教だ」と批判されることもある。

スィク教徒の開祖であるナーナク（一四六九―一五三八）は、パンジャーブ地方のクシャトリアの家に生まれた。幼い頃、ムスリム（イスラム教徒）の師のもとで学び、三一歳のとき遊行生活に入り、神に対する個人の献身を重視して、ヒンドゥー教の偶像やイスラムの象徴を退けた。現在、スィク教徒は、パンジャーブ地方を中心にして頭にターバンを巻き、ひげを伸ばした姿で勤勉・団結・平等をモットーにして活躍している。

ジャイナ教の開祖マハーヴィーラ（生没年不詳）は、ブッダとほぼ同じ時代に活躍した。王族の出身で三〇歳で出家し、苦行のすえ、ジナ（勝者）となった。彼は、苦行を奨励し不殺生戒と無所有戒を特に重視した。

また賀来弓月氏は、『インド現代史』のなかで、次のように述べている。

一、「理解しがたいインド」を理解する

インドは、限りなく美しく、魅惑的で親切で寛容である。しかし、インドは、われわれの神経を消耗させずにはおかない。価値観とシステムの違いに圧倒されて、インドを見失う外国人は少なくない。仏教誕生の地インドに日本の禅寺の静謐さはない。インドは色彩、形、音、動静、時間、味、観念において違うのだ。

独立五〇周年（一九九七年）のインドは、地殻変動の過程にある。現代インドの有識者の論調をもふまえながら、巨大な国民国家インドの価値観、政治社会構造、機能メカニズムを、わかりやすく説明するのが本書の目的である。単純化を避けつつ、インドの政治、経済、外交の理論化と概念化を試みてみたい。つまり、「理解しがたいインド」を理解するためのパラダイム（思考の枠組み）とイディオム（言語）を提供することである。……。

二、インドをながめるとき重要な視線のおきどころ

インドを眺めるときの視線のおきどころは、決定的な重要性をもつ。視線のレベルによってインドは違った姿を見せるからだ。都市化された市民の中産階級以上の知識人とパワーエリートの視点で見るか、社会の底辺の最貧層の視線レベルで見るか、その違いは大きい。インドを首都デリー中心の視点で見るか、周辺部の州と地方の視点から見るか、都市部の視点からみるか、農村部の視線から見るか、その違いも重要だ。

（中公新書、三―四頁）

さらに荒松雄氏は、『ヒンドゥー教とイスラム教』のなかで、次のように述べている。

ヒンドゥー教の教義とそれに基づく人生観・世界観のエッセンスは、簡単に言えば、業（カルマ）と輪廻（サンサーラ）という考え方にあらわれているといえるだろう。現在、この自分が生きている生、つまり、今生あるいは現世は、いくつもの生や世のうちのただひとつに過ぎない。人にはみな、前生・

前世があり、さらに来生・来世が待ち受けているのである。これらの生・世は輪のようにつながっている。そして、今生・現世のあり方を規定するのは、前生・前世の業である。業とは、簡単に言えば、人間の行為にほかならない。だから、前世の業がこの世に生きている自分の生のあり方を決めているのであり、この世でなす行為こそが自分の来世の生きざまを決めるというのである。

（岩波新書、四八頁）

私は、妻と共に「たっぷりインドハイライト一二日間」（ＪＴＢワールドバケーションズ）に参加した。

第一日目、平成二〇年三月五日（水）

成田発一二時二二分の飛行機は、デリー（ここで出発が一時間遅れる）経由で午前一時にムンバイに到着。バスでホテルに向かったときに道ばたで寝ている人がいるのに驚かされた。深夜のため空港はガラガラで入国検査、税関、両替をスムーズに終えることができたが、ホテル・オベロイに到着したのは午前二時を過ぎていた。

第二日目　三月六日（木）

午前八時一五分、ホテルを出発。インド門でバスを降り、船に乗りかえて九時四〇分、ムンバイ湾に浮かぶエレファンタ島に到着。はじめてヒンドゥー教の寺院を見物する。信者の表情には信仰心が強く見出されるように感じた。午後ムンバイの市内観光で植民地のシンボルと言われている「インド門」、ヴィクトリア駅などを見学した。ここには多くのジャイナ教徒と少数の仏教徒がいるので、バスを降りて市内を歩きたかった。一八時二五分発の飛行機でオーランガバートに向かい、一九時一五分に到着した。

第三日目　三月七日（金）

午前八時三〇分にホテルを出発し、バスでデカン高原を走り続けた。途中の村でトイレ休憩があったが、そのトイレは汚くて、ほとんどの人は使用することを躊躇したことだろう。一八一九年、虎狩をしていたイギリス人士官が向かいの崖の横穴に寺院らしいものを見つけた。それが三〇に及ぶアジャンタの石窟寺院であった。すべてが仏教窟で二期にわたって造営された。第一期は、紀元前一世紀から紀元後一世紀にかけて、第八、九、一〇、一二、一三、一五などが掘られ、第二期は、五世紀後半から六百年頃までに、残りの石窟が造られたと推定される。アジャンタを有名にしたのは第二期の石窟群、特に第一、二、一六、一七に残る壁画である。特に「手に蓮華をもつしなやかなポーズの菩薩像」は豊満な肉体のしなやかな動きが人々の心をゆさぶった。バスの窓から綿花、麦、さとうきびなどを見ることができた。

第四日目　三月八日（土）

午前八時半、ホテルを出発。九時三五分のエローラに到着。六世紀から一〇世紀にかけて三四の石窟が掘られたエローラは、ヒンドゥー教、仏教、ジャイナ教の石窟寺院がそろう唯一の場所である。中でもデカンの岩山を切り開いて造られた第一六窟、カイラーサ・ナータ寺院は、巨大な岩盤を上から下へと掘り進み、あたかも無数の石を積み上げたかのように作りだしており、シヴァ神の住む宮殿として知られている。エローラ第三〇―三四窟はジャイナ教窟である。午後飛行機でムンバイに戻る。

第五日目　山月九日（日）

午前五時一五分、ホテル出発。ムンバイで霧のため出発が一時間遅れ、デリーでは混雑のために二時間遅れる、一三時四〇分にバナーラスに到着。昼食後、市内観光に向かった。市内観光ではバーラート・マーター寺院や一九一六年に開学したバナーラス・ヒンドゥー大学を見学した。

第六日目　三月一〇日（月）

午前八時半、ホテルを出発。九時、仏跡サールナートに到着。ここでムルガンダ・クティ寺院に入り、戦前日本人の画家が描いたブッダの生涯を描いた壁画を見た。サールナート考古学博物館では入口近くに安置されていた「初転法輪像」に魅せられた。また広々とした公園のなかに高さ四〇メートルのダメーク・ストゥーパ（仏塔）があった。午後、ミニ・バスに乗ってラームナガル城（旧藩主の城、博物館）に向かった。

第七日目　三月一一日（火）

午前五時四五分、ホテルを出発。ボートに乗船して大河ガンガーでの沐浴と火葬を見学した。この箇所については、本書の冒頭の文章で説明しているので、ここでは省略する。バナーラスから飛行機でカジュラーホーに向かった。夜、近くの劇場でインド舞踊を見たが、素晴らしいとは思わなかった。

第八日目　三月一二日（水）

午前八時半、ホテルを出発。カジュラーホーの主な見どころは、寺院群の外壁一面にを埋めるエロティックな彫刻である。天女像、シヴァ神が后の乳房を左手で下から包み込んでいる像、ミトゥナ像（男女交合像）などが知られている。ミトゥナ像は神と人間との合一を象徴しているのだろうか。午後、列車に乗るためにバスでシャンシーに向かった。駅のホームでいざりの人が寝ころんでどなっており、人々が取り囲んでその姿を見つめていた。シャンシーから特急列車でアーグラーに向かった。

第九日目　三月一三日（木）

バスの乗客たちの多くは、ホテルの部屋で、男はクルタ、女はサリーに着替えてバスで、世界一美しい墓と言われているタージ・マハルに向かった。タージ・マハルは、ムガル帝国のシャー・ジャハーン帝が、産褥熱で死去したムムターズ・マハル妃を偲んで造らせた霊廟で、白い大理石の輝きの美しさが光と蔭によって変化していくことで「世界最大の愛の記念碑」などと言われている。午後二時、アーグラー城に出発したが、私はホテルで休んでいた。

第一〇日目　三月一四日（金）

午前八時三〇分にホテルを出発し、デリーに向かい、一三時三〇分に到着。首都デリーは、（一）オールド・デリー、（二）その南に広がるニュー・デリー、（三）この二つのデリーの外にある村々、（四）ニュー・デリーの南西にある軍の駐屯地、（五）デリーと他の都市を結ぶ幹線道路の両側にある工場地帯に分けることができる。

私は、「ヒンドゥー教の寺院をいくつも見物することに不満になり、ガンジー博物館を見たい」と要望したところ認められ、午後三時より四時までガンジー博物館を見ることができた。私にはガンジーの次の言葉がいつも思い出される。

地上にはただひとつの宗教しかありえない、あるいは将来ただひとつの宗教だけが存在することになるだろう、などというようなことを信じている人がいるが、私は違う。だからこそ私は、諸々の宗教に共通する要素を見出し、お互いの寛容さを引きだそうと努力しているのである。

（ガンジー著、竹内啓二他訳『私にとっての宗教』、新評論、四六頁）

牛の保護は、ヒンドゥー教徒の心に抱かれている最も大切なことである。牛の保護の価値を認めていない人はヒンドゥー教徒ではありえない。それは高貴な信仰である。私にとって牛の保護は清浄の崇拝を意味する。私にとって牛は清浄さの象徴である。牛の保護は、弱者と助けを得られない者の保護を意味する。

（『ヤング・インディア』一九二一年六月八日、同書、二七〇―二七一頁）

ガンジー記念博物館では、ガンジーのやさしい顔が微笑んで待っていた。記念に彼の著書を二冊買った。

第一一日目、三月一五日（土）

午前一〇半、ホテルを出発。デリーの市内観光。国会議事堂―大統領官邸―、フマユーン廟などを見学。昼食後、インド人の家庭訪問で紅茶を飲んだ。

〈インドを旅して〉

私は、インドに入り、アジャンタやエローラの石窟寺院を見ていたときには、インドには原始仏教あるいは人々の生活と結びついた洗練された仏教が残っているのではないか、と期待していた。ところが、ガンジス河の沐浴に救いを求める人々の姿やサールナートなどで仏教遺跡を見ている内に、インドでは仏教はヒンドゥー教の中に吸収されているのではないかという疑問を抱くようになった。インド旅行を終えて、改めてインドに関する本を読んでいる内に、中村元氏が「仏教はなぜインドでほろんだか」『ガンジスの文明』（講談社、一九七七年）を発表されてから、彼の見解が多くの研究者によって支持されていることを知った。宮元啓一氏は、仏教がインドでほろびたことを、次のように述べている。

一二〇三年、ベンガルにある仏教教団最後の拠点ヴィクラマシラー寺院が、アフガニスタンのゴール朝のムスリム軍によって徹底的に破壊されたときをもって、インド仏教史は幕を閉じる。では、長期にわたりインド史上に大きなウエイトを占めてきた仏教は、なぜ一三世紀にインドの地から消え去ったのであろうか。答えはいくつか考えられるが、おそらく「教団」というものの仏教的あり方と絡めて考えるのが最も順当で、かつ説得力をもつようである。仏教教団というものは、狭い意味では出家の集団であるサンガ（僧伽、僧）を指す。出家は生活能力ゼロであるから、サンガは在家による奉仕を必要とする。出家への奉仕は大きな功徳となるとされる。……。仏教が急速に広がり、マウリア朝のアショカ王（在位前二六八―前二三二）の頃から数百年にわたって当たるべからざる勢いを誇示できたのは、もちろん仏教が民衆の心を捉えたからには違いないが、このような大パトロンを大量に抱えたからである。しかし、この大パトロン依存体質が、インド仏教を結局は破滅に追いやったといえる。つまり、仏教は、名もない一般民衆を教団として軽視したのである。

（辛島昇監修『インド』、新潮社、八三―八四頁）

インド社会の階層化を問題にする際には、カーストとカースト制度との関係を理解しなければならない。カーストとは、ポルトガル語のカスタ（種別・血統の意）に由来する。日本の高校では、これを「四姓」と呼んできた。それは、ヴァルマ（色）に基づくもので、バラモン（祭官）、クシャトリヤ（武人・貴族）、ヴァイシャ（庶民）、スードラ（奴隷）と呼ばれている。しかし、現実にインド人が意識しているカーストは、もっと細分化された「ジャーティ」（生まれ）を指すもので、その数は二〇〇〇を越えると言われている。これは職業・仕事による区分である。四つのヴァルマに属するものを「カースト・ヒンドゥー」と呼び、ヴァルマの枠外におかれた不可触民を「アウト・カースト」と呼んでいる。

現代インドにおいて社会問題として大きな問題となっているのは、不可触民（触れると汚れる存在）と蔑視され、四姓の外に置かれていた不可触民の扱いであった。二〇〇一年の国勢調査によれば、「指定カースト」と呼ばれる不可触民の数は、一億六六六三万三六〇〇人で、総人口に占める割合は、一六・二パーセントである。インド憲法では、第一五条では宗教・カースト・人種・姓・出生地などによる差別を禁じており、第一七条では「不可触民制」の廃止を定めている。

今日、インドの宗教別人口では、ヒンドゥ教徒八二パーセント（六億九千万人）、仏教徒〇・八パーセント（六四〇万人）というように、「仏教徒」という言葉が使用されているが、この「仏教徒」は、日本における仏教徒と同じものを指すということはできない。アンベードカルは、不可触民制の源はヒンドゥー教にあるとし、一九五六年不可触民に仏教徒への改宗を勧めて差別撤廃に尽力した。仏教に改宗する運動は現在も継承され、信者の数は増加しているが、その教義は「仏教」というより「アンベードカル教」だと批判されることもある。ガンジーは、一九三二年に不可触民に分離選挙区を付与することを内容とする裁定が発表されたとき、この裁定の撤回を求めて断食に入り、「被抑圧者階級に分離選挙区を設けることは、ヒンドゥー教を破滅させ、被抑圧者階級に何の利益にもならない」と反対した。またガンジーは、不可触民をハリジャン（神の子）と呼んだ。

私は、もしももう一度インドに行くことができるならば、ベンガル地方のコルカタ（カルカッタ）では、モイダン公園やタゴールの生家である「タゴール・ハウス」などを訪れたい。その後、ブッダ・ガヤーに向かい、マハーボーディ寺院（大菩提寺）などを訪れたいと思っている。

〈インドを旅して〉の箇所では次の一〇冊の本を参考にした。

辛島昇・奈良康明著『インドの顔』（河出書房新社、一九九一）
長谷川明著『インド神話入門』（新潮社、二〇〇二）
藤井毅著『歴史のなかのカースト』（岩波書店、二〇〇三）
中村元著『古代インド』（講談社学術文庫、二〇〇四）
中村元著『インド人の思惟方法』（中村元選集第一巻、春秋社、一九八八）
辛島昇監修『インド』（新潮社、一九九二）
荒松雄著『ヒンドゥー教とイスラム教』（岩波新書、一九七七）
賀来弓月著『インド現代史』（中公新書、一九九八）
マルカス著『インド流！』（サンガ、二〇〇七）
山下博司著『ヒンドゥー教―インドという謎』（講談社選書メチエ、二〇〇四）

第一〇章　ミル研究に科学研究費の補助

有江大介教授――
社会科学からのベンサム、
ミル研究の推進者

平成二〇年六月、科学研究費の「基盤研究C」に「J・S・ミルにおける自由と正義と宗教―現代的課題の先駆―」、研究代表者　泉谷周三郎、研究分担者　有江大介で三年間（二〇〇八―二〇一〇年度）の科学研究費を申請していたところ、採択された。有江大介教授は、横浜国立大学の大学院国際社会科学研究院に所属しており、本研究の企画と司会を引き受けて下さり、ミル研究を精力的に進められた。松崎めぐみさんは、事務上の諸手続や会計処理などを担当して下さり、研究集会の準備や懇親会などでも大変お世話になった。

本研究の課題は、現代社会におけるもっとも重要な問題とされる自由、正義、そして宗教に関して、産業社会化の進展のなかでいち早く大衆的な社会状況が現出した一九世紀ブリテンにおいて、これらの問題を先駆的に観察、考察、提案したJ・S・ミルの主張と提案に焦点を絞って検討することを目的としている。

第一回研究集会のご案内

日時：二〇〇八年七月五日（土）午後二時より

場所：横浜・みなとみらい地区、横浜ランドマークタワー一八階

「横浜国立大学経営学部サテライト・レクチャールーム」

一、本科学研究費による研究計画の概要と提案　有江大介（横浜国立大学教授・大学院国際社会科学研究科）

二、「ヴィクトリア時代研究の現状：文学・宗教を中心に」泉谷周三郎（横浜国立大学名誉教授）

第二回研究集会
日時：二〇〇八年八月二二日（金）午後二時より
場所：横浜ランドマークタワー一八階・経営学部サテライト
「カーライルとミルの黒人問題論」山下重一（國學院大學名誉教授）

第三回研究集会
日時：二〇〇八年一〇月二五日（土）午後二時より
場所：横浜ランドマークタワー一八階・経営学部サテライト
「イギリス教養主義の生成と展開―ミル、ニューマン、アーノルド」荻野昌利（南山大学名誉教授）

第四回研究集会
日時：二〇〇九年一月三一日（土）午後二時より
場所：横浜ランドマークタワー一八階・経営学部サテライト
「J・S・ミルの認識論」大久保正健（杉野服飾大学教授）

第五回研究集会
日時：二〇〇九年七月一八日（土）午後二時より
場所：横浜ランドマークタワー一八階・経営学部サテライト

「J・S・ミルとキリスト教」小泉仰（慶應義塾大学名誉教授）

第六回研究集会
日時：二〇一〇年八月一日（日）午後二時より
場所：横浜ランドマークタワー一八階・経営学部サテライト
「J・S・ミルとスマイルズ」矢嶋杜夫（國學院大學）

第七回研究集会
日時：二〇一〇年一一月二七日（土）午後二時より
場所：横浜ランドマークタワー一八階・経営学部サテライト
船木惠子（武蔵大学）マーティノー・ソサエティ（七月一六―一八日）での報告
「ミルの経済思想と幸福論」前原直子（中央大学）
「ニューマンの知識論・大学論」有江大介（横浜国立大学教授）

第八回研究集会
日時：二〇一一年二月一九日
場所：学士会館三階三〇九会議室　午後一時三〇分より
「J・S・ミルとヴィクトリア時代の思潮：徳と幸福の関係をめぐって」水野俊誠（慶應義塾大学大学院）

「中村敬宇『自由論』翻訳の諸問題」山下重一（國學院大学名誉教授）

第九回研究集会
日時：二〇一一年八月七日（土）
場所：横浜ランドマークタワー一八階・経営学部サテライト、午後二時より
「ヴィクトリア時代の詩と知識人」新井明（聖学院大学大学院教授）
「J・S・ミルの道徳論とコールリッジ」泉谷周三郎（横浜国立大学名誉教授）

研究集会などでミル研究者間での交流を深めながら、海外のミル研究者との交流、および研究資料の収集のために、三回の海外交流と研究会を実施した。

第一回は、有江大介教授と私は、平成二一年二月一二日から二月二一日まで、ロンドンや湖水地方などに出張した。一三日、ベンサム・プロジェクトでフィリップ・スコフィールド教授を訪問し、ベンサム研究の現状などについて話し合った。二月一四日から一七日までウィンダミアに行き、グラスミアでワーズワスのダヴ・コテージ、ライダル・マウントなどを、ニア・ソーリーでヒル・トップ、ホークスヘッドでワーズワスのグラマー・スクールやポター・ギャラリーなどを訪ねた。二月一八日、ロンドンで再びベンサム・プロジェクトを訪問し、その後大英図書館、オックスフォードなどで資料を収集した。二月一九日、旧漱石記念館を訪ねた後、ウォーターストーンズ・古書部とスクーブブックスで資料の収集を続けた。

第二回は、有江大介教授と私は、平成二一年九月一三日から九月一七日まで、シンガポールに出張し、九月一四日、戦争被害者の記念塔、死海文書展、午後、日本人墓地などを訪れた。一五日、国立シンガポール

大学文学部哲学科でテン（Chin Liew Ten）教授（平成一一年一一月二四日から一二月一五日まで横浜国立大学のゲスト・ルームに滞在）と会い、有江大介教授が哲学科スタッフの前で The Influence of *On Liberty*（1985）upon Japan's Humanities and Social Sciences in the Context of the Introduction of Utilitarianism in Meiji Era and After について報告した。午後七時、私たちは、テン教授と別れた。

第三回は、平成二二年八月二七日から三〇日まで、有江大介教授、大久保正健教授と私は、ソウルに行き、八月二八日、崇実大学においてキリスト教博物館を訪問後、崇実大学政治科学部で徐炳勳（Shu Byung-Hoon）教授主催のセミナーにおいて、International Workshop on Western Liberalism and East Asia: Past and Present というテーマについて大久保正健教授が報告し、話し合った。

ミル研究会の成果、次の著書があげられる。

有江大介編著『ヴィクトリア時代の思潮とJ・S・ミル――文芸・宗教・倫理・経済――』（三和書籍、二〇一三年三月、二八〇〇円）

山下重一著、泉谷周三郎編集・解説『J・S・ミルとI・バーリンの政治思想』（御茶の水書房、二〇一六年九月、七二〇〇円）

平成に二〇年一二月二二日、私は、大妻女子大学の狭山台校舎で約二〇〇名の学生に三時限「地域文化論」を講義中に風邪による貧血で倒れた。二人の学生が応急処置をしてくれた。翌年一月二二日、三時限（約二〇〇名）と四時限（約一五〇名）に「地域文化論」のテストをおこなった。この授業は、非常勤講師の七二歳定年により、学生への最後の授業となった。

平成一四年四月から平成二一年三月までに非常勤講師として教えた大学は、次の通りである。東洋大学

（大学院、四年間）聖心女子大学（学部、二年間）大妻女子大学（学部、六年間）で、「哲学演習」「存在論」「地域文化論」を担当した。

妹・佐々木保子の死

平成二一年八月二一日、外の目の栄子さんから「保子さんが本庄第一病院に入院した」との連絡が入った。院長の話によると、「胃がんの多発性転移がみられる」とのことであった。最初、保子は四人部屋に入ったが、八月一七日に個室に移った。私は、八月二一日、妻と共に午前一〇時二二分東京発の新幹線で出発し、新潟で乗り換えて羽後本荘駅に向かった。八月二四日、病院長より保子の病状を説明してもらった。それから毎月、新潟経由で羽後本荘に向かい、保子の家に泊まって子吉川の土手の道を歩いて本庄第一病院に通った。

保子は私より二歳下の妹で、小さいときに乳母車に左の腕をひかれて生涯不自由であった。秋田に疎開するときも私と一緒であった。学校時代には体育の授業ではいつも見学でつらい思いをしていた。中学卒業後、母の指示により周平兄宅で閑示君と地春ちゃんの世話をしていた。ところが、約一〇年後、保子は、突然周平兄宅を去って、由利本荘市にある「鳥海の園」（心身障害者のコロニー）で介護者として働き始めた。まもなく知人に紹介されて昭和五六年に佐々木勇さんと結婚した。昭和六三年九月二二日佐々木勇さんが亡くなり、息子の善弘さんと暮らしていた。「鳥海の園」も定年（二四年勤務）となり、ようやく落ち着いて生活を楽しみはじめたときに胃がんになった。

保子は胃がんが転移していることから半年ぐらいの命であることを知り、自分の財産をどのように配分したらよいか、あるいは葬儀はどこでおこない、墓はどこにするかを考えはじめた。また自分の財産を配分するのに弁護士が必要であるとし、弁護士を決めてから長い遺言状を書いた。身体が衰弱するなかで遺言状を書くのは苦痛であったろうが、遺言状は、立派な文章でまとめられていた。私は、その遺言状を読んで、家族のなかで保子がもっともすぐれた能力を保持していたのではないかと思った。危篤になる前に、病院の人々に対しても「死後謝礼するように」と私に頼んだ。私の手帳によると、平成二二年二月一六日午後三時から亡くなるまで、保子の様子は次のようであった。

保子は、半分眠り、半分大きく息《いき》をしながら生き続けている。精神安定剤とモルヒネのせいであろうか、言葉を話すことができない。彼女は、苦難にみちた生涯に対して最後の抵抗を試みている。まだ死にたくない。懸命に大きく息をしながら死と戦い続けている。……二月一六日夕方、院長が来室して「まもなくご臨終です」と告げられた。……一七日、午前七時三五分　保子は突然「あー」と声を発したのち、息をしなくなった。

保子の遺言により、葬儀は二回（由利本荘市と外の目で）おこなうことになった。

二月一八日　午後一六時より　納棺の儀

　　遺族　佐々木善弘・奈津美、孫　舞。

二月一九日　午前九時三〇分　火葬場に向かう。一二時二〇分に骨を拾う。午後一六時より　お通夜　二人の僧侶が読経した。

二月二〇日　午前一〇時三〇分より　葬儀がセレニモニー水林でおこなわれた。最初に泉谷周一氏が葬儀に関する保子の遺言状を読んだ。友人代表として伊藤洋子さんが弔辞を読まれ、次に佐々木家の代表として佐々木聡さんが弔辞を読まれた。葬儀終了後、遺骨は佐々木保子宅へ運ばれ、その後、周一・栄子夫妻と共に外の目に運ばれた。

二月二二日　午前一〇時より　泉谷周一宅で善福寺の僧侶により葬儀がおこなわれた。――泉谷家の墓――善福寺――「ゆうゆう」で会食。「葬儀を二回おこない、外の目のアバ（母）の側で眠りたい」という保子の願いは達せられた。

六月八日　由利本荘市の家庭裁判所で遺言状を確認した。佐々木保子の一周忌は、平成二三年四月一七日（日）に泉谷周一宅でおこなわれた。読経――泉谷家の墓――善福寺――「ゆうゆう」で会食。

遺族の佐々木善弘さんは、平成一七年一二月二五日に奈津美さんと結婚した。平成二一年一〇月一一日に舞ちゃんが生まれ、平成二五年に悠ちゃんが生まれた。

平成二四年九月九日、佐々木善弘、奈津美、舞さんが秋田から品川の泉谷家に到着。午前一時、河口湖を目指して出発。御殿場で昼食を食べて忍野《おしの》八海を見物。午後三時過ぎ、ホテル「鐘山苑」に到着した。五時頃庭園を散策。六時二〇分に夕食。八時二〇分から太鼓ショウを見物。舞ちゃんが太鼓をたたいた。九月一〇日九時三〇分、ホテルを出発。浅間神社でお祈りをして河口湖に向かい、そこでモーターボートに乗って湖を一周した。オルゴール美術館を見て昼食（ほうとうなど）をすませ、午後五時品川に到着した。

佐々木保子の三回忌は平成二四年四月七日　午前一〇時三〇分より、外の日の周一兄宅でおこなわれた。泉谷家の墓から樋の口の寺を経て「ゆうゆう」で昼食を食べた。参列者は、（敬称を省略する）泉谷周一、栄子、明子、佐々木善弘、奈津美、舞、泉谷まさ、朋子、裕、さやか、梨乃、鈴木匡、禎子、周三郎である。ただし泉谷周平・敬子、閑示、地春、土屋美奈子は参列しなかった。

舞と悠

佐々木奈津美

平成二一年一〇月一一日、一七時二三分。元気な声をあげ、目のくりくりした可愛い女の子が誕生した。待望の娘の誕生。こんなにも自分の子が可愛いとすでに親バカになっていた私。一ヶ月検診のときにある病気が見っかった。「左足股関節亜脱臼」という脱臼の一歩手前の状態、しかも重度で。そのために通院が始まった。始めは産まれた秋田市の市立病院で、その後状態がよくなったので、四月二二日から秋田県立医療療育センターの病院に移り、器具がつけられた。舞には身動きが取れずつらい思いをさせてしまい、申し訳なく思っている。ただし、病気を見つけてくれた先生、診察をしてくれた先生方、舞の身体に合わせて器具をつくってくれた義肢装具士の先生方、なによりも器具をつけているにもかかわらず入園させてくれた石脇西保育園の先生方には、心から感謝している。いろんな先生方のおかげで、今では運動制限もなく、なんでもできる活発な女の子に成長することができた。現在は水泳や日本舞踊の習いごとをするまでになった。

平成二五年一二月七日、午前二時二八分、舞に弟が誕生した。私は、もともと早産に成りやすい体質だったために二度入院した。一ヶ月以上も早い出産であった。入院生活は大変だったけれども、悠が産まれた瞬間、不思議と大変だという思いはなくなった。元気な声と元気な姿を見られて一安心と思ったのも一瞬だけで、いろんな病気が見つかってしまった。両手中指欠損症、心臓病、腎臓病など、いろんな病気を抱えて生まれてきた。しかし、悠の生命力は物凄い。生後四ヶ月のときに動脈管開存症の手術、一歳五ヶ月のときに両手指間形成手術、どちらも麻酔で眠らせての手術であった。私は、目がさめるまで不安でしょうがなかった。だが悠は、動脈管の手術後、ＩＣＵに入ったものの思った以上のスピードで回復し、一般病棟にすぐに戻ることができた。ハンデを背負って生まれてきた分、そういう力をもらってきたのかなと思っている。

悠の保育園は、舞も六年近く通った石脇西保育園で、舞もそうだったが、友達が多くみんな仲がよい。悠の手のことを、子供たちが理解してくれている。いつか悠が傷つくことを言われるのではないか、そのときどう対応すればいいのかと悩んでいたことが恥ずかしい。西保育園のみんなは、気持ちがとっても優しい子たちで、悠はそんなお友達と共に成長できて、とても幸せだなあと思う。

善弘と私は、舞と悠によく言うことがある。「勉強がすごくできなくてもいい。『ありがとう』と『ごめんね』が言えるようになってほしい。そしてお友達を大事にしようね」と。

ベルリンとニコライ教会での『ドイツ・レクイエム』

今回の旅は、妻がライプツィヒのニコライ教会で青木洋也氏の指導による、ヨハネス・ブラームス作曲『ドイツ・レクイエム』（一八六八）の合唱団に参加することから、平成二二年一一月一六日から一一月二三日までドイツを旅行した。私たちは、この機会を利用してベルリンに最初に二泊し、最後にも二泊することにし、ベルリンの市内観光、ルターが活躍したヴィッテンベルクやゲーテやシラーが活躍したワイマールなどを訪れる計画を立てた。飛行機はフィンドランド航空のビジネスを利用した。

ブラームス（一八三三—九七）の『ドイツ・レクイエム』は、バッハの『ロ短調ミサ』やベートーヴェンの『荘厳ミサ』と共に、ドイツの宗教音楽の傑作のひとつである。『ドイツ・レクイエム』は、ルターが訳したドイツ語版聖書に基づいて演奏会用として作曲されたものである。通常レクイエムとは、死者の霊を慰める音楽であり、平成二二年二月一七日に亡くなった佐々木保子の霊を慰めることも期待していた。

ベルリンは、第二次世界大戦で徹底的に破壊されたが、戦後、ナチズムの犯罪の跡地を「記憶の場所」として保存しながら、復興に努めてきたことを知った。そして現在も刻々と変貌している。一九六一年に築かれた長さ一六〇キロ、高さ四メートルの有刺鉄線をはりめぐらせた「ベルリンの壁」は、一九八九年の崩壊のあと、一部を残してきれいに取り払われた。私は、一九三〇年に完成したベルガモン博物館で「ゼウスの大祭壇」と新博物館で「王妃ネフェルティティの胸像」などを見て、古代ギリシアやエジプトの至宝がベルリンにも残されていることを知り、圧倒されると同時に、これらの至宝をどのようにして獲得したのだろうかという疑問を抱いた。

ライプツィヒという都市の名前は、七世紀にソルブ人の言葉で「リプツィ」（菩提樹）に由来すると言われている。この町は中世には商業と金融の町として発展した。またバッハが指揮したことで知られているトーマス教会とその真向かいにある「バッハ博物館」は、バッハの魅力を知ることができる貴重な場所である。さらにニコライ教会は、ライプツィヒで一番大きな教会であり、この教会に集まった人々の民主化要求のデモがベルリンの壁を崩壊する第一歩になったと言われている。

第一日目（平成二二年一一月一六日）成田→ミュンヘン空港→ベルリン空港→ベルリン・ツォー駅。

第二日目（一一月一七日）ベルリン市内観光。

ブランデンブルク門→連邦議会議事堂の屋上からベルリン市内を見た。小さい山（瓦礫の集まり）→ベルガモン博物館→フンボルト大学→ベルリンの壁→カイザー教会。

第三日目（一一月一八日）午前中サボイ・ホテルの周辺を散策。

午前一一時五二分ベルリン発でライプツィヒへ行こうとしたが、ホームが二番線から三番線に代わり、発車時間前の一一時四四分に発車した。二〇時よりリハーサル（ユルゲン・ヴォルフ指揮）がおこなわれた。

第四日目（一一月一九日）ワイマールに向かった。

私は、ワイマール公の城（美術館）で、クラーナハのルターの肖像画を見て感動した。

一六時より、ニコライ教会でユルゲン・ヴォルフのオルガン演奏を一時間聴いた。二〇時よりニコライ教会でリハーサル。

第五日目（一一月二〇日）トーマス教会とバッハ博物館を見物した。

一七時より、『ドイツ・レクイアム』の演奏会。指揮者　ユルゲン・ヴォルフ、エストニア出身のソプラノ歌手の容姿と歌に魅了された。

第六日目（一一月二一日）日曜であることを忘れたために一時間ライプツィヒ駅で待たされた。午後、ザクセンハウゼン強制収容所に向かったが、線路の事故により途中で断念せざるえなかった。

第七日目（一一月二二日）ヴィッテンベルクに向かった。天気は雨だった。駅から町まで歩き、ルターが暮らした家を外から眺めた。昼食を食べたレストランでシェフに「どこから来たか」と訊かれた。日本人は珍しいとのことでルター像のチョコレートをもらった。ルターが一五一七年一〇月三一日に「九五箇条の提題」を掲示したヴィッテンベルクの城教会ではおどろおどろした音楽が流されていた。そのせいか私は毛糸の帽子を忘れた。教会の売店で日本語の説明文を要求したところなかったが、奥の部屋を探して見つけてくれた。日本人はめったに来ないとのことだった。

私は、ベルリンに四日間滞在して、ベルリンが第二次世界大戦中に空爆と最後の戦闘などにより徹底的に破壊されながら、ナチスの時代を忘れないための記念館（たとえば、ユダヤ人犠牲者記念館やベルリンの壁の一部など）やドイツ連邦議会議事堂の改築やベルガモン博物館などにより、新しい未来への展望を示していることに感動した。わが国が悲惨な戦争の後をすべて消し去っているのと対照的であることに気づいた。

第一一章　東日本大震災

二〇一一（平成二三）年三月一一日（金）、午後二時四六分に大地震が始まった。

私は、品川の御殿山にある三階建てのマンションの三階の書斎で椅子に座って研究書を読んでいた。突然ぐらぐらと揺れたので「地震だ」とすぐに立ち上がり、書斎の暖房を止め、ガスの元栓を閉め、玄関のドアを半開きにして、入口に通じ、頭上に電球などがない安全な場所に移った。八秒ほど過ぎたとき、マンションの建物全体がゆっくりと大きく揺れはじめた。まるでコンクリートの建物がゴムのようになって大きく揺れ始めたのである。西側のガラス戸を通して戸外を眺めると、道路を隔てた隣家や電線もゆっくり揺れていた。今まで経験したことがない大きな揺れで、しかもその揺れがかなり長く続いた。「これは大きな地震だ。マンションの壁が崩れるかもしれない」と思ったが、北側の本棚からは本が数冊床に落ちたが、本棚のガラスも割れず、壁も崩れることはなかった。

東京湾アクアラインの橋の上で

栗又秀一郎

大地震が始まったとき、私は、東京湾アクアラインの橋の上で自動車を運転していた。三月一〇日からの館山市での弓道の合宿を終えて、帰る途中であった。一一日の朝、弓道の稽古を終え、車に乗って富浦インター近くのレストランで昼食をすませ、富津館山道路を木更津に向かって進んでいた。途中で「夕方四時頃に帰宅する予定だ」と妻に連絡したあと、富楽里パーキングエリア内の「道の駅」で土産の海産物を買い、木更津ジャンクションまで来て、京葉道路で帰るか、湾岸道路で帰るか迷ったが、「湾岸道路のほうが時間がかからないよ」という助手席の友人の意見を採用し、川崎まで一五分で行かれる湾岸道路を選んだ。

木更津金田インターを過ぎ、前方に「海ほたる」パーキングが見えるところまで来たとき、私の車は、右へ左へと大きく蛇行し始めた。一瞬「突風か」と思いつつ、周囲に注意しながら急停車した。すると今度は、車が上下に大きくバウンドし始めた。おやと思いながら対向車線を見ると、大型観光バスも大きく揺れていた。私は、何が起こっているのか全く理解できなかった。そのとき「海ほたる」に続く長い橋がまるで蛇が鎌首をもたげて近づいて来るように、上下に波打ちながら迫ってきた。

海ほたるにて

「ああ！　自動車ごと海に放り出されるかも知れない」という切羽詰まった思いにかられた。震えながらハンドルをぎゅっと掴んだまま、正体の分からない恐怖と戦い続けていた。しばらくして、揺れが少し収まってから、車内でテレビをつけたところ、巨大地震が発生し、巨大な津波が襲っていることを報道していた。

海ほたるの先のアクアトンネルが封鎖されたので、「海ほたる」パーキングエリアでUターンし、木更津金田インターで一般道に降りて、国道一六号線で千葉に向かった。

栗又秀一郎氏

ところが、予想どおりの大渋滞で、一時間で二〜三キロメートルしか進むことができなかった。市原市の五井海岸にきたとき、左側の石油コンビナートでガスタンクが真っ赤な炎をあげており、真っ黒な煙が渋滞中の車の列に流れ込んできた。「これは危険だ」と思い、海岸沿いから内陸方面に進路を変更して千葉から幕張に向かった。そこも大渋滞であった。また液状化で、アスファルト道路の両側から約一〇センチ間隔で水がピュッピュッピュッピュッと噴水のように噴き出していた。道路を歩いている人々は地震のすごさに圧倒され、生気を失ったゾンビのように行列して歩いていた。なかには血を流している人もいた。車の燃料が少なくなったので、津田沼で「ガソリンの給油をしよう」と思ってスタンドに寄ったところ、非常時なので一台二〇リットルまでしか給油できなかった。その後、不安な気持ちのまま国道を避けて、ひたすら裏道を走り続けた。一二日の午前八時、新小岩の自宅に着いたとき、緊張が解けてほっとした。

ほとんどの人は、今回の地震の大きな揺れに驚かされた。地震がおさまったので、テレビをつけると、三陸沖で発生した地震は、マグニチュード八・八（後に九・〇に変更）であること告げると共に、津波が押し寄せる映像が繰り返し流された。私は、「横浜に出かけた妻は大丈夫だろうか」と思ったが、テレビの映像は、津波が家や住宅を飲み込んで押し寄せる場面を繰り返し写し出していた。津波は、北海道から沖縄まで観測され、岩手、宮城、福島では六メートルから一〇メートルであったが、場所によると一〇メートルを超え、一五メートルに達したらしい。東北三県を中心に広い範囲で、家屋が倒壊したり、路面の地割れが生じ、停電や断水が起こった。被害は、死者一万五八四八人、行方不明者、三三〇五人、建物の被害は全半壊三七万戸超であった。

この地震と津波により、福島第一原発では、外部電源や非常用の電源が失われ、炉心を冷却する機能が失われ、六基の原子炉のうち一、三、四号機で水素爆発が起こり、原子炉建屋が損傷した。これらの事故により、放射性物質が大気中に放出された。これは、一九八六年のチェルノブイリの原発事故と同等レベルの深刻な事故と評価された。政府は福島第一原発から二〇キロ圏内を警戒区域に、年間の積算線量が二〇ミリシーベルトに達する恐れのある区域を避難区域に指定した。約一一万人が避難を余儀なくされた（『知恵蔵』朝日新聞社、原田英美、二〇一二年を参照）。

高木仁三郎氏の警告

大きな地震が起これば、大事故になることを少数の研究者は警告していた。高木仁三郎氏は、チェルノブイリ原発の大事故が未曾有の規模の放射能を放出して人間と生態系に空前の被害を与えはじめていることを指摘しながら、『原発事故はなぜくり返すのか』などの著書などを通じて、地震と共に津波に襲われたときに大きな事故が起こることを想定して対策を立てる必要性を強調していた。高木は、「チェルノブイリ事故、汚染値なお新記録も」のなかで、次のように述べている。

事故直後に、ある原発技術者に会った。彼はチェルノブイリ事故を深刻に受けとめ、「日本の原発は炉型が違うから安全」という政府の言い分を批判していた。「現場はだれもそんふうには受けとっていない」とも言った。それならその声を何らかの形にできないのか「いや、そんなことをしても無駄。もう今の流れ変わらない」と彼。皆が考えを変えれば？

「あなたは甘い。人間は変わらない。原発を止めても電力に困らないぐらいのことは、皆知っている。だけど一度手にした核技術はもう手放せない。パンドラの箱は開けられたんだから。この「パンドラの箱」論は、何人もの技術者や研究者から聞いた。それは組織されたあきらめとでも言いようのないほど広く、技術者たちの間にひろがっている。それこそが核文明の暴走を促すのではないか。

生き続けるために、「一人一人の責任感を核のない社会に向けて組織しよう」とヴァイシュ（ウィーンの動物学者）は言う。私はあきらめに対置して「希望をこそ組織しよう」と言いたい。かのパンドラの箱にひとつだけ残っていたのは希望で、ギリシア神話によれば、それこそが私たちを生かし続けてきたものだった。かの技術者は「甘い」と言うだろう。だが、「冷めたあきらめ」より「甘い希望」を選ぶしかあるまい。

今年の四月二六日をどう過ごすのか。それは地球の将来を左右するほどのことかもしれない。「もうひとつのチェルノブイリ」はあってはならない。世界中の多くの場所で同時に集会がもたれ、東京の私たちも日比谷に集う。何百という場所で大事故の悲惨について語られよう。私たちはこの日を希望の日に転ずることを願って、子供たちに希望を語ろうと思う。

（『朝日新聞』一九八六年四月二三日、佐高信・中里英章編『高木仁三郎セレクション』（岩波現代文庫、七二—七三頁））

日本では、東日本大震災において地震の大きさの軽視と原発に対する安全神話の過信により、多くの人が大きな被害を被ることになった。政府と電力会社は、この事故にもかかわらず、依然として原発を重視する政策を維持しようとしている。もう一度大きな原発事故が生じたら、日本の社会はどうなるのだろうか。原発を維持するのか廃止するのかという問題は、もう一度大きな原発事故が起こらなければ、解決できない問題なのであろうか。そんな問題ではない。いくつかの国が自然エネルギーを重視する方向に向かっている。ドイツでは、チェルノブイリ事故をふまえて、二〇〇〇年六月にシュレーダー首相は、原発の平均寿命を運転開始から約三二年とし、国内に二〇基ある原発を順次廃止することを発表した。また東日本大震災で大きな原発事故が起きたことをふまえて、ドイツのメルケル首相は、原発の早期廃止と風力や太陽光などの再生可能エネルギーへ移行する方針を決定した。今日、日本は北朝鮮の核・ミサイル開発に翻弄されており、北朝鮮からミサイルが飛んでくるかも知れないという不安を感じている。わが国でも、これ以上、放射能の汚染により苦しむ人々が出てこないように、従来の原発政策に代わる新しい政策を早急に確立すべきであろう。

私は、高木仁三郎の著書『原子力神話からの解放』（講談社α文庫）、『原発事故はなぜくりかえすのか』（岩波新書）『市民科学者として生きる』（岩波新書）と佐高信・中里英章編『高木仁三郎セレクション』（岩波現代文庫）を読み、原発問題への理解を深めた。

津波の被害地を見る

平成二三年五月一二日、秋田駅前のホテルで佐々木善弘さん一家と相続の件で会った。翌日、午前八時五六分、秋田発の新幹線に乗り、一一時五五分、仙台駅に到着した。私と妻は、三月一一日以降、テレビで大震災の津波による甚大な被害の様子を繰り返し見てきたが、「自分の眼で現場を見たい」と思うようになった。秋田市での用事をすませたので、津波による被害地を見ることにした。一二時二〇分仙台発の電車に乗って東塩釜に向かった。一二時五〇分に東塩釜に着いたが。この先は鉄道を利用できなかったので、タクシーに乗って東松島に向かった。タクシーで東松島に近づくにつれて津波の巨大な力によって破壊され、流された住宅やお寺の屋根などが折り重なっているのが見えた。自然の猛威のすごさは想像を超えていた。「百聞は一見に如かず」という言葉の重みがひしひしと感じられた。タクシーに乗車して東松島付近の惨状に驚かされると共に、途中の町では、島の位置により、水が侵入しただけでほとんど破壊されていない場所があることを知った。テレビを通じて見る光景と自分の目で見る光景は、同じであるけれども、後者のもつ威力はまったく異なることを実感した。仙台にもどり、駅前の「ジュンクドウ」で『三・一一大震災 巨大津波が襲った』（河北新報社）、『アサヒグラフ　東北関東大震災』（週刊朝日臨時増刊）を購入して東京に向かった。

泉谷朋子の結婚、竹内玄君の結婚

平成二四年（二〇一二）一月一六日　午前一一時三〇分より、石渡淳さんと泉谷朋子の結婚披露の家族会食が上野の「水月ホテル鴎外荘」でおこなわれた。出席者は、石渡重雄（父）、操（母）、石渡由紀子（妹）、泉谷周三郎、まさ、裕、さやか、梨乃であった。このホテルは、森鴎外が『舞姫』を執筆した場所と言われている。私は挨拶で、「結婚で重要なことは、結婚する本人同士の決意であり、一人が合意したことはよかった」と祝辞を述べた。

平成二四年六月一七日　午前一〇時より竹内玄君と二奈さんとの結婚式が浜松の神社でおこなわれ、一三時より披露宴がオークラアクトシテイホテル浜松でおこなわれた。浜松に着いたとき、ホテルに滞在していた竹内謙さんと阿也子子さんをたずねたところ、玄君の結婚をとても喜んでいた。私と妻は竹内洋さんと共に出席した。披露宴では玄さんの会社の人々がふたりに声をかけていた。平成二五年四月一五日に寛《ひろ》ちゃんが生まれた。

芝生一面に実生のクロマツ

竹内家では、終戦後、義父（誠）が鎌倉市内の腰越の土地を購入した。疎開先の新潟から、戦災で焼けた東京の家にもどらず、江ノ島の海をみることができる腰越の土地に家を建て、移住した。竹内家の主庭は、住宅と南西に面した土手の間の芝生と海側と南東の山に広がるクロマツの林であった。芝生の排水路の南側に寛永寺から譲られた大きな灯籠が置かれていた。南東にアカマツの木が一本あり、毎年小さな松かさを落としていた。義父の樹木に対する基本方針は、「できるだけ自然のままに育てる」ことであったように思われる。出入りの植木職人の高山さん（高山勇治さん、勇一さん、安治さん）と山崎さんは、この方針に添って庭の手入れをしてくれた。

平成一八年一月三一日、義母（彗子）が亡くなり、私の家族は品川の家に戻った。その後一年半、庭の手入れをすることができなかった。平成二〇年の春、突然芝生一面にクロマツの若木が芽を出した。今までこのようなことはなかった。庭の手入れが通常のときよりも不十分になったせいであろう。そこで高山安治さんと相談して、住宅側の若木を切り倒して、海側にあった四一本のクロマツを残すことにした。

マツの木は、体長一ミリほどの寄生虫（マツノザイセンチュウ）がマツのなかで大量に増えて細胞を破壊し、水を送る管を詰まらせることによって、枯れてしまうのである。この寄生虫は、マツを食べて卵を産むカミキリムシによって広められてきた。竹内家の庭は、かつて多くのクロマツの木があったが、毎年四ないし五本、マツノザイセンチュウによって枯れ、切り倒されてきた。このときから私は、マツに関する本を数冊購入して、若いクロマツの世話をするようになった。春（四月頃）新しい芽を短く摘んだり、一二月から一月にかけて、横に伸びた枝を切除することによってマツの姿を美しく保つように試みてきた。丁度一〇年過ぎたとき、クロマツの木は、背が高くなり、梯子を使っても作業することが困難になった。昨年、大きくなりかけていたクロマツの木が一本、寄生虫のせいで枯れてしまった。現在四〇本のクロマツが成長を続けている。

ベトナムへの旅（二〇一二年四月二四日―五月二日）

日本語教師をしている阿部香津枝さんに「暑くなる前にベトナムに来ませんか」と誘われ、私と妻は、ベトナムに行くことを決めた。そこで私は、ベトナムの風土と国民性を理解するために書店で五冊の本を購入して読み、次のようなことを知ることができた。

ベトナム社会主義共和国は、一九七六年の南北統一以降、共産党の一党独裁が続いているが、個人独裁の傾向よりは集団指導が定着しているように思われる。国の最高人事は、国家主席（大統領）、首相、党書記長である。国家主席の実権は小さく、首相は行政の責任者であり、党書記長が最高の実力者である。監視体制は、強化されており、外国人が宿泊する場合（ホテルや個人住宅など）、その氏名、期間、パスポートなどを警察に届けなければならない。またベトナムは多民族が共存する国家で、人口七七〇〇万人のうち、約九割はキン族（狭義のベトナム人）で、残りの一割が山岳地帯を生活の場とする五三の少数民族である。宗教に関しては、国民の八割が仏教徒（大乗仏教）で、次に信徒が多いのはキリスト教でカトリックが約六〇〇万人、プロテスタントが約三〇万人である。南部で信仰されている新宗教では、「三教帰元（仏教、道教、儒教の統一」を掲げるカオダイ教と加持祈祷を中心とするホアハオ教がなどがあげられる（松尾康憲著『現代ベトナム入門』、日中出版）。

ヴェトナム人の精神構造や行動様式について、皆川一夫氏は、次のように述べている、

ベトナムでは、小さい頃から「しゃがむ」訓練を受ける。……ベトナムの家には一般に昔から台所と

いうものがなく、井戸端や水道口のある地べたに座って、洗濯も炊事もおこなうのであるから、しゃがまないことには仕事にならないのである。……しゃがむこと以外でも彼らはバイクの上に横になって昼寝する。走るバスや汽車に飛び乗り飛び降りる、田舎のオバさんたちは立ったまま黒ズボンの片方をまくしあげて小便する。これは、身が軽いというより器用さかも知れないが、ベトナム名物のひとつである。……また日本人によく似ているのだが、器用、勤勉、そしてきれい好きな点があげられる。

さらに皆川氏は、彼らの振る舞いの特徴について、次の五点を指摘している。

第一に、個人主義志向が強い。そこで日本人のように「寄らば大樹の陰」「長いものにはまかれろ」式に個人を集団に埋没させることはない。

第二に、物事の考え方が相対的で、かつ楽観的である。彼らは、物事を思い詰めることがなく、「大体は六割か七割くらいのところでよしとする。六割程度の楽観人生であるから、人々は明るく、笑顔が絶えることがない。

第三に、物事の考え方が実際的で論理的であることから「情に流される」ことがない。

第四に、プライドが高く、カネよりは人間性そのものに重さをおいている。

第五に、ベトナム人は、したたかで、ねばり強い。

（皆川一夫著『ベトナムのこころ』（めこん、二六―四九頁）

次にベトナム戦争について、吉澤南氏は『ベトナム戦争』（吉川弘文館、二〇〇九）のなかで、アメリカ兵が最も理解できなかったことは、「戦場におけるベトナムの兵士と農民のしぶとさであったことを指摘している。また細谷久美子著『枯れ葉剤に遭った子どもたち』（同時代社、二〇一一）では、ベトナム戦争でアメリカ軍が大量に投下した枯れ葉剤により、被害を受けた子どもたちの調査記録を紹介して、戦争のもたらす被害の悲惨さを伝えている。

第一日目　平成二四年四月二四日（火）

私たちは、阿部香津枝さんのご主人である阿部英明さんと一緒に、ＪＡＬ七五一でハノイに向かい、午後二二時一〇分に到着。香津枝さんがハノイ空港に出迎えてくれた。ベトナム人のクーさんが運転する車で、彼女が校長をしている日本語専門学校に行き、校長室でビールで乾杯した後、学校近くのホテルに泊まった。

第二日目　四月二五日（水）

朝七時、ホテルを出発して北東部の国境の町ランソンに向かう。ランソンは、一九七九年二月の中越戦争で「天王山の戦い」の舞台となった場所である。七九年二月一七日未明、戦車に支援された中国軍約八万五千人が中越国境の二六地点から侵入した。中国軍は「人海戦術」作戦をとったが、ベトナム人民軍は国境地帯にトンネルをめぐらせ、地雷を仕掛けた。中国軍はゲリラ戦にはまり、三日間で数千人の死傷者を出すほどの大損害を受けた。中国軍は大砲と戦車を主役にする戦術に変え、約一〇日後、ラオカイ、ハザン、カオバンなどを制した。市街戦後、三月五日にランソンを制圧し、ハノイに一五〇キロの距離に迫った。その数時間後、中国軍は撤退を始め、戦争は終わった（名波正晴著『ゆれるベトナム』、凱風社、二一八―二二〇頁）。

私たちは、七時三〇分に自動車をとめて、道ばたでマンゴー、パイナップルなどを買って食べた。「甘くてとてもおいしかった」。九時三〇分頃、トイレ休憩でベトナム流のトイレに驚かされた。外では田の草取りや畑仕事をする農民の姿が見られた。ランソンに着いて中国に入国しようとしたが、多くの人が詰めかけていた。何とか運搬車に乗ったが、手続きに時間がかかりそうで、入国をあきらめた。午後一時過ぎ中華レストランを見つけ、昼食を楽しむことができた。おみやげにテニスラケット式の「蚊取り器」を求めた。午後二時、ランソンを出発してハノイに向かった。二時間過ぎた頃、クーさんが警官に違反切符をきられた。ハノイ市内に入ったが、予約していたホテルが見つからず、迷っている内にまたも警官に違反切符をきられた。その後横浜国立大学に留学していたグェン・ティ・タンさん（ハノイ教育大学準教授）の尽力によりハノイ・マナー・ホテルに入ることができた（宿泊代　一人六五〇〇円）。荷物を置いてすぐにレストランに向かい、タンさん一家（ご主人と二人の娘さん）のご好意により、おいしいベトナム料理をご馳走になった。

第三日目　四月二六日（木）

朝ホテルの前で「タムコック・ツアー」のバスに乗った。最初中国人のお墓のある古い寺院を見物した。その後、自転車に乗る予定であったが中止し、昼食後、足と手で漕ぐボートに二時間半ほど乗った。ボートを降りると写真売りがやってきて五ドルで五枚の写真を買わされた。ハノイに向かう帰りの道路はでこぼこ道で最後尾の座席のせいか腰が痛くなるほどであった。夕食にフォーを食べてから音楽堂で八時から日本人の指揮によるベートーヴェンの第九交響曲を聴いた。

第四日目　四月二七日（金）

今日は阿部英明さんと私たち夫婦の三人で出かけた。午前八時過ぎ「ハロン湾ツアー」の乗り場に行ったが、バスはなかなか来なかった。道ばたに坐って四〇分ほど道を往来する人々を眺めていた。竹の竿で野菜やバナナや卵などを運ぶ婦人とその品物を買う人々との交流が興味深かった。九時頃バスが来たが、私たち三人が乗ると満席になった。ハノイの郊外で女子大学生のグループの一人がてんかん症状になり、教師とその学生がハノイに戻った。次のトイレ休憩のとき、突然私たち三人に他の自動車に移るようにとの要請があり、他のバスに移った。私が座ったのはイスラエルの兵役を終えた二人の座席に真ん中であった。一二時頃、ハロン湾に到着し、同じ船に乗るのは、日本人三人とアメリカ人の五〇代の男と女、フランス人の四〇代のイケメン二人の七人であった。船の中では日本人三人と他の四人に分かれて魚料理の昼食となった。日本人は「おいしい」という言葉を連発しながらほとんど食べたが、他のグループでは大部分が食べられないまま残されていた。

窓の外にはエメラルドグリーンの海面の上にときおり奇岩が姿をあらわし、「海の桂林」と呼ばれる景勝地が拡がっていた。私たちは海上の教室が見られる場所で、五〇分ほど停泊した。ここで降りてカヤックに乗って四〇分ほど楽しんだ。その後、海上にある学校の教室で授業が終わり、生徒たちがボートで帰宅し、先生が教室を閉めているのを見ていた。その後、船は移動し、私たちは島に上陸して鍾乳洞を見物した。バスでハノイに戻り、繁華街を歩いていると、二人ないし三人が乗っているバイクの大軍が大音響と共に大通りを疾走しているのに驚かされた。またバイクに乗っているベトナム女性の背筋はピーンと真っ直ぐに伸びていた。

第五日目　四月二八日（土）

午前八時一〇分、タクシーでベトナムの国民的英雄であるホーチミン主席の遺体が生前の姿そのままに保管されている「ホーチミン廟」を訪ねた。三〇分ほど並んでガラスケースに入っている遺体を見ることができた。次に「国立歴史博物館」に入ってベトナムの歴史に関する展示物を見ているうちに、気温が四〇度近くになって体調が悪くなり、私は、坐って休むことが多くなった。「ベトナム軍事博物館」ではベトナム戦争で使用された爆弾や戦闘機などが展示されていた。とりわけ米軍機の無惨な残骸が目についた。ここで昼食をとり、少し体調を回復することができた。その後、孔子を祀っている「文廟」を訪れた。ここは大学が初めて開校された場所であり、近くに官吏登用試験の合格者名が刻んであった。

午後二時三〇分より、ハノイの伝統芸術であるタンロン水上人形劇を一時間鑑賞した。人形たちの動きはユーモラスで面白かったが、私は、冷房がきいていたせいか、三分の一は眠っていた。それから冷房が入っている喫茶店に入り、二時間ほど身体を休めることができた。五時過ぎ、五人は焼肉店で夕食をすませてハノイ駅に向かった。駅には多くの人が集まっていた。午後七時四〇分発の寝台車に乗り、ラオカイに向かった。寝台車は六人乗りの個室で、ベトナムの男性がひとり二段目に入った。私は、午後一一時頃、トイレに入ったとたん電灯が消えて、鍵がかけられた。小用を済ませてドアを強く叩いたところ、車掌が鍵を開けてくれた。自分の車両に向かうドアにも鍵がかかっていたので、車掌に「通れない」という動作を示したところ、鍵をはずしてくれた。

第六日目　四月二九日（日）

阿部さん夫妻とクーさんと共に、午前四時二〇分、ラオカイに到着。この町は、ハノイの北西約二〇キロメートルにあり、中国の雲南省と接する国境の町である。駅前のホテルでトイレを借りた後、予約していた小型バスで山岳民族の市場に向かった。市場では民族衣装をまとった人たちが肉や野菜や日用品などを売っていた。この市場を見た後、サバに向かい、一二時頃到着した。サバのホテルで日本語教師をしているベトナムの人たちと合流した。昼食後、小型バスに乗り、棚田の近くで降りて「棚田トレッキング」を楽しんだ。歩いているときに民族衣装を着たおばさんが五人ほどつきまとって歩き、繰り返し土産品を売ろうとするのに閉口した。帰りのバスの中で、ベトナム人の日本語教師たちが日本語で「故郷」「花」「上を向いて歩こう」「恋人よ、側にいて」などを懐かしそうに歌うのに驚かされた。夕食はホテルの外で全員一緒に食べた。私の隣の女性は、鍋料理を上手に準備し、煮たものを皿に入れて周囲の人に配っていた。

第七日目　四月三〇日（月）

朝ホテルで日本語専門学校の人たちと別れ、ここで出会ったひとりの日本人と共に小型バスに乗り、ラオカイに向かった。このバスは乗客を乗せるために四回も同じ所をまわって客を乗せた。ラオカイに着いたのでホテルに荷物を預けて中国に入ることにした。ここの中國側の係官は友好的で一時三〇分頃中国領に入ることができた。昼食を食べるためにレストランを探したところ「兄弟」という店が見つかり、入った。最初に店員がビールとジュースをもってきてくれたが、その後、料理の注文を取りに来なかった。同行していたベトナムの人たちが店主と交渉したところ、「日本人には料理を出さない」ことが分かった。日本人は「兄弟」の中に入っていなかったのだ。店主は、日中戦争のときに南京あるいは他の場所で彼の家族か親族が日本軍によって残酷に命を奪われたのかもしれないと思った。ベトナム領に戻り、ラオカイの駅前で昼食をしながら汽車の時間まで雑談を続けた。ラオカイ発六時五分の寝台車に乗ったところ、日本人五人のところにベトナム美人が一段目で寝ることになった。早速車掌が顔をだして彼女と笑顔で話すのを見て「美人は得だな」と思った。

第八日目　五月一日（火）

午前三時三〇分、ハノイ駅に到着。タクシーの運転手とホテルの名前を述べて料金を決めた後、乗車してハノイ・マナーホテルに戻り、シャワーを浴びて少し眠った。午前一一時、グェン・ティ・タンさんがホテルに来て、土産店を案内してくれた。タンさんは、最初にホアンキエム湖に連れて行ってくれた。この湖には一五世紀に英雄レー・ロイが湖に住む亀から授かった宝剣で明軍を駆逐し、ベトナムを中国から解放したという伝説があり、今では市民の憩いの場所となっているとのことだった。現在も大きな亀が住んでいるらしい。ここから湖の西側に向かい、フランスの植民地時代に建てられた大きなカトリック教会を見た後、土産店を見て、いくつか買い求めた。この日も気温が四〇度近くになったので、午後三時にタンさんと別れてホテルに戻って休んだ。午後七時にホテルを出発し、ハノイ空港に向かった。途中の八十八商店でうどんを食べた。午後二三時五〇分発の日航機に乗り、成田に向かった。私は、もう一度ベトナムに来る機会があったら、中部のフエと南部のホーチミンを訪れて、ベトナム戦争のトンネルの跡などを訪れたいと思った。

矢内光一先生の最終講義

平成二五年三月二日（土）一四時四〇分〜一六時一〇分に矢内光一先生の最終講義「哲学とのかかわり―

プラトンを中心に」が、横浜国立大学人間科学部六号館一〇二号室で開催された。矢内光一先生は、「プラトンの『ティマイオス』における宇宙と人間の関連」を中心にして、プラトンをどのように研究してきたかを淡々と話された。講義終了後、懇親会が一七時から一九時三〇分までおこなわれた。矢内先生は平成二五年三月末に横浜国立大学を定年になられた。

矢内光一さんは、若い時代に「プラトン自然哲学の根底」、東京教育大学文学部紀要『哲学倫理学研究』一〇五（一九七六）などの論文を発表された。横浜国立大学に転任されてから「初期ギリシア哲学と理性主義」、『ヨーロッパの文化と思想』（共著、木鐸社、一九八九）、「宇宙と人間の構図」、「崩壊の時代に」（共著、同時代社、二〇〇二）などを発表された。翻訳ではハイニマン著『ノモスとピュシス―ギリシア思想におけるその起源と意味』（共訳、みすず書房、一九八三）などがある。教授になられてからは、横浜国立大学の運営にかかわり、副学長、図書館長、評議員などを歴任した。

栗又秀一郎夫妻との旅

平成二二年五月一八日、午前七時、栗又夫妻と四人で品川を出発し、足柄で朝食を食べ、富士山の五合目に向かった。そこには多くの中国人がいた。青木ヶ原樹海を通って芝桜を見てから忍野八海を見て歩いた。その後、ホテル鐘山苑に入り、夕食と太鼓演奏を楽しんだ。翌日、私が虎ノ門病院に予約があり、九時三〇分にホテルを出発し、一二時に品川に着いた。

平成二三年四月一〇日、午前七時、栗又夫妻と共に品川を出発し、中央道を韮崎までゆき、田の中段にある一本の大きな桜の木の優雅な花を見物した。その後甲府に向かい、舞鶴城で、場内にある桜の満開を楽しむことができた。それから河口湖に向かい、富士山レーダードームに入り、歴史民族博物館を見た。その後、ホテル鐘山苑に入り、夕食と太鼓の演奏を楽しんだ。翌日、九時三〇分にホテルを出発し、河口湖で遊覧船に乗った。その後、カチカチ山ロープウェイに乗り、山頂から河口湖を見下ろした。次に河口湖オルゴール館に入っていろいろなオルゴールの音色を楽しんだ。

平成二四年四月一四日、午前七時品川を出発し、談合坂をへて諏訪湖を通過して松本城を見物したが、城内の足場がよくなく、老人には不向きなことを知った。その後、奥飛騨平湯大滝をへて「穂高荘山がの湯」に泊まった。翌日、午前七時三〇分に旅館を出発し、高山に向かい、珍しい商店を見物し高山祭りの屋台がゆっくり進むのを見ることができた。翌日、白川郷に行くのを中止して高速道で松本を経由して午後四時頃品川に着いた。

栗又秀一郎さんが私たちと繰り返し旅行をしたのは、栗又秀一郎さんのお父さん（栗又秀雄）が高齢化と共にさまざまな不平不満にこだわる傾向が強くなり、その負担からみどりさんを解放させたいという秀一郎さんの思いがあったようである。とくに第三回目の四月一五日には、高山祭を見ていても、みどりさん自身が「早く帰らなければ、お父さんに悪い」と言い、早く帰ることを望んだ。その後、栗又秀雄さんは、夜中に突如二階から飛び降りて怪我をし、入院することになった。そして平成二七年二月一八日に逝去された。享年八九歳。人間は、八〇歳を過ぎると他人との交際を避け、独断的になる傾向がある。私は、栗又秀一郎さんのお父さんの姿勢を「他山の石」として留意しなければならないと思った。

竹内謙・阿也子夫妻の死

竹内謙（一九四〇〜二〇一四）さんは、私の妻・まさのすぐ上の兄である。早稲田大学の理工学部を卒業し、同大学院修士課程（都市計画専攻）を終了。一九六七年、朝日新聞社に入り、青森支局、山口支局などをへて政治部記者となり、一九八五年、『朝日ジャーナル』副編集長となり、一九八八年、編集委員（都市問題、地球環境問題担当）などを歴任した。一九九三年、鎌倉市長に当選・就任。一九九七年、鎌倉市長選で再選され、任期満了をもって勇退した。二〇〇二年、日本インターネット新聞株式会社設立・代表取締役就任。翌年、一般市民が記者として参入することによって既成マスコミに刺激を与え、ジャーナリズムの復権を図るために、インターネット新聞『ＪａｎＪａｎ』を創刊した。

平成二四年一月、上海への家族旅行後、謙さんは、激しい腹痛と嘔吐の反復に襲われて築地の聖路加国際病院に入院し、腸閉塞と診断されて手術した。実際は末期の大腸癌で、すぐに抗がん剤治療が開始された。最初「余命六ヶ月」と言われたが、二年間仕事を継続しておこなうことができた。平成二六年三月末、竹内謙さんは体調が悪くなり、聖路加国際病院のターミナル・ケアに入院した。四月二日、朝五時五〇分、竹内謙さんは死去（満七三歳）した。

平成二六年四月五日（土）

午前一一時より、現龍院の和尚により腰越の家で納棺の儀がおこなわれた。謙さんの死顔は、最初厳しかったが、時間の経過と共に、穏やかな表情に変わっていった。四月七日、午後四時四五分より腰越の家でお通夜が、四月八日、午前九時四五分から告別式がおこなわれた。謙さんの死は、遺族の阿也子さん、悠さん、玄さんに大きな悲しみを与えていた。悠さんは、暇を見つけたは写経を続けていた。皆が焼場に出かけた後、私は、高山安治さんと留守番をしていた。芝生ではあやめの紫色の花と遅咲きの水仙の花が謙さんの旅立ちを見送っていた。謙さんは記者や政治家をしていたせいだろうか、ある時、突然平塚のセキュリイティ業者を連れてきて正門の端にカメラを設置し、「これからはセキュリテイがこの家を守るよ」と笑いながら話していた。

六月一八日（水）

阿也子さんは、体調がすぐれず聖路加国際病院の診察を受けたところ、大腸がんが肝臓に転移しており、手術できないという診断であったらしい。謙さんの死から約二ヶ月半後のことであった。阿也子さんにとっては驚くべき衝撃であったことだろう。このときから阿也子さんは、悠さんと玄君との別れを意識するようになったと思われる。腰越の家に来たときに、謙さんの遺骨の前で三〇分から四〇分ほど坐ることが多くなった。

八月一三日（水）

阿也子さんと淳さん・朋子、私と妻で「迎え火」を焚いた。八月一五日、洋さん、阿也子さん、悠さん、玄・二奈・寛ちゃん、淳さん・朋子、裕・さやかさん・梨乃ちゃん、私と妻で「送り火」を焚いた。

九月二〇日（土）

午後九時頃、妻が腰越の家の二階でころんで左手首の骨を折った。すぐに悠さんの運転で湘南鎌倉総合病院に行ったが、混んでいたので、悠さんと私は腰越の家に戻った。九月二七日（土）午前一一時五三分、御嶽山が噴火した。多くの登山客が噴火にまきこまれ、多数の死者・負傷者がでた。阿也子さんは、一〇月になると再び体調が悪くなり、聖路加国際病院に入院した。その後、玄さんが住んでいる浜松の聖隷三方原病院に転院し、「竹内謙偲ぶ会」に出席することができなかった。

一二月五日（金）

午後五時～「竹内謙偲ぶ会」が日比谷公園が見えるプレスセンター、一〇階レストランの「アラスカ」で開催された。出席者一七五名。一二月七日、「阿也子さんが危篤状態である」との連絡があり、阿也子さんの姉妹や私の妻が浜松に駆けつけた。阿也子さんは、妻の声を聴いて、妻が来たことには気づいたらしいが、依然としてうとうと眠っている状態が続いていた。平成二六年一二月一〇日、午後二時、阿也子さんは、悠さんと玄さんに見守られながら浜松の三方原病院で死去（満六八歳）。午後一一三〇分、遺体は悠さんと玄さんに付き添われて腰越の家に到着した。

一二月一四（土）

東慶寺の和尚により腰越の家でお通夜が、一二月一五日、午前一〇時より告別式がおこなわれた。

第一二章　ポーランドへの旅

私は、妻と共に「中世の薫り漂うポーランドをじっくりめぐる八日間」（二〇一三年一〇月二日から一〇月九日まで、クラブツーリズム）に参加した。この旅行記をまとめようとしたとき、第二次世界大戦やポーランドの歴史を調べる必要性を痛感し、七冊の本を購入して読んだ。それらのなかで重要と思われるものを最初に紹介してから、ポーランドを訪ねたときの感想を述べることにしたい。

ポーランドは、ウラル山脈までをヨーロッパとすると、「ヨーロッパの中心」と言うことができる。東にドイツ、南西にチェコ、南東にスロヴァキア、東南にウクライナ、東北にベラルーシ、北にリトアニア、ロシアに接しており、美しい森と平原が広がっている国で、面積は三二・三万平方キロメートル（日本の約五分の四）で人口は約三八九万人（二〇一二年）である。ポーランドは、隣接する大国（ロシア、プロイセン、オーストリア）によって三回、国土が分割されて国家が消滅した国である。第一回の分割は一七七二年、第二回の分割は一七九三年、第三回の分割は一七九五年である。

イギリスの歴史学者、イェジ・ルコフスキとフベルト・ザヴァツキは、河野肇訳『ポーランドの歴史』（創土社）のなかで「ポーランドとその隣接諸国の過去は、単純に分類・分析できないほど、あまりにも複雑に絡み合っている」ことを指摘しながら、「ワルシャワ蜂起」について、次のように述べている。

一九四四年八月一日、ワルシャワの国内軍（AK）は、ソ連軍が市内に入る前にポーランド人による独立した行政組織を確立するために、ドイツ軍に対して大規模な武装蜂起を決行した。当初の予想では、退却し始めていたドイツ軍の手からワルシャワを奪い返すには、数日あれば十分なはずであった。しかし、満足な装備がなかったAKは、二ヶ月たっても戦い続けなければならなかった。ドイツ軍は最も残忍な数部隊にワルシャワ掃討を命じた。市街戦は凄惨をきわめ、その後できわめて多数の市民が虐殺された。ところが、赤軍はヴィスワ川まで来ると進軍を停止した。……ワルシャワの市街戦は、第二次世界大戦でも最も凄惨な激戦のひとつとなり、ワルシャワ蜂起は一〇月二日の蜂起軍の降服によって幕を閉じた。両軍の戦死者は共に一万七千人だったが、その他に二〇万人ものワルシャワ市民が犠牲になった。生き残った人々は市外へ追放され、その後ワルシャワは報復措置として徹底的に破壊され、ヒットラーの言葉を借りれば、単なる「地図上の一点」となった。

（同書、三二九―三三二頁）

渡辺克義編『ポーランドを知るための六〇章』（明石書店）によると、第二次大戦後のポーランドの宗教について、次のように述べている。

ポーランドでは、第二次世界大戦を経て、多宗教・多民族の国からカトリック教徒とポーランド人が圧倒的多数を占める国へと劇的に変貌した。この結果、ポーランド人イコールカトリック教徒という図式が現実のものとなり、「スターリン主義の嵐」の時期にも、カトリック教の聖職者と信徒を宗教弾圧から守り救うことは、ポーランド国民を民族弾圧から守り救うことと同義という構図ができあがった。このため、カトリック教会は、国内の民族関係に配慮する必要もなくなり、これ以降、常にポーランド人を守護し、救済に導く地上の宗教組織としての地位を独占することとなった。……聖母マリアの庇護を受けるポーランド、聖母マリアに奉献されたポーランド――これは、前教皇ヨハネ・パウロ二世が母国を訪れた折りに必ず口にする一節であった。この言葉にこそ、ポーランドの人々が、困難な状況の下にあっても、神への信仰を保持し、教会をその礎として受け入れてきた現実を「マリア信仰」というもうひとつの崇敬と結びつけている姿勢がはっきりと表されている。

（同書、一七六―一七九頁）

私は、ワルシャワで「ワルシャワ蜂起博物館」を見てから、ワルシャワ蜂起に対する諸見解があることを知り、ワルシャワ蜂起の意義をどのように考えたらよいかという疑問を抱くようになった。わが国におけるワルシャワ蜂起に関する貴重な研究者である尾崎俊二氏は、この点について、『ワルシャワ蜂起』（御茶の水書房）のなかで、次のように述べている。

一九四四年八月一日から一〇月二日まで続いたワルシャワ蜂起を書くのが容易でないことはよく承知している。その背景には、ロンドンにおかれたポーランド亡命政府と英米ソ三大国の間の外交関係、東部戦線におけるドイツ軍とソ連軍の動向とポーランド国内軍（ＡＫ）のブジャ（嵐）作戦の展開、そしてワルシャワ市内そのものの戦闘の経緯などがあって、それぞれが独自の研究テーマとなりうるものであり、それらはまた相互に複雑な要素がからみあう関係にある。そのため、その国の歴史学者のみならず、一般市民の間でも、蜂起開始の決断について決定的な評価を下すことはきわめて困難で、将来にわたってその評価が定まることはないだろうと言われるのである。

（同書、一頁）

二〇一三年一〇月一日（火）

午後一時、友人の谷口貞男君より私に電話があり、「高橋幸雄君が病院で亡くなった」という連絡を受けた。この一〇年間、横手に帰ったときには必ず会って話し合っていただけにショックであった。「一〇月三日にはポーランドのクラクフにいるので葬儀に参加できないが、帰国後、幸雄君宅に伺う」という伝言を頼んで、ポーランドに出発した。午後五時、突然旅行会社からスイス航空の予定の飛行機の修理が終わらず、ルフト・ハンザ七一五機に変更することになったとの連絡が入った。

第一日目　一〇月二日（水）
成田発一二時四〇分→ミュンヘン着一七時四五分
ミュンヘン発二一時三〇分→クラクフ着二二時五〇分（キャラクシーに泊まる）

第二日目　一〇月三日（木）
午前九時三〇分　チェンストホーヴァに向かう（バスで約二時間半）。
ヤスナ・グラ修道院は一三八二年にオポルチク公によって、聖パウロ修道会のために建てられた。門を入った所にある広場では多くの見物人が案内人を待っていた。二〇分ほどたってから六〇代の神父が私たちのグループを案内してくれることになった。この僧院の最大の宝は、正面の聖壇に飾られている聖母の絵画『黒いマドンナ』である。この絵は福音書記者ルカによって描かれたと伝えられている。この絵のマリアの頬には二本の傷がある。この聖画は普段は覆いがかけられているが、参拝者のために決められた時間に覆いがはずされる。
多くの参拝者をかき分けて正面に飾られている絵画『黒いマドンナ』を見たとき、二〇一一年一〇月にスペインを訪れたときにも黒いマドンナ像を見たことを思いだした（二〇一一年一〇月一二日、午前中バスでバロセロナ市内を観光し、午後、標高一二三六メートルの岩山にあるモンセラット修道院を訪れた。当日、休日だったせいか多くの家族連れがこの修道院に押し寄せて『黒いマリア像』に触るために並んで順番を待っていた)。

スペインでもポーランドでも、「なぜ黒いマドンナが信仰の対象になるのだろうか」という疑問が残った。ヤスナ・グラ修道院には博物館があり、案内の神父は、精力的に私たちを案内し、多くのポーランド人が描かれた絵画の前で、有名な人としてヨハネ・パウロ二世、コペルニクス、キュリー夫人らを指摘し、その次に有名なのは自分だといって笑わせた。終了直前に七~八人がトイレに行くために列を離れた。この後、最初の予定を変更してクラクフに向かうことになった。途中で回り道をして黄色い葉をつけた木々に囲まれた「黄葉見物」をして、宿泊するホテルに着いた。

第三日目　一〇月四日(金)

午前九時、ホテルを出発してクラクフ市内観光に出かけた。クラクフ(Krakow)は、日本ではクラクフと呼ばれているが、現地では「クラコウ」ないし「クラクー」と呼ばれているようだ。クラクフは、一一世紀中頃から一五九六年までの約五五〇年間ポーランド王国の首都として栄えた。とくに一三八六年から一五七二年まではヤギェウォ王朝の黄金時代であった。またクラクフが第二次世界大戦中、戦災を免れたのは、ドイツ軍の司令部が置かれていたためだと言われている。

次に歴代のポーランド王が居城としていたヴァヴェル城を訪れた。この大聖堂は、一四世紀から一八世紀までの四〇〇年間、国王の戴冠式を行った場所で、国王の墓所でもある。歴代の国王の墓は見事な彫刻による装飾が施され、さながら美術作品のようであった。ポーランド人のガイドは、ヴァヴェル大聖堂が改築を繰り返したためにさまざまな建築様式が見られることを強調していた。ヴァヴェル城の中庭で温かい日差しを浴びて妻と「子供の姿が見えない」と話していたとき、突然、五人ほどの保母さんに連れられた二〇名ほどのかわいい子供たち（幼稚園生）が列を作って現れた。見物人は、先生に必死について行く子供たちの姿に見とれていた。その後、中央市場、聖マリア教会、織物会館などを見た。昼食後、バスでアウシュヴィッツ・ビルケナウ（これはドイツ語で、ポーランド語ではオシフィエンチム・ブジェジンカと言う）絶滅収容所（一九四〇―一九四五）に向かった。クラクフ～オシフィエンチム間、約六四キロ。所用時間は、約一時間三〇分であった。

添乗員が「まもなくアウシュヴィッツ強制収容所に着きます」と言ってからも、バスは一〇分ほど走り続けた。バスを降りて、五分ほど歩いて、インフォメーション・センターに着いた。多くの人が案内するガイドを待ちながらトイレを利用しており、混雑していた。添乗員からイヤーフォンを受け取り、ガイドの後を追い始めた。現在ポーランドで国立博物館として公開されているのは、ここにある第一収容所のアウシュヴィッツと第二収容所のビルケナウである。第一収容所には、二〇ヘクタールの敷地内に、レンガ造りの二階建ての収容棟や管理棟、監視塔など五六棟が残されている。アウシュヴィッツ強制収容所は一九四〇年にポーランド人の政治犯を収容するために、実行命令が出され、ルドルフ・ヘスが初代長官に任命された。一九四一年にはアウシュヴィッツから三キロメートル離れた場所にビルケナウ収容所が造られた。最初はポーランド人だけであったが、ユダヤ人、ロマ、ソ連軍の捕虜も収容されるようになり、やがてこの収容所は、収容者の数が増えるにしたがって巨大な殺人工場へと姿を変えたのである。

アウシュヴィッツ強制収容所の正面入口の上にはARBEIT MACHT FREI（労働は自由を与える）という

言葉が掲げられていた。この周囲には、赤レンガの収容棟とポプラ並木が続いていた。私たちは第四号館の第一展示室には入り、大きなヨーロッパ地図にこの収容所に連行されてきたユダヤ人の故郷が赤で示されているのを見た。次の部屋では大きな写真のパネルがあり、ユダヤ人の女性や子供がこの収容所に連行されたときの様子が描かれていた。収容された人たちの写真展示室には、縦縞の服を着た正面・斜め・横向きの写真があり、胸元には数字が見られた。四号館の第四展示室にはビルケナウのガス室と焼却炉の模型があった。

この次の部屋ではガス室で殺された死体から刈り取られた髪の毛、一八五〇キロの重さの髪の毛が展示されていた。これは、解放後発見された七千キロの一部で、毛髪は平均二〇キロの袋詰めにされて衣料品会社に送られ、糸や靴下にも加工された。これに続く部屋では、大量の衣服、メガネ、カバン、ブラシ、鏡、義足などが展示されていた。私は、子供の多くの洋服や靴を見たとき、ナチスの行ったことの残酷さに強い憤りを感じた。

囚人が収容所内でどのような生活を送っていたかについて、第六号館の第一展示室では、貨物列車から降ろされた収容者がどのように扱われたかを示している。監視兵に追い立てられて整列した収容者は、SSの士官によってユダヤ人はすべての所有物を取り上げられ、政治犯は手荷物を取り上げられ、預かり書を受け取る。次に姓のアルファベット順に整列すると、係の収容者から「囚人番号」入りの紙切れを渡される。そして、裸になって下着や衣服、貴重品や身分証明書を預ける。唯一もつことを許されたのはチリ紙だった。次に洗浄場に連れて行かれ、元床屋の収容者によってすべての体毛が刈り取られる。登録作業は、係員（収容者）によっておこなわれた。名簿には氏名、住所、家族、近親者名、学歴、職業、外国語の語学力、犯罪歴や外見の特徴が記された。左手に入れ墨で「囚人番号」が刻まれた。入れ墨が使われたのはアウシュヴィッツだけであった。これは、一日の死者が数百人に及ぶことがあった大量殺人を効率よく管理するためであった。また胸元の赤い三角マークは「政治犯」で、ナチスに反対する人につけられた。黒い三角マークは「反社会分子」で、浮浪者や売春婦などが含まれた。ピンクの三角マークは「同性愛者」、黄色い三角マークはユダヤ人を意味していた。

一日の食事
朝食　コーヒーの代替品か薬草の絞り湯
昼食　週四回肉片入りのスープあるいはジャガイモとカブの野菜スープ
夕食　三〇〇グラムのパン、二五グラムのソーセージもしくは同量のマーガリンかチーズ、公式には、重労働者には二一五〇キロカロリー、一般労働者には一七〇〇キロカロリー、とされていた。

一一号館には、コルベ神父（囚人番号一六六七〇）が殺された一八号地下牢が残っていた。

一八四一年八月一四日、一人の脱走者の身代わりとして一〇人の収容者が選ばれたとき、その内のひとりが「まだ死にたくない」とつぶやいた。コルベ神父はその人の身代わりを申し出て、餓死刑を言い渡された。餓死刑とは、何も与えないで（もちろん水も）餓死させる残酷な刑罰であった。通常、三ないし四日たつと水を欲して発狂することが多かったが、彼は二週間近く生き続け、最後にフェノール注射で殺された。コルベ神父は、長崎で宣教師として活躍し、ポーランドに帰国したときに逮捕されてアウシュヴィッツに送られたのである。

私たちのグループの案内人と添乗員は、半数ぐらいの人と共に先に行ってしまい、私を含めて八人ほどの人が遅れたことに気づいて建物の外に出た。まもなく案内人のグループと合流して戻り始めて右を見たとき、正面に見えたのが、正義のために戦った英雄たち（収容所内で抵抗した人々）の処刑場、「死の壁」であった。犠牲者は三千人とも一万人とも言われている。この壁の前には五〜六個の花が置かれていた。ここでの処刑は、収容者に知られないように消音装置を附けた銃が使われたとも言われている。

アウシュヴィッツ強制収容所を出て三キロメートル離れたビルケナウ収容所に向かう途中には「死の門」（ビルケナウ収容所の入り口）の前で列車の引き込み線が三本に分かれており、その線路の間を細長く伸びた場所に貨物列車の「降車場」があった。アウシュヴィッツに送られた人々は、この降車場で列車から降ろされ、家族や親族と引き離された。そのときの絶望的な悲鳴が『夜と霧』の「アウシュヴィッツ到着」における「ここに立て札がある。アウシュヴィッツだ！」（八三―八五頁）という叫びに続く箇所を思いだした。今回、現地で購入した『アウシュヴィッツ・ビルケナウ―過去と現在―』の一〇頁には、貨物列車から降ろされたときのユダヤ人たちの写真が掲載されている。私は、これらの写真の中で、一番大きな写真、貨物列車から降ろされ、女性と子供たちが不安におびえている眼を忘れることができない。この降車場で降ろされた二〇万人を超える子供たちは、一四歳に満たなければ、そのまま母親と一緒にガス室に送られた。私は、収容所に到着と同時に親から離され、不安と恐怖の中で死を迎えた子供たちの姿を想像して、こうした殺人工場を造った人々に対する怒りを終始身体全体で感じていた。

ビルケナウ収容所は主として女性の収容所として使用された。アウシュヴィッツ収容所の建物はレンガ造りであったのに、ビルケナウ収容所には木造バラックがあり、大きな木造バラックは冬期には暖房の効果も少なく、さぞかし寒かったろうと推測される。最初に入った大きな木造バラックでは、便器が長い二列の穴からできており、背中合わせで用をしたらしい。しかも案内人によれば、収容者は一定の時間で用をなすことを強制されたらしい。

私は、ビルケナウの大きな木造バラックに入り、トイレの長く続いた二列の穴を見たとき、冬期においては、トイレの使用が、収容者の多くにとって、拷問のようなものであったのではないかと想像した。ビルケナウの収容所を、これ以上見物する意欲がなくなり、外に出て監視塔に登って、果てしなく続くポーランドの平原を見渡し、次にふり返ってアウシュヴィッツ収容所のほうを眺めて、長く続く鉄刺線を見たとき、収容者たちのある者は神を信じて祈りをくりかえし、ある者は神はどこにいるのかと嘆き、またある者は楽に生きることだけを考えたかもしれない。いずれにしても収容者たちは、なんとかして生き延びようと懸命に努めたが、結局、ほとんどの人がその生命を理不尽に奪われたことを知り、言いようのない怒りが身体全体を駆けめぐっていた。

〈アウシュヴィッツ〉〈有刺鉄線　母子の願いを　打ち砕く〉

〈ビルケナウ〉〈女子トイレ　苦悶の声が　今もなお〉

アウシュヴィッツに来る前に、友人の下山田裕彦氏から奥さんの下山田誠子さんの報告記「人間の悲惨と希望—アウシュヴィッツを旅して—」(『やまばと』、第二七八号)を送っていただいた。彼女は、ベルリン郊外のザクセンハウゼン強制収容所を訪ねて「身震いして動けませんでした」と述べた後でアウシュヴィッツ・ビルケナウを見たときにどのように感じたかを記している。帰国後、彼女は、偶然テレジンの子どもたちの絵を見る機会があった。テレジンはチェコスロバキアのプラハの郊外にある強制収容所で、一万五千人ほどの子どもが収容されていた。解放されたとき衰弱していた一〇〇名ほどの子供だけが生き残った。ナチスは証拠隠滅のために退散時に放火したが、その焼け残りの下から四千の絵と数十篇の詩が発見されたと言われている。下山田誠子さんは、それらの絵を見たときのことを次のように記している。

私が見たのは三〇点余りの絵だが、絵にはソリ滑りやスキー、遊園地でのボール遊び、雪だるま、窓のある家、煙突などが描かれていた。煙突はどれも煙が立ち上がっており、暖かな家族が食卓を囲んでいる。花や蝶や網を描いたものもあった。

あんな悲惨な状況下でも、子供たちは楽しかった日を回想し、再会の日を願って、絵を描いている。子供はやはり未来に向かって生きようとする存在なのだ。私は感動した。また厳しい監視の目をくぐって、子供たちを励まし、絵を描かせ、死の直前まで夢を与え続けた大人が収容所内にいたことに心うたれた。

（「人間の悲惨と希望—アウシュヴィッツを旅して—」より）

この話は、V・E・フランクルが『夜と霧』のなかで、強制収容所では、多くの人は「私は人生から何を期待できるか」と問うたのに対して、ごく少数の人は「人生は私に何を期待しているか」と問い、他者のために尽力したという事例にあてはめることができるように思われる（霜山徳爾訳『夜と霧』、八三頁）。

第四日目　一〇月五日（土）

午前九時二〇分　ホテルを出発し、クラクフから約三八キロ離れたカルヴァリア・ゼブジドフスカに向かった（所要時間　約四五分）。

カルヴァリア・ゼブジドフスカは、ヤスナ・グラ僧院に次ぐカトリックの巡礼地である。一七世紀の初めに地元の領主ゼブジドフスキは、現在、礼拝堂のある丘を、キリスト教の聖地エルサレムのゴルゴタの丘に見立てて礼拝堂を建てた。この丘は、平原の多いポーランドには珍しく山地に囲まれた風光明媚なところで、約六キロの巡礼路が整備されて公園となっていた。この日は天候にも恵まれ、礼拝堂に入ったところ多くの参拝者や旅行者で混んでいた。ここで自由行動になり、周囲の建物や売店を見たりしたが、この僧院を紹介したパンフレットを見つけることができなかった。妻と二人で再び礼拝堂に戻ったとき、突然修道士に連れられた一〇人ほどの人が入ってきて、側面に飾られていた絵画のマリア像に向かってひざまづいて、修道士と共に経文を唱えながら燃えるような眼でマリア像を見つめていた。その時の彼らの敬虔な祈りの姿に驚かされた。スペインでセビリアのカテドラル（大聖堂、これはローマのサン・ピエトロ寺院、ロンドンのセント・ポール寺院に次ぐ規模を誇る）を見たとき、その巨大さと豪華さ、さらにコロンブスの墓に圧倒されたが、そこでは信者の熱烈な祈りを見ることはなかった。スペインとポーランドとの国民性の差異は、ローマ文化を継承した国民と、ローマとは無関係で、三回も祖国を消滅された国民にあるのかも知れないと思った。

その後、バスに乗って約四〇キロ離れた「地底の美術館」と呼ばれている「ヴィエリチカ岩塩坑」に向かった（所要時間　約四五分）。

小さな町であるヴィエリチカの地下には、中世から一九九六年まで稼働していた岩塩採掘場が広がっていた。この岩塩坑は一九七八年に世界遺産に登録された。今回のポーランド旅行で、立派な英語のガイドブックがあったのはここだけであった。この岩塩坑は、最初はクラクフ公爵が、その後はポーランド国王が所有していた。一七七二年から一九一八年にはオーストリアが所有し、ポーランドが独立後、ポーランドが所有することになった。地下六四メートルから三二七メートルの複雑に入り組んだ採掘場の一部が観光客に公開されている。ガイドと添乗員に連れられてエレヴェータに乗って六四メートル下に降り、それから塩道を歩いて、採掘の様子などを示す彫像物などを見ながら下って行った。歩き始めたときに手で確認した塩のつるつるした感触が今でも思い出される。一瞬「もし地震が起きたら、どうなるだろう」と思ったが、国王の像、妖精の像、コペルニクス像やゲーテ像など多くの彫像を見ている内に、地下の岩塩の世界に慣れることができた。レオナルド・ダヴィンチの『最後の晩餐』を模した作品には圧倒された。採掘跡の巨大な空間を利用して、礼拝堂やバレーボールのコートなどが造られていた。最も深い地下の休憩場でエレヴェータの順番を待ったが、多くの人で混雑しており、なかなか順番が来なかった。そこで離れた場所にある搭乗口に向かい、そこから地上に戻った。

第五日目　一〇月六日（日）

午前七時三〇分、ホテルを出発し、ザモシチに向かった。クラクフとザモシチの距離は、約三二〇キロで所要時間は約五時間半であった。人口七万人弱の小さな町のザモシチに到着し、地下のレストランで昼食。この町は、ポーランドの貴族、ヤン・ザモイスキが若い頃に感銘を受けたイタリアの景観が忘れられず、イタリア人の建築家ベルナルド・モランドを呼び寄せて一五八〇年に理想の町の建設に乗り出した。この町は、貴族の名にちなんで「ザモシチ」と名付けられた。昼食後、外に出て、イタリア・ルネサンスの美しい建物に囲まれた広場で、暖かい日差しを受けながら三ないし四歳ぐらいの子供たちが無邪気に遊ぶ姿を見ていた。私の横に、同じグループの母と娘が子どもたちの姿を見ていた。その母親は、ご主人が数年前に亡くなり、娘と共に旅行していることを話してくれた。

この町は、ほぼ五角形をなす保塁で囲まれ、要塞都市としても知られていたが、要塞の部分はごくわずかしか残っておらず、二月に訪れたフランスのカルカソンヌと比較すると、あまりにも貧弱であった。ザモシチ観光後、三時五〇分にここを出発してワルシャワに向かった。バスは、ポーランドの平原の中を走り続け、暗闇のなかをワルシャワに向かった。添乗員は、「前のツアーではもっと時間がかかった」と言って慰めたが、多くの人は、それに反発する気力もないほど疲れていた。朝早くから夜遅くまでバスで走り続け、くたくたに疲れた一日であった。

第六日目　一〇月七日（月）

午前九時　ワルシャワの市内観光に出発。当日は月曜日のため、ショパン博物館やキュリー夫人博物館を訪れることができなかった。最初にワジェンキ公園を訪れた。秋も深まり、リスがあちこちに姿を見せ、公園の木々は、その葉が黄色になったものもあって、美しい公園であった。とりわけ、一九二六年に建てられた「ショパン像」は、私たちを慰めてくれた。次に旧市街に向かい、旧市街広場で下車して、ショパンの心臓が収められている聖十字架教会とコペルニクス像を眺めながら、ワルシャワ大学の前を過ぎた所にあるレストランで昼食を取った。午後、自由行動となり、私と妻は、バスを途中で降りて他の二組の日本人と「ワルシャワ蜂起博物館」に入った。多くのポーランド人が入っていた。部屋のなかには、戦場の音が流されていた。多くの写真がこの戦争で活躍し、戦死した人々の姿を映し出していた。最初に私が圧倒されたのは、祖国の独立のために命をかけた多くのポーランド人の姿であった。ところが、時間の経過と共にドイツ軍の小型飛行機や多種類の自動小銃などの兵器に驚かされるようになった。私は、兵器や銃などは殺人を目的としており、今まで関心をもったことはなかった。だが、ここでドイツ軍の兵器を見たとき、すぐに日本軍の銃の貧弱さを痛感した。おそらく蜂起したポーランド人はドイツ軍も兵器が少なくなり、簡単に制圧できると考えたのだろう。だが、制圧するどころか敗北して降伏せざるをえなかった。一体ポーランド軍の兵器はどこにあるのか。また日本軍が所持していた単発銃のような銃はなかったのか、という疑問をもった。二階に上ると、ドイツの小型戦闘機が展示されていた。この飛行機も頑丈に造られているように見えた。博物館では個々の場所に英文の説明紙が置いてあったが、全体を説明した英文のガイドブックはなかった。なぜか。他国の人にワルシャワ蜂起の意義を伝えようとは思わないのだろうか。また日本では、終戦間近には、単発銃さえ不足していたと言われている。

蜂起博物館を見た後、ワルシャワ中央駅の近くのホテルまで歩いて帰った。夜、ショパンの演奏会に参加した。演奏場は、古い美術館で、部屋の音響もピアノの音も調子がよくないように思われた。演奏者は、マズルカ三曲と英雄ポロネーズなど三曲を演奏したが、どの曲を弾いても彼女の音に個性がないせいだろうか、同じように聞こえ、ショパンの世界に浸ることはできなかった。夕食のときに、蜂起博物館を見物した二名の男性と話し合い、彼らもドイツの自動小銃の種類やその他の兵器の優秀さに驚いたことを知ることができた。

第七日目　一〇月八日（火）

午前七時一〇分ホテルを出発し、ワルシャワ空港に向かった。

九時三〇分にワルシャワを出発↓一一時四五分にチューリヒ着。

一三時三〇分チューリヒを出発↓朝七時五三分に成田に着いた。

私は、今回の「ポーランドへの旅」を終えて、もう一度ワルシャワを訪れて、一週間ぐらいワルシャワの街を歩き廻ってみたいという願望を抱くと共に、ロシアのプーチン大統領のクリミヤ半島の統合およびウクライナへの軍事介入、パレスチナ自治区ガザに対するイスラエル軍の攻撃などを考えると、現代は、第一次世界大戦から第二次世界大戦の間の時期に登場したファシズム（fascism）に逆戻りする傾向を、かなり多くの国に見出すことができるように思われる。ファシズムとは、「立憲主義と議会主義を否認して一党独裁体制の確立を志向し、自由主義、個人主義、共産主義、国際主義を排撃して全体主義・急進的ナショナリズム・軍国主義を高唱し、独裁者への個人崇拝と指導原理に基づく社会の再編成を断行しようとする思想と運動、そしてその所産としての体制」を意味する（『岩波哲学・思想事典』、一三四九頁）。

私は、アウシュヴィッツ・ビルケナウ強制収容所を見て、ジェノサイド（genocide　一九四四年にユダヤ系ポーランド人で法律家のラファエル・レムキンによってつくられた造語であり、人種、民族、国民などに対する大量殺戮を意味する）あるいはホローコスト（holocaust　ナチスによる大量虐殺）がどのようにしておこなわれたかを知ることができた。そしてこのような集団殺戮や集団虐待などを今後防止するためには、どのように考えて行動すべきかという問題を考察することにしたい。

アウシュヴィッツ＝ビルケナウ強制収容所はナチスがつくった強制収容所を代表するものとしてジェノサイトないしホローコストを象徴する名辞となっている。この博物館を見物していると、人間の残虐非道な行為に圧倒されると同時に、人間をできるだけ効果的に処理し、廃棄しようとする悪意に満ちた精神があらゆる建物に満ち満ちていることを痛感し、これに抗議し否定しようとするが、自己の力の弱さのみを認識する。ポーランド政府がこの博物館をできるだけ手を加えないで公開していることは、二〇世紀の痛ましい戦争の記憶を、次の世代に伝えることを可能にした点で高く評価されなければならない。ポーランドという国は大国に囲まれて繰り返し祖国を失うという悲劇を体験し、人々は苦渋に満ちた生活を強いられてきた。この収容所には最終的に一六万人近くのポーランド人が収容され、八万人以上の人が命を失った。ポーランド人は、この収容所の犠牲者の九〇%を占めたユダヤ人と同じ苦しみを体験したにもかかわらず、第二次大戦後、多くのユダヤ人をポーランドから追放し、かつて三五〇万人いたユダヤ人がわずか一万人に減少したことを深刻に反省しなければならない。また第二次世界大戦後、オーデル川よりも東のシレジア地方や東プロシァ地方に住んでいた約六九〇万人のドイツ人がポツダム合意によって追放され、西に向かう途中で約一一〇万人がポーランド人による襲撃や飢えや寒さで死亡したり、行方不明になったという問題である。（熊谷徹著『ドイツは過去とどう向き合ってきたか』、高文研、一二二頁）

アウシュヴィッツの強制収容所を理解する際に中谷剛著『アウシュヴィッツ博物館案内』（凱風社、二〇一二）から多くのことを学ぶことができた。

宮崎隆先生の業績

私は、二七年間、横浜国立大学で研究と教育に従事してきた。それだけにときおり横浜国立大学の学生や校舎や図書館や最終講義のことなどを思い出すことがある。私が在任中に来られた一番若い先生が宮崎隆さんであった。その宮崎隆先生も定年を意識する年齢になった。私は、平成一四年三月二日におこなわれた最終講義で、テープまでとって下さり、先生には大変お世話になった。宮崎隆先生は、平成二年四月に講師として赴任された。同年一〇月に「デカルトにおける〈因果性〉とコギト―神、物体の実在に向けて―」で大阪大学大学院で学位をとられた。その後、デカルト研究として、「デカルトにおけるコギトと意志―意志の使用―」（単著、横浜国立大学人文紀要、第一類第三八輯、一九九二）「『情念論』における力の問題―情念の力と魂の力」『現代デカルト論集Ⅲ―日本編―』（共著、勁草書房、一九九六）、ベルクソン研究としては、「ベルクソン『創造的進化』における直観と生《いのち》の理論―記憶力の形而上学的基礎づけ―」（単著、横浜国立大学教育人間科学部紀要Ⅱ、二〇一〇）などを発表された。その他として「美的な体験と知覚―運動する身体についての試論―」（共著、『崩壊の時代に』、二〇〇二）がある。宮崎先生は、平成一九年に大病にかかり、この病気と戦いながら、教育と研究を深めてこられた。今後もいっそうのご活躍を期待したい。

グラスミアで楽園を見る

私は、妻と共に平成二六年（二〇一四）五月二五日から六月三日まで「じっくりイギリス縦断一〇日間」（クラブツーリズム）に参加した。五月二六日、ロンドンを経由してエディンバラ空港に降りたとき、新しく購入した旅行鞄の角のひとつがつぶれていることに気づき、保険請求の手続きを取ることにした。エディンバラ市内を見物後、ツアーの人々はゴルフの聖地セント・アンドリュースに向かったが、私と妻は、エディンバラに残り、カールトン・ヒルにあるデイヴィッド・ヒュームの墓を訪れた。雨が降った直後で、墓地には人が少なかったので、ロバート・アダムの設計によるヒュームの墓を落ち着いて見ることができた。

五月二七日（火）

エディンバラ郊外のマリオット・ホテルを出発して一一時三〇分にローマ皇帝のハドリアヌス（七六―一三八）の命令により建設された「ハドリアヌスの城壁」を訪れた。だが、城壁そのものはほとんど崩れてしまい、その基盤がかすかに残っているだけであった。その後、バスは湖水地方に向かった。グラスミアに入って右折したとき、一九八五年に宿泊したスワン・ホテルの建物が見えた。駐車場でバスを降りてワーズワスの一族の墓などを見物した。三〇分の自由時間のときに、ワーズワスが新婚時代を過ごした「ダヴ・コテージ」を訪れた。再びバスに乗り、ワーズワスが後半生の三七年を過ごした「ライダル・マウント」に着いた。この住宅は、大きな窓がついている堂々たる館で、かつて農家であったとは思われないほどで、湖水地方最大のウインダミア湖と最小のライダル湖を眺められる高台に建てられていた。谷を取り込んだ四・五エーカーという広大な庭は、ほとんどがワーズワスのデザインによると伝えられている。午後四時に到着したときには、館の白い壁の一部に藤の花が咲いており、庭ではシャクナゲ、ツツジ、サツキなどの花が咲き乱れていた。私は、突然、この時期にグラスミアが「楽園」となることに気づいた。夕闇が迫るときにバスはグラスミア湖に面するダッフォディル（Daffodil：黄水仙）・ホテルに到着した。グラスミア湖には周囲の山々が写し出されていた。

ワーズワス（一七七〇―一八五〇）は、一七七〇年四月七日、湖水地方の北端に位置する市場町コッカマスで、弁護士の二男として生まれた。翌年長女ドロシーが生まれた。一七七八年に母を、一七八三年に父を亡くした。一七七九年、ホークスヘッドにあるグラマー・スクールに入学し、湖水地方の自然に親しむことになった。一七八七年一〇月、ケンブリッジ大学に入学し、ユニテリアニズムを奉じるウィリアム・フレンド（一七五七―一八四一）と知り合う。ワーズワスは、この時期に放浪生活に憧れ、行商人になりたいと思っていたらしい。その理由は、彼の父はロンズディル伯爵の事務弁護士を勤めていたが、彼が死んだとき、伯爵に五千ポンド貸した計算になっていた。しかし、伯爵は彼の特権的地位を利用して、最初返済しなかったらしい。ワーズワスは、このことに反発して人間嫌いの傾向を強めた。一七九五年八月、ワーズワスは、ブリストルでコールリッジ（一七七二―一八三四）とロバート・サウジー（一七七四―一八四三）と知り合い、その後、彼らと交流し文学的友情を深めた。

一七九八年一〇月、ワーズワスとコールリッジは、共同で匿名の詩集『抒情歌謡集』（Lyrical Ballads）を出版した。初版では、コールリッジは、「老水夫の歌」「乳母の歌」「ナイティンゲール」「土牢」の四篇を、ワーズワスは、「白痴の少年」「ティンターン修道院の数マイル上流で書いた詩」など一九篇を掲載している。一八〇一年の第二版では、詩の配列を大幅に変え、「序文」では詩に対する彼の理念を表明している。ワーズワスは、従来の英詩の本流がギリシア・ローマの古典詩を規範として制作したのに対して、題材に田舎の生活を選び、田舎の人々が実際に使用している言葉を模倣し採用しようとした。序文は、文学の旧体制に対する新しい詩の誕生を告げており、ロマン派のマニフェスト（宣言）となった。彼は、序文のなかで詩作の原理を、次のように述べている。

すぐれた詩はすべて力強い感情がおのずから溢れ出したものである。このことに間違いはないが、なんらかの価値が認められる詩は、どんな主題のものであっても、人並み以上の生得の感受性に恵まれた上に、長く深く考えた人によって生み出されるものである。

（*Lyrical Ballads*, edited. by R. L. Brett and A R. Jones, Routledge, p.246）

ワーズワスは、その後、自伝的叙事詩『序曲』（*The Prelude*、一八〇五）、『逍遥』（*The Excursion*、一八一四）などの詩集を刊行すると共に、『湖水地方案内』（一八三五）を刊行した。『湖水地方案内』では、ある地方の景観を別の地方のものと比較して「配慮を欠いたやりかたでけなすことほど有害なものはない」と述べながら、その直後に湖水地方とアルプスの景色を比較して、①スイスの丘陵地では、緑の草地が落葉樹の色とうまく調和しているが、湖水地方では「もっと繊細な色調の変化と、もっと微妙な色の融合」が見られるとし、スイスでの色彩は黒い森や雪などが壮大な規模で示される点が長所だが、湖水地方に見出される「自然の賜物である、徐々に心安らぐ調和へと至る変化」（二一〇頁）などの欠如を指摘している。

次にワーズワスの作品の中でよく知られている通称「水仙」（Daffodils）と呼ばれている作品の第一節の原文と訳文を考察してみよう。この詩は、ワーズワスが一八〇二年四月、妹ドロシーと一緒にアルズウォータの湖畔を歩いていたとき、偶然、黄水仙の大群が風に吹かれて踊っているのを見たという体験をもとに、二年後に詩としてまとめられたものである。新井明先生の訳で「水仙」の前半の二節を紹介したい。

I wandered lonely as a cloud
That floats on high o'er vales and hills,
When all at once I saw a crowd,
A host, of golden daffodils;
Beside the lake, beneath the trees,
Fluttering and dancing in the breeze.

わたしはひとり　さ迷う。谷や山の上を
飛んでゆく　ひとひらの雲のように。
ときに、ゆくりなくも見つけた、
黄水仙の群落、その大群を
水の辺、木立の下、花花は
そよ風をうけて、揺れ、躍っていた。

Continuous as the stars that shine
And twinkle on the milky way,
They stretched in never-ending line
Along the margin of a bay:
Ten thousand saw I at a glance,
Tossing their heads in sprightly dance.

天の川にきらめく
星くずのように　うちつづいて
水仙は入り江にそって、終わることなき
一線をなして、伸びひろがっていた。
わたしはひと目で、千万の花花が
頭をふりかざして生き生きと躍るさまを見た。

詩人である新井明先生は、この詩について次のように説明している。

　この詩は単なる思い出や風景を写しているのではありません。日本のアララギ派の写生というものとはまったく違うのです。わたしというものが風にそよぐ水仙の群落に出会います。それを見て、黄水仙をそよがせる力というものを自分も実感として検証するということをしているのです。……水仙との出会いはたまたまだったのですが、水仙を水仙たらしめている宇宙の力、あるいは神の力と出会ったということなのです。ですから水仙のことを思い、水仙とともに躍れば、喜びあふれ、自分も水仙と同じように、宇宙を生かしているものの力のなかで生きているのだと感じるのです。ワーズワスの詩は哲学的だといわれる理由は、こういうところにあるのです。

（新井明編『ミルトンとその光芒』金星堂、一九九二年、四二二―四二五頁）

ワーズワスは、一七九九年にダヴ・コテージに移住し、一八〇二年一〇月、メアリー・ハッチンスンと結婚した。一八一一年六月からグラスミア教会の牧師館を借りて住んだ。一八一三年五月からライダル・マウントに移った。私は、ライダル・マウントの住宅と庭を見終えて、バスに乗ってグラスミアのホテルに向かったとき、一八三一年にミルが七月一九日から八月一五日まで湖水地方を旅行し、ワーズワスに会ったことを思い出した。当時ワーズワスは六一歳で、ミルは二五歳であった。おそらくミルは、ワーズワスと五回ほど彼の住宅で、もしくは散歩しながら数時間話し合い、交流を深めたものと思われる。彼は、ここでの話し合いを通じて、ワーズワスの政治意識、フランス革命における共和主義の思想の評価、樹木に関する彼の知識などに圧倒されると同時に、自然美を人間愛へと高めるものを見出して尊敬の念を強めたことであろう。

ミルは、一八三〇年八月初旬に薬種商であるジョン・テイラーの晩餐会に友人と共に招かれ、彼の妻ハリエット（一八〇七―五八）と初めて会い、まもなくふたりは相愛の仲となった。当時ハリエットは、二人の幼い男の子をもつ人妻で、翌年七月には長女のヘレンを出産した。この不倫の関係は、一八四九年にジョン・テイラーが癌で死ぬまで続いた。二人が正式に結婚したのは一八五一年のことであった。またミルは、一八三一年九月四日には三七歳のトマス・カーライル（一七九五―一八八一）とロンドンのミルの友人宅で初めて会って四時間近く語り合い、カーライルの強烈な人格に魅せられた。これらの貴重な友人との交わりを通じて、ミルは彼の思想と人生観を形成したのである。夕暮れの迫るなかで、ミルとワーズワスとの関わりを思い出しているうちに、私の乗ったバスは、グラスミアのホテルに到着した。このホテルはグラスミア湖に接しており、その湖水には周囲の山々が映し出されていた。

五月二八日（水）

朝五時三〇分に起床し、五時五〇分に私と妻は、ホテルの正面口が閉まっていたので湖への出入り口から外に出た。そのとたん、カモらしい鳥の群れがいっせいに飛び立った。まだ自動車も人も通らない道をふたりはスワンホテルを目指して歩いた。左側には羊の群れがじっと坐っているか、あるいは数頭の羊が草を食べていた。右側には山の傾斜地に立てられた住宅が並んでおり、それらの庭の木々には赤色や白色や黄色などの花が咲いていていた。とりわけ、ナショナル・トラストの住宅の庭が美しい花であふれていた。三〇分ほど過ぎたとき、スワンホテルの前に到着した。所有者は変わっていたが、ホテル名は昔のままであった。

再び誰も通らない道を戻った。ホテルでの朝食のときに、窓際の席に座ったところ、ホテルの庭に三匹の小さい野ウサギの姿を見ることができた。食事の後、グラスミアの町に再び出かけた。ワーズワス一族が眠るオズワルド教会の周辺は静かであった。水仙が植えられていた場所には少し大きい野ウサギの姿が見られた。春の穏やかな気候のもとで、湖水地方の人々や生き物は安らいでいるように見えた。ワーズワスは、小田友弥訳『湖水地方案内』（法政大学出版局、二〇一〇年）の中で、次のように述べている。

> 人生には何十年にも匹敵するような瞬間がある、と言われている。これより控えめな表現になるが、イングランドの気候には、自然の愛好者が幾月―あるいは幾年―にも値すると思うような日があると断言できる。そのようなすばらしい日が起こる季節の一つが春であり、穏やかな風が花々や新しく芽生えた緑を吹き渡る。
>
> （同書、五一頁）

この朝、グラスミアを歩きまわって、私は、グラスミアが春の喜びと平和の中に置かれていることに安らぎを覚え、ワーズワスが主張する貴重な「瞬間」を経験することができた。ワーズワスは、詩人のトマス・グレイ（一七一六―七一）がグラスミアを「思いがけなく発見した小さな楽園」（this little unsuspected paradise）と呼んだことを評価している。ベイトは、ワーズワスにとって湖水地方に住むことが特別な意味をもったことを、次のように述べている

ワーズワスにとって、都市にいるか自然の中にいるかの区別は肝要である。……都市での見知らぬ人々の顔とは対照的に、毎年の市《いち》のためにグラスミアに集う群衆は〈小さな家族〉である。そして周りの山々こそ、その家族の唯一の家長である。グラスミアの谷は理想郷のような共和国として描かれ、ワーズワスが『湖水地方案内』に記したように、それはひとつの純粋の共和国である。

（J・ベイト著『ロマン派のエコロジー―ワーズワスと環境保護の伝統―』、松柏社、二〇〇〇年、四三頁）

バスは、朝九時三〇分にダフォダイル・ホテルを出発してウィンダミア湖のボウネスに向かった。ウィンダミア湖の遊覧船に乗船するまで自由時間となり、町のほうに向かっていたとき、左側に二〇〇九年二月に宿泊したThe Old England Hotelを見つけた。午前一一時に遊覧船に乗り、四〇分ほどで降り、蒸気機関車に乗った。雨が降っており、汽車の窓がひとつ壊れていて、雨が吹き込んでいた。

汽車を降りてバスに乗り、湖畔の食堂で昼食をすませた。再びバスに乗り、さらに途中で中型のバスに乗り換えて『ピーターラビットのお話』の舞台として有名な「ヒル・トップ」に向かった。ヒル・トップは、ビアトリクス・ポター（一八六六―一九四三）が一九〇五年に購入した農場で、一九一三年に弁護士ウィリアム・ヒーリスと結婚するまで住んでいた家である。ここで彼女の関心は、絵本の制作から農場経営や自然保護へと移っていった、と言われている。この建物は、スレート葺きの屋根と不揃いな石を重ねたグレーの

壁をもつ質素な造りである。ポターのお気に入りの家具や蒐集品を守るために入場制限が設けられていた。家の中ではポターが残した貴重な品々を保護するために薄暗く保たれていた。ここをでて中型バスを待っていたとき、駐車場の横の畑に小さな野ウサギが沢山いるのを見つけた。再びバスを乗り継いで、四キロほど離れているホークスヘッドに向かった。

ホークスヘッドは、中世から羊毛を取引するマーケットタウンとして栄えた場所で、ワーズワスが八年間通った「グラマー・スクール」と「ポター・ギャラリー」があることで知られている。ところが、当日グラマー・スクールは閉鎖されており、入ることができなかった。一九八五年九月に訪れたときには、この学校でswan、goose、turkeyの羽根で机に名前が彫られていたが、その羽根はフランスからの輸入品であったという説明をしていたことを思い出した。ポター・ギャラリーを訪れることはやめて、町中の店を見てまわり、本屋で二冊の本を購入し、ティールームに入って一時間ほど休憩した。この日の朝、二九年前に宿泊したスワン・ホテルを確認したいという気持ちが強かったせいか、いつも身につけていたパスポートと現金を入れたものを身に着けることを忘れてしまった。ホークスヘッドから戻ってベットに腰掛けたとき、それが枕元に置かれていることに気づいた。すぐに確認したところパスポートと現金が取られていないことがわかってほっとした。明朝、部屋係にチップを多く残すことにした。

私は、四回湖水地方を訪れて、はじめて「楽園」の美しさと安らぎを経験することができた。もう一度湖水地方に来る機会があったら、アルズウォーターとジョン・ラスキンが晩年を過ごしたブラントウッドを訪れたいと願っている。

山下重一先生との対話

平成二八年四月一日、山下重一先生（國學院大學名誉教授）が胃がんで亡くなられた。数年前に、山下重一先生は突然脳梗塞で倒れ、入院生活を送ったのち、リハビリによって体力をかなり回復することができた。平成二七年一二月一二日に、私は山下先生からお手紙をいただいた。それは脳梗塞で倒れたが、リハビリによって車イスの生活から杖を用いて何とか歩けるまでに回復し、「小泉八雲とスペンサー」の研究を始めたのでお会いしたいという手紙であった。

私は、平成二八年一月四日の午後、三鷹市の山下先生宅を訪れ、二時間半ほど話し合うことができた。山下先生は、左半身のマヒのために声が少し聞き取りにくかったけれども、私にほとんど質問の機会を与えず、学生時代に群馬県の中島飛行機大泉工場で飛行機の組み立て作業に従事したこと、東京大空襲の際には、自宅周辺では現在国際基督教大学となっている場所が集中的に焼夷弾を投下されたこと、そして現在小泉八雲とスペンサーの研究を始めたことなどを夢中になって話された。私は時間が二時間半ほど過ぎ、山下先生が汗をかき、かなり疲れたように思われたので、話し合いを中断して、「暖かくなったら、また参ります」と述べて退去した。山下先生は「これからはしぶとく生きて研究を続けたい」と言われていただけに、三ヶ月後、「亡くなられた」という訃報をいただいて衝撃を受けた。

山下重一先生は、清廉で温厚な人柄で院生や学生をやさしく指導しながら、学会の研究大会では若い研究者に対して適切な指示をなさっていた。山下先生は、研究面ではジェレミィ・ベンサム、ジェイムズ・ミル、

ジョン・ステュアート・ミルという三人の偉大な思想家を中心に、イギリス近代の政治思想と日本における
それらの受容を可能な限り深く理解しようと努めてこられた。

平成二八年四月一〇日、九時半頃、私は、山下重一先生宅を訪れ、先生が脳梗塞後まとめようとした「小泉八雲とスペンサー」の原稿を預かって家に戻り、読み始めた。スペンサーに関しては一九八三年に御茶の水書房から山下重一著『スペンサーと日本近代』を公刊しており、新しいテーマでまとめようと試みたものらしいが、複数の断片的な原稿が入り交じっており、論旨を把握することができなかった。また小泉八雲に関係しても、まだ主題が明確になっておらず、複数の断片的原稿を第三者がまとめることは不可能であることが分かった。そこで山下政一さんにお会いし、残された原稿をまとめることは不可能であり、先生がすでに発表された論文から特に卓越しており、今後のミル研究に貢献すると思われる論文で遺稿集をまとめたいと提案したところ、ご承諾下さり、採用する論文の選定を私に任せて下さった。さらに山下政一さんは「父のこと」を書いて下さることになった。こうし山下重一先生の遺稿集は、山下重一著、泉谷周三郎　編集・解説『J・S・ミルと　I・バーリンの政治思想』（御茶の水書房、二〇一六年、七二〇〇円）として公刊された。次にこの遺稿集に対して村上智章氏（広島国際大学）は、『イギリス哲学研究』第四一号において「書評」を発表してくれた。

村上氏の略歴は次の通りである。

岡山大学法学部卒業。広島大学大学院社会科学研究科博士課程満期退学。J・S・ミルの政治思想を中心に広く人文・社会科学に関心をもち、研究活動を営んでいる。主要な業績は、「アイルランドジャガイモ飢饉とJ・S・ミル」『広島法学』二二巻四号、「ダニエル・オコンネル小伝」『広島国際大学医療福祉学科紀

要』第七号、「教育制度をめぐる諸問題についての一考察―平成二八年一一月成立「改正教育公務員特例法」の国会審議過程―」『広島国際大学　教職教室　教育論叢』第九号など。

山下重一著、泉谷周三郎編集・解説

『J・S・ミルとI・バーリンの政治思想』の書評

村上智章

本書は、二〇一六年に逝去された、戦後日本のミル研究を代表する思想史家、山下重一の膨大な論文群から彼の弟子であり、学友である泉谷周三郎が精選した遺稿集である。第一部「J・S・ミルの一八三〇年代における思想形成と政治的ジャーナリズム」は、哲学的急進派を取り巻く政局を見すえつつ、選挙権の拡充、秘密投票制の導入といった改革を実現するための行動方針を提起するという若きミルの評論活動を跡づけながら、その思想的成長を描いた作品である。下院に進出したが、組織力、指導力がいまひとつの哲学的急進派を補強するために、ミルは指導者の外部調達という離れ業を試みる。イギリス政府の愚策が招いた植民地カナダの反乱を老政治家ダラム卿は硬軟兼備の対処によって見事に収拾、ミルは彼の政治的力量に着目、指導者に迎えての政界再編構想を打ち出す。しかし、時に利あらず、ダラム卿の高齢もあってミルの構想は一頓挫、哲学的急進派の活動は一区切りとなる。現実政治への主体的関与とその挫折を経験しながら、なおミルは自らの思想を深めて行く。ベンサム主義者として出発したミルがサン・シモン、コールリッジらの思想に出会いながら、「過渡期の時代」における課題をとらえ、政治の現実に取り組みつつ思想的に成長、その成長が「ベンサム論」「コールリッジ論」といった一連の著作に結実していく。父ミルからの思想的自立、ハリエット・テイラーとの恋愛といった内面史、個人史を織り交ぜつつ、ミルの思想的成長を描いた、思想史研究の醍醐味を味あわせてくれる作品である。

第二部「バーリンにおける自由論と価値多元論」では、ミルの自由論との対比においてバーリンの思想の深奥が描かれている。一般に「積極的自由」を批判し、「消極的自由」を推奨したと理解されているバーリンが、実は「積極的自由」のもつ意義を大いに認めつつ、その逸脱の危険に警鐘を鳴らしていたという指摘など、評者にとって学ぶところの多い作品であった。多様な価値の一元的統合、その可能性を志向するミルに対して（このバーリンのミル理解については議論の余地がありそうに思われるが）多元的価値の一元的整序は不可能であり、むしろ価値の多元性にこそ積極的意義を見出すべきだとするバーリン独自の立場が強調されている。山下はミルとバーリンといずれの立場に立つか（一元論か多元論か）という問いが浮かぶが、それとともに評者に想起されたのは現代正義論の父祖、J・ロールズの営為であった。社会契約論の伝統に立脚、「原初状態」「無知のヴェール」「内省的均衡」といった概念を駆使して『正義論』を著したロールズは、のちの『政治的リベラリズム』において、政治的、宗教的、文化的に断絶した共同体の間に「重なり合う合意」を見出すという、振幅の大きな理論展開を示している。一九五二年から五三年、オックスフォードにてロールズがバーリンの謦咳に接したことを考えると、「重なり合う合意」というロールズの構想にバーリン多元論の影響を読み取ることは、そう不自然なことではない。バーリン思想のエッセンスを抽出した山下の第二部は、ロールズとバーリンとの思想的関係を考察するにあたって示唆すること大であると評者は考える。現代正義論、自由論への貢献という意味で、

第二部は現代的意義に富んだ作品と評価できるであろう。

評者は、本書の現代的意義を強調するものであるが、こうした評価は山下の意に適っているのか。なぜミルなのか、バーリンなのか。山下はバーリンを「思想史研究を通じて現代の緊急な問題を模索し続けた」（三二七頁）思想家と評価している。山下はどうか。山下において、なぜ、何のための思想史か。

第一部に収録された論文の初出は二〇〇六年から二〇〇七年、第一次安倍内閣の凋落、参議院における自民党の過半数割れと、世間が「政権交代」への期待に熱狂していた時期にあたる。山下は、「現代の緊急な課題」に応答するために議会政治に取り組むミルの姿を主題として選択したのでは、と想像することは許されるであろう。たとえばミルは「その直接の影響だけでなく、政治制度が国民性や国民の社会関係にどのように影響するか、またその安定性を促進したり阻害するかしたりするかという、一般的にはほとんど注目されていない間接的な影響をも包括した」（八五頁）政治理論が必要であるという。制度の変革が国民、政治家を人間としてどう変えるかを検討する必要。混迷を深めるわが国の議会政治にとって吟味すべき提言が作品の随所にある。

実際の執筆動機はどのようなものであったか。解説に収録された二〇〇八年八月二二日の山下と泉谷との会話がそのヒントになる。二人は、「ミルの思想形成過程と政治的ジャーナリズム活動の全貌を展望する」研究の必要性など「ミルをめぐって三時間以上話し合っていた」（三四一―二頁）という。初めにミルありき。政権交代という「現代の緊急課題」を横目に、ひたすらミルを論じる師弟の姿はうらやましい。あくまで思想史に沈潜し、ミルとの対話を深めようとする学徒の姿がここにる。思想史への沈潜によって到達した主題が期せずして現代政治へのメッセージとなっている。山下のバーリン評価に倣えば、山下を「思想史への沈潜が期せずして現代の緊急な課題へのメッセージしなった」思想史家と評価できるのではないか。

「解説」に収録された泉谷との最後の対話において山下は、自らの戦争経験を問わず語りに吐露している。彼は「福山の船舶機関砲連隊に入り、転属されて山口県仙崎の港で朝鮮からジャンクで送られてくる物資の荷揚げ作業に従事中、敗戦」（山下重一『随想―思ひ草』八頁）を迎えている。軍属としての山下には、原爆で瀕死の重傷を負った戦友を前に自らの無力を慟哭した経験がある。「呻き伏す被爆の戦友を夜もすがら扇ぎ続けぬなすすべもなく」（『思ひ草』七四頁）。山下の詠んだ悲しい短歌である。原爆投下直後のヒロシマ現地視察がロールズに決定的な影響を与えたことが思い起こされる。八歳のときロシア革命に遭遇、警官が群衆に襲われているのを目撃して、「そのために一生肉体的な暴力を恐れるようになった」（二二八頁）というバーリンのエピソードを山下が特に紹介していることも見逃せない。山下、バーリン、ロールズには悲惨苛烈な政治的暴力という共通の原体験がある。特に山下、ロールズにあっては、ヒロシマにおける原爆の惨禍という経験が悲しくも共通している。その山下とロールズの思想的接点にバーリンが立っている。山下における思想史への沈潜、バーリンにおける思想史から理論へという歩み、ロールズにおける正義論の影響の彫琢と三者それぞれのありようを示しながら、政治的暴力の経験にその根拠をおいた「自由の擁護」という一点で彼らは共通している。そう考えるのは不自然ではない。ロールズの理論展開とバーリン思想との関係を問うにあたって、山下のバーリン研究は、正義論と思想史との実り多い対話、その契機となり得る。現代における「自由の擁護」、その思想的基礎を豊かにする作品であろう。

山下はミルの一元論をとるのか、それともバーリンの多元論をとるのか、という問いを先に提起したが、彼にとっては自由論を広く展開し、深く掘り下げることによって、現代における自由の基盤を強固なものにすること、いわばなりふり構わぬ「自由の擁護」が第一の課題であったのかもしれない。多元論と一元論いずれをとるかは、われわれ一人ひとりが自由に思索を深め、答えればよい。そうした自由な思索こそ大切と思う。

本書には、ひたすらミルとの対話、テキストとの対話を試みた、愚直な学徒の姿がある。自らの作品が現代にあってどのような意義をもつかといった問いは、学徒山下にとってとりあえず慮外のものであったかも知れない。しかし、山下の意図はどうであれ、彼の作品は、「現代の緊急な課題」に対するメッセージとしてわれわれに届いている。思想史への沈潜が現代へのメッセージとなっている。そうした希有な例がここにある。戦争体験、原爆体験を心に秘めながら、「自由の擁護」を自らの研究遂行の切実な動機としてひたすら思想史に沈潜した一人の思想史家の姿がここにある。

本書は、ミル理解、バーリン理解に有益な思想史研究の書であるとともに、戦争、原爆といった政治的暴力による死を凝視しながら思索を続けた思想史家、山下重一の営為が刻まれた書である。各位に一読をお勧めする。

記憶をたどると、二〇〇六年J・S・ミル研究会にて、本書第一部の構想を報告された山下先生のお姿が浮かびます。研究会での山下先生は、本書収録のご子息による追想の記「父のこと」に描かれたお姿そのまま、個人の自由、人格の尊重を第一とする、穏やかで優しい方でした。ありがとうございました。泉谷周三郎先生には、貴重な資料を提供いただき、ありがとうございました。書評の機会を与えて下さった各位には感謝の言葉もありません。

むらかみともあき（政治思想史専攻）

酒田から由利本荘へ

私の妹の保子が後半生を過ごした由利本荘は、秋田県の南西部の海岸にある町で、鉄道の便が不便な場所にある。その南一五キロの場所に象潟があり、北四〇キロの場所に秋田市がある。かつて象潟は東の松島と並び称された景勝地であった。一八〇四年の大地震で象潟は浅瀬が隆起して陸地になった。芭蕉は、『おくのほそ道』のなかで、酒田から海岸にそって一〇里ほど歩いて、太陽が西に傾きかける頃象潟に到着したが、風が砂を吹き上げ、雨であたりはぼうっと煙って鳥海山も隠れて見えなかった。翌朝、よく晴れ上がって朝日が明るくさしだす頃に船に乗って象潟見物に出かけたらしい。南に鳥海山がそびえ、その山影が象潟の入江に映っているのが見られた。象潟の景色は、海のなかに小島がある点で松島と似ているが、違ったところもある。芭蕉には、松島には美人が笑っているような明るさがあるが、象潟には美人が悲しんでいる表情のようなものが感じられた。彼は、象潟に着いたとき、雨にけむって朦朧とした情景を見て、悲運の美人である西施が目を閉じて悩んでいる面影を思いだし、雨に濡れたねむの花が西施の愁いに沈んだ様子に似ていることから、次の俳句をつくった。

象潟や　雨に西施が　ねぶの花

また山形県と秋田県の境には標高二二三六メートルの鳥海山がそびえている。鳥海山は、日本海からわずか一二キロメートルの位置にあるために多量の雪がふり、山頂に雪を抱いた姿は、秋田県の横手地方から眺めると富士山に似ていて、特に美しい。秋田市から酒田に至る旧酒田街道は、冬には日本海からの風が強く荒涼たる砂浜が続いていた。大正九年、羽越本線が開通したときに最初の飛砂防止林がつくられ、潮風に強いクロマツが植えられた。三〇年ほど前、自動車で酒田街道を走ったとき、松食い虫のためにクロマツの若木の多くが枯れているのに驚かされた。

私の妹・保子は、平成二二年一月頃、胃がんで死が近づいたとき、私と妻に「私が死んだのち、一〇年間、一年に一度、由利本荘の私の家を訪れて家族が元気に過ごしているかどうか見てほしい」と要請された。私と妻は、妹のこの要請を受けて、彼女の家を訪れることを約束した。そのとき私は、東京から由利本荘市に行くには少なくとも三つの行き方があることに気づいていた。第一は、東京駅から秋田新幹線に乗り、秋田駅で羽越本線の列車に乗り換えて羽後本荘駅に向かうものである。第二は、東京駅で上越新幹線に乗り、新潟駅で羽越本線の急行列車に乗って羽後本荘駅に向かうものである。第三は、東京駅で山形新幹線に乗り、新庄駅で陸羽西線に乗り換えて酒田に向かい、酒田で羽越本線に乗って羽後本荘駅に向かうものである。

私と妻は、平成二九年一〇月二〇日には、山形新幹線を利用し、新庄駅で陸羽西線に乗り換え、古口駅で降りて「最上川下り」に参加して「芭蕉丸」に乗った。だが船頭はいろいろなことを言って乗客を笑わせたが、芭蕉のことについて一言も話さなかった。

最上川は、富士川、球磨川とともに日本三大急流のひとつであり、芭蕉は、大石田で晴天になるのを待って船に乗ったが、『おくのほそ道』のなかで「水みなぎって舟あやふし」と述べて、次の句をつくった。

五月雨を　あつめて早し　最上川

私たちは、その後、鶴岡に向かい、藤沢周平記念館、大宝館、致道博物館、鶴岡公園などを訪れた。ホテルに戻るためにバス乗り場を探したが分からず、タクシーを呼んで、鶴岡第一ホテルに戻った。一〇月二一日、朝九時、ホテルを出て酒田に向かった。酒田ではグリーンホテルに荷物を置いて、酒田海洋センター、本間美術館、本間家旧本邸などを見た。その後、タクシーに乗り、土門拳記念館を訪れた。最初に「激動の昭和」を写した諸作品を見てそれらが単なる写真から芸術作品に転化していることに圧倒された。一〇月二二日、朝八時に酒田駅から羽後本荘駅に向かった。午前九時に羽後本荘駅に着き、佐々木善弘さん宅を訪れた。家族と懇談した後、舞ちゃんと悠ちゃんと廊下でボールをぶつけて遊んだ。午後二時三〇分、羽後本荘発の横手行きのバスに乗り、午後四時三〇分、横手に着き、外の目の泉谷家に着いた。

平成三〇年一〇月、私たちは、所用のため由利本荘に行く予定がたたず、迷っていたところ、実家の栄子さんより、「今年は秋田にいつ来るのか」という電話をもらった。そこで品川駅に行き、切符を求めようとしたが連休のせいもあって並んだ席を取ることができなかったが、かろうじて二つの座席を確保して乗車券を購入することができた。

平成三〇年一一月三日、八時五〇分、品川の家を出て、「とき三六一」に乗り、新潟に向かった。新潟駅で乗り換えて、「いなほ五号」の自由席に座って酒田に向かった。羽越本線は日本海にそって走っており、左に少し荒れ気味の冬の海を見ることができる。村上駅を過ぎたとき、小さな島が見えてきた。粟《あわ》島《しま》である。一四時四〇分、酒田に着き、「ルートイン酒田」に荷物を置いて市内観光に出かけた。最初に明治時代から続いた元料亭の「山王くらぶ」を訪れることにした。夕方のせいか、入館者が数人しかおらず「竹久夢二の間」「北前船の間」「辻村寿三郎の間」などをゆっくり見ることができた。傘福《かさふく》やひな人形などに料亭文化の華やかさを見ることができた。夕食まで一時間ほどあったので、予約した寿司割烹「鈴政」の近くにある日和山《ひよりやま》公園に向かった。この公園には長い散歩道があったが、夕闇が迫っていたので、上を目指して進んだ。下の方では桜の木が、上になるにつれて立派なクロマツの木が多く見られた。老木には深い亀甲状の裂け目が見られた。四〇人ほどの人が展望台に集まっていたので、近づくと、赤く燃えている太陽が海のなかに沈もうとしていた。

午後四時一五分、人々が見つめるうちに、太陽は日本海に沈んで消えた。二人は、公園を降りて散策しながら「鈴政」に向かった。途中にはキャバレーという看板をつけた廃屋が見られた。六時一五分「鈴政」に入り、二階の座敷で特上寿司やのどぐろの焼き魚などを食べた。久しぶりにおいしい魚料理を堪能することができた。酒田の町を二度訪れて、去年とは異なる景色や食事を楽しむことができた。

一一月四日、酒田発七時五六分の列車に乗り、九時一分に羽後本荘駅に着いた。善弘さんの車で佐々木家に着いた。舞ちゃんに筆入れを、悠君におもちゃセットを渡した。その後廊下で子供二人とでドッチボールをし、昼食をいただいて、一三時三二分発の列車で秋田駅に向かった。秋田駅から奥羽本線に乗って、一六時、横手駅に到着。栄子さんの運転で外の目の泉谷家に着いた。玄関を開けて荷物を板の間に置いて、もう一度玄関の前に立って東北の方向を見た。八〇メートルほど離れた山の中程に高いアカマツの木が六本立っていたが、すべて松葉がなく、枯れていた。そこで栄子さんに「裏山の三吉さまにあった六ないし七本のアカマツの木も枯れたか」と聞いたところ、「枯れてしまった」という返事が返ってきた。翌日の朝、実家の前の道を奥羽山脈のほうに歩きながら、若いアカマツの木を探したが、見つけた木はすべて枯れていた。

『松図鑑』のなかに腰越の家の庭を見つける

昨年の暮れから朝早く目覚めるようになり、午前四時頃から机に向かうようになった。平成三一年一月二四日、午前三時半ごろ目覚め、まだ意識がぼんやりしていたので、「面白い写真がないか」探していた。『松図鑑』（池田書店）をひろげて、ぱらぱらめくって、「どこかで見たことがある」写真にぶつかった。『松図鑑』の一三二頁を開いたとき、「主庭・クロマツ一色の林と芝生」との説明文をつけた写真が掲載されていた。この写真では大きなパラソルのもとに五人が椅子に座っている姿があった。左側からおばあちゃん（彗子）とおじいちゃん（誠）の姿が写っていた。『松図鑑』の共著者のなかに、小坂立夫さんという方がおり、この人がおじいちゃんの同級生で親しかったので、多分小坂さんが写した写真であると推測される。この写真は、左に大きな松の幹があり、大きなパラソルを中心にし、右側の背後には八本の細いクロマツの木が写っている。おじいちゃんが活躍していたときに客を招いたときの写真のひとつといえよう。

腰越の家のクロマツと芝生

岡倉天心の再建された六角堂を眺める

二〇一九年六月四日、午前七時、栗又秀一郎さんが品川の拙宅まで来てくれたので、その自動車に乗って北茨城を目ざして出発した。一時間半ほど走って朝食に舞茸そばを食べた。自動車も少なく、順調に茨城県近代美術館に着いた。観客がほとんでおらず、これでは『所蔵作品展』をゆっくり見ることができると期待したが、展示された作品はすぐれた作品ではなく、二流の作品であった。私が期待していた横山大観の《流燈》は展示されていなかった。いくら入館料が一五〇円だからという弁明は許されない。ロンドンではほとんどの美術館は無料であるが、展示される作品は一流のもので、多くの有名な画家の絵画や彫刻など見ることができる。私がこれまで訪れた美術館のなかでも、これほど貧弱な作品しか展示していないのは初めてである。この美術館にはほんの僅かな予算しか付与されていないのだろう。六月一五日からの「生誕九〇周年記念手塚治虫展」では、どのくらいの観客が来るのだろうか、と想像した。

ここから五浦《いづら》に行くには時間が早すぎるので、福島県の小名浜地区に向かうことにした。栗又さんは、東日本大震災の直後にここを訪れたことがあるので、そのときの記憶をたよりにして見物することにした。小名浜地区に着き海に近づいたとき「小名浜湾内めぐり」の遊覧船が出るところであった。係員の「乗りませんか、料金は後でいいです」という言葉に誘われて乗ることにした。外海に向かって進み始めたとき、小名浜港が非常に広いことに気がついた。そして若いとき二年間、いわき市の福島高専のドイツ語の教師をしていたが、当時東海大学でもドイツ語を教えていたので、日曜日はいわきに帰る移動日で汽車に乗っていたことを思い出した。昼食にマグロ丼を食べてから「アクアマリンふくしま」（水族館）に入ることにした。水族館の様子は当時と異なっており、多くの魚が泳いでいたが、魅力にとぼしくなにか工夫が足りないような気がした。午後三時半、水族館を出て五浦に向かった。

午後四時頃「天心記念五浦美術館」に着いた。この美術館の周囲は高い立派なマツの木々に囲まれていた。ほとんどはクロマツの木であったが、ときおり三、四本のアカマツの木も含まれていた。この美術館は、展示室A、展示室BC、岡倉天心記念室に分かれており、美術館らしい静かさと雰囲気に包まれていた。岡倉天心が建てた六角堂は、小さな波がごつごつした岩にぶつかって、白く泡立っている海に面した細い坂の途中に建てられていた。六角堂の料金は二五〇円であった。岡倉天心が特製の釣り船に乗った場所はどこで、どのような魚を釣り上げたのだろうか。太平洋に面した海の近くの六角堂とその周囲を覆っているマツの木々、波の音に包まれて、それを見ている人に特有の情感を生み出していた。

岡倉天心の六角堂

私たちは、五浦観光ホテル、別館、大観荘の一〇〇二室に案内された。一〇階の廊下の窓から見える六角堂は小さく見えたが、神秘的な雰囲気をかもしだしていた。夕食は六時半から五階の部屋ではじまった。接待した女性は、インドネシア人であった。最初料理が少ないように思われたが、次から次へと追加され、食べきれないほどであった。私たち二人は日本酒とビールを飲みながら春の夜に親交を深めることができた。

竹内好氏は、岡倉天心について、朝日ジャーナル編『日本思想家　中』のなかで「扱いにくい思想家であり、ある意味で危険な思想家でもある。扱いにくいのは、彼の思想が定型化をこばむものを内包しているからであり、危険なのは、不断に放射能をばらまく性質をもっているからである。うっかり触れるとヤケドするおそれがある」と述べている。天心は、昭和一〇年代に突然有名になった。「アジアはひとつ」という言葉から「アジア解放の予言者」として注目されるようになった。天心の評価は、戦争の活況とともに栄え、敗戦によって衰えた。私は、横山大観や菱田春草らを育てた美術運動の指導者としての面から天心を考察してきた。岡倉天心については、彼の生涯が波乱に富んでいたので、多くの研究者によってさまざまに評価されている。横山大観と菱田春草は五浦に移住して極度の貧しさのなかで「画業」に没頭したが、実際には「日本美術院の都落ち」であったように思われる。その理由のひとつは菱田春草が三八歳で死去し、岡倉天心も大正二年に五二歳の人生を終えたことである。岡倉天心については時間があれば、今後彼の生き方と思想を考察したいと考えている。

二〇一九年六月五日、大観荘の部屋とは正反対の公園から、六角堂を見るために、公園に行って展望台に登って六角堂を見ようとしたが、風が強くて長時間展望台にとどまることはできなかった。その後ガラス工房シリアを探して山の中をかけづりまわり、ようやく探し当てたが「本日は休み」ということを知り、がっかりした。最後に野口雨情記念館に入り、「十五夜お月さん」「七つの子」「青い眼の人形」などの童謡を聴きながら見学した。記念館を出るとき、「おいしい食堂はどこにありますか」とたずねて、近くのホテルのレストランを紹介してもらった。そこで昼食にステーキをたべて帰途についた。

年譜

一九三六（昭和一一）年　九月五日　東京府向島区吾嬬町東四丁目四番地に泉谷周助と泉谷カネの三男として生まれた。

一九四三（昭和一八）年　四月　村立栄小学校に入学。

一九四九（昭和二四）年　三月　村立栄小学校を卒業。

四月　村立栄中学校に入学。

一九五二（昭和二七）年　三月　市立栄中学校を卒業。

四月　秋田県立横手美入野高等学校に入学。

一九五五（昭和三〇）年　三月　同高等学校を卒業。

四月　木内合資会社（秋田市）に入社。

一九五七（昭和三二）年　五月　同会社を退社。

一九五八（昭和三三）年　四月　東京教育大学文学部哲学科倫理学専攻に入学。

一九六二（昭和三七）年　三月　同哲学科を卒業。

四月　東京教育大学文学研究科修士課程倫理学専攻に入学。

一九六四（昭和三九）年　三月　同修士課程を終了。

四月　東京教育大学文学研究科博士課程倫理学専攻に入学。

一九六五（昭和四〇）年　四月　東海大学で非常勤としてドイツ語を教える。

一九六六（昭和四一）年　三月　東京教育大学文学研究科博士課程を中退。

四月　福島工業高等専門学校の専任講師（ドイツ語）となる。

一九六八（昭和四三）年　三月　同専任講師を退職。

五月　東京教育大学文学部（倫理学）の助手となる。

一九六九（昭和四四）年　一一月　竹内まさと結婚。

一九七五（昭和五〇）年　四月　横浜国立大学の助教授となる。東京教育大学の助教授を二年間併任する。

一九七九（昭和五四）年　四月　大学院修士課程の担当となる。

一〇月　御殿山交番の前で自動車にはねられ、入院。

一九八二（昭和五七）年　六月～七月、海外旅行（イギリス、フランス）に出かける。

一九八三（昭和五八）年　四月　横浜国立大学の教授となる。

一九八四（昭和五九）年　四月　教育学部の教務委員長になる。

一九八五（昭和六〇）年　七月四日から翌年の五月四日まで長期在外研究員となる。大英図書館でミルの資料を点検し、その後、ヨーロッパ諸国をまわり、アムステルダムからカナダのトロントに向かい、トロント大学のロブスン教授のもとでミルを研究し、ニューヨークを経て帰国した。

一九八六（昭和六一）年　三月　日本イギリス哲学会の理事となる（平成二〇年三月まで）。

一一月　教授会で学部改革の委員長に選出され、一二名の改革委員と具体案を作成し、昭和六三年四月に文化研究課程、基礎理学課程、生涯教育研究課程が設置された。

一九九〇（平成二）年　四月　横浜市後期中等教育検討協議会委員（平成四年三月まで）

一九九一（平成三）年　四月　一般教育主事（いわゆる教養学部長）になり、二年間、一般教育の改善に取り組んだ。

一九九四（平成六）年　四月　横浜国立大学教育学部附属横浜中学校校長になる（併任）。平成一〇三月、同上校長退職。

四月　全国国立大学附属学校連盟副理事長になる（平成八年三月まで）。

一九九六（平成八）年　五月　東京学芸大学連合大学院博士課程の担当になる。

五月　神奈川県いじめ問題対策協議会委員（平成一〇年三月まで）。

一九九八（平成一〇）年　八月四日から一五日まで、カナダ横断の旅をした。

一〇月一八日　横手市栄公民館で「生きがいについて」を講演した。

一九九九（平成一一）年　一〇月二日から一一日まで、平田喜信教授とアテネ大学、デルフィ、クレタ島などを訪れた。

二〇〇二（平成一四）年　三月　日本イギリス哲学会の会長となる（二年間）。

二〇〇三（平成一五）年　三月　横浜国立大学定年退職。

四月　横浜国立大学名誉教授となる。

二〇〇四（平成一六）年　二月　韓国の慶州と釜山を訪れた。

九月　中部大学（名古屋）の専任教授となる。英語英米文化学科に所属し、平成一九年三月に退職した。

二〇〇七（平成一九）年　四月一三日から四月二三日まで、ドイツ、オーストリア、イタリアを旅行した。

七月　国立がんセンターで基底細胞がんを除去。

二〇〇八（平成二〇）年　一月　日本ピューリタニズム学会の企画委員長になる。（平成二四年まで）

三月五日から三月一六日まで、インド（アジャンタ、バナーラス、デリーなど）を旅行した。

六月「J・S・ミルにおける自由と正義と宗教―現代的課題の先駆」（研究代表者泉谷周三郎、研究分担者有江大介）に科学研究費（三年間）が付与された。

二〇〇九（平成二一）年　二月　有江大介教授と二月一二日から二月二一日までロンドン、ウィンダミア、ホークスヘッドなどで見学、資料収集を続けた。

九月　有江大介教授と九月一三日～九月一七日までシンガポールに滞在し、国立シンガポール大学で研究会に参加。

二〇一〇（平成二二）年　八月　有江大介教授、大久保正健教授とソウルの崇実大学の研究会に参加した。

一一月　ベルリン、ライプツィヒ、ワイマールなどを旅行。

二〇一一（平成二三）年　三月一一日、東日本大震災がおこった。

一〇月一一日から一〇月二〇日までスペイン旅行に参加し、バルセロナ、グラナダ、コルドバ、トレド、マドリッドを訪れた。

二〇一三（平成二五）年　二月五日から二月一一日まで、「陽光輝くコートダジュールとプロヴァンス　南フランス七日間」に参加した。

一〇月二日から一〇月九日まで、ポーランドを旅行し、アウシュヴィッツ、ワルシャワなどを訪れた。

二〇一四（平成二六）年　五月二五日から六月三日まで、イギリスを旅行し、湖水地方の楽園を見ることができた。

二〇一五（平成二七）年　一一月二五日から一一月二八日まで、台湾に行き、中正記念堂、故宮博物館などを見学した。

二〇一六（平成二八）年　一〇月二〇日～二四日、山形新幹線で新庄まで行き、陸羽西線に乗り換え、古口で降りて「芭蕉丸」で最上川を下り、酒田で土門拳記念館を見学した。

二〇一八（平成三〇）年　九月一二日、東京美入野同窓会会報『美人野』に「横浜国立大学に勤めて」を投稿。

一一月三日～一一月五日、新潟経由で横手に向かった。酒田では日和山公園で夕日が日本海に沈むのが美しかった。翌日、外の目に着いたとき、多くのアカマツの木が枯れていた。

著作・論文目録

一　著書

『ヒューム』（人と思想）／清水書院／一九八八年
『地球環境と倫理学』／木鐸社／一九九三年
『ヒューム』（イギリス思想叢書　５）／研究社出版／一九九六年
『地域文化と人間』／木鐸社／二〇〇三年
『マツの木々に囲まれて―教育へのひとつの道』／同時代社／二〇一九年

二　共編著

『ヨーロッパの文化と思想』／古田光・泉谷周三郎編／木鐸社／一九八九年
『イギリス思想の流れ』／鎌井敏和・泉谷周三郎・寺中平治編／北樹出版／一九九八年
『崩壊の時代に』／泉谷周三郎・根本萌騰子・木下英夫編／同時代社／二〇〇二年
『Ｊ・Ｓ・ミルとＩ・バーリンの政治思想』／山下重一著、泉谷周三郎編集・解説／御茶の水書房／二〇一六年

三　共著

『シュバイツアー』／小牧治との共著／清水書院／一九六七年
『ルター』／小牧治との共著／清水書院／一九七〇年
『日本の思想』／小松摂郎編／担当箇所「西周」／法律文化社／一九七二年

『新倫理学』／大島康正編／担当箇所「プラグマティズム」「分析哲学」／自由書房／一九七二年
『哲学講義』／小松摂郎編／担当箇所「イギリス経験論」「価値論」／法律文化社／一九七三年
『現代倫理学』／堀田彰・片木清編／担当箇所「自由と責任」／法律文化社／一九七四年
『哲学と日本社会』／家永三郎・小牧治編／担当箇所　和辻哲郎の「転向」について／弘文堂／一九七八年
『人間論』／蒲生不二男編／担当箇所「日本人の倫理観」／鳳書房／一九七九年
『人間と社会』／石川裕之との共著／担当箇所「第一部　人間」／木鐸社／一九八一年
『近代日本の哲学』／古田光・鈴木正編著／担当箇所「アイディアリズムの生成―井上哲次郎と大西祝を中心に」／北樹出版／一九八三年
『現代倫理学と分析哲学』／日本倫理学会編／担当箇所「ムーアの自然主義倫理学批判」／以文社／一九八三年
『イギリス道徳哲学の諸問題と展開』／日本倫理学会編／担当箇所「ヒュームにおける理性、情念と道徳」／慶応通信／一九九一年
『H・シジウィク研究』／行安茂編／担当箇所「第二部第四章、第三部第三章」／以文社／一九九二年
『J・S・ミル研究』／杉原四郎・山下重一・小泉仰編／担当箇所　第五章「ミルの功利主義における善と正」／御茶の水書房／一九九二年
『西洋思想の日本的展開』／小泉仰監修／担当箇所「第二部第一章、国民道徳論と個人主義」／慶應義塾大学出版会／二〇〇二年
『思想学の現在と未来』／田中浩編／担当箇所「私の思想史研究」／未来社／二〇〇九年
『ヴィクトリア時代の思潮とJ・S・ミル』／有江大介編／担当箇所、第一章「J・S・ミルとロマン主義―ワーズワス、コールリッジ、カーライルとの関わり」／三和書籍／二〇一三年
『イギリス理想主義の展開と河合栄次郎』／担当箇所「第三章J・S・ミルとロマン主義」／世界思想社／二〇一四年

四　共訳書

『イギリスの功利主義者たち』／J・プラムナッツ／堀田彰・石川裕之・永松健生・泉谷周三郎訳／福村出版／一九七四年

『J・S・ミル初期著作集Ⅰ』／J・S・ミル／杉原四郎・山下重一編／担当箇所「知識の有用性」「完成可能性」／竹内一誠（國學院大學）・泉谷周三郎共訳／「ホェートリの『論理学綱要』（抄）／御茶ノ水書房／一九七九年

『J・S・ミル初期著作集Ⅱ』／J・S・ミル杉原四郎・山下重一編／担当箇所「ハリエット・テイラーの親交」、「ベンサム氏の訃報」、「ベンサムの哲学」／御茶の水書房／一九八〇年

『J・S・ミル初期著作集Ⅲ』／J・S・ミル／杉原四郎・山下重一編／担当箇所　加藤幸夫（長岡科学技術大学）・泉谷周三郎共訳、プラトン『プロタゴラス』、「ベンサム論」／御茶の水書房／一九八〇年

『ミル記念論集』／J・M・ロブスン、M・レーン編／担当箇所　第三論文、第六論文／木鐸社／一九七九年

『ミル「自由論」再読』／J・グレイ、G・W・スミス編著／大久保正健・泉谷周三郎共訳／木鐸社／二〇〇〇年

『倫理学原理』／G・E・ムア／泉谷周三郎　寺中平治・星野勉訳／担当箇所　第三章　快楽主義、第五章　倫理学の行為に対する関係、付録「自由意志」／三和書籍／二〇一〇年

五　論文

「人間疎外論の形成過程」『倫理学研究』（第一三号）東京教育大学倫理学会／一九六五年

「倫理的判断の分析的基礎づけ」『倫理学年報』（第一六集）日本倫理学会／一九六七年

「宗教的ヒューマニズムについて―ベルジャーエフとシュヴァイツァーを中心にして―」『福島工業高等専門学校紀要』福島工業高等専門学校／一九六七年

「功利主義の諸形態と問題点」『哲学倫理学研究』（一九七〇）東京教育大学文学部紀要／一九七〇年

「決定論と道徳的責任」『哲学倫理学研究』（一九七一）東京教育大学文学部紀要／一九七一年

「J・S・ミルにおける〈功利の原理〉の証明について」『倫理学研究』（第一九号）東京教育大学文学部紀要／一九七一年

「J・S・ミルの『自由論』における諸問題」『哲学倫理学研究』（一九七三）東京教育大学文学部紀要／一九七三年
「J・S・ミルによる快楽の量と質との区別について」『哲学倫理学研究』東京教育大学文学部紀要　一九七五年
「J・S・ミルの『功利主義論』研究序説」『横浜国立大学人文紀要』第一類哲学・社会科学第二二集／一九七六年
「現代の危機と価値の転換について」『東京教育大学文学部紀要』東京教育大学倫理学教室閉室記念論文集／一九七七年
「J・S・ミルの思想と〈ハリエット・テイラーの神話〉」『横浜国立大学人文紀要』第一類哲学・社会科学　第二三輯／一九七七年
「ベンサムの哲学・倫理思想（その一）」『横浜国立大学人文紀要』第一類、哲学・社会科学　第二七輯／一九八一年
「日系カナダ人の強制移動に対する補償について」『横浜国立大学人文紀要』第一類、第三四輯／一九八八年
「福祉国家論と日本における社会保障制度」姜泰権との共著『横浜国立大学人文紀要』第一類、第三七輯／一九九一年
「人間学の系譜と教育の危機」『教育人間科学序説研究』横浜国立大学教育人間科学部附属教育実践研究教育指導センター／二〇〇〇年
「J・S・ミルにおける自由原理と個性」『横浜国立大学教育人間科学部紀要Ⅲ』（社会科学　第四集）横浜国立大学教育人間科学部／二〇〇二年
「木下英夫さんの慧眼」『木下英夫先生を偲んで』木下英夫先生追悼文集。編集委員会／二〇〇三年
「J・S・ミルの正義論」『イギリス哲学研究』（第二七号）日本イギリス哲学会／二〇〇四年
「人生と幸福論」『人文学部研究論集』（第一七号）中部大学／二〇〇七年
「自著を語る」『ヒューム』（研究社出版）『アリーナ二〇〇七』（第四号）中部大学国際人間学研究所／二〇〇七年

六　書評

「J・S・ミルと現代」／杉原四郎〔『望星』一九八〇年九月号〕
『認識と価値』／杖下隆英〔『イギリス哲学研究』（第一三号）一九九〇年〕

『ミル「論理学体系」の形成』矢島杜夫（『イギリス哲学研究』（第一九号）一九九五年）
『ヒューム』／A・J・エア、篠原久訳（『イギリス哲学研究』（一九号）一九九六年）
『J・S・ミル』／小泉仰（『イギリス哲学研究』（第二二号）一九九九年）
『いま歴史とは何か』／D・キャナダイン編（『イギリス哲学研究』（第二九号）二〇〇六年）
『近代日本の思想家とイギリス理想主義』／行安茂（『イギリス哲学研究』（第三三号）二〇一〇年）

七　事典等の執筆

『現代教養百科事典（五）思想』／暁教育図書株式会社／「マン（トーマス）」一九八頁／「シュバイツァー」一九八―一九九頁／「ヒルティー『幸福論』『眠られぬ夜のために』」二一三頁／一九六七年
『岩波哲学・思想事典』／岩波書店／「価値」二四二頁／「スミス」八八四―八八五頁、『道徳感情論』／一一六五頁、一九九八年
『イギリス哲学・思想事典』／日本イギリス哲学会編／研究社／「幸福」一六九―一七二頁／「功利主義」一七三―一七四頁／二〇〇七年
『哲学中辞典』／尾関周二・古茂田宏・佐藤和夫他編／知泉書館／「印象」七二―七三頁／「信念」六三七頁／「ヒューム」一〇〇四―一〇〇五頁／「連想」一三三二―一三三三頁／二〇一六年
『新版　高校倫理』／著作者　泉谷周三郎・寺中平治・行安茂、ほか六名／日本書籍／一九九八年
「J・ベンサム―J・S・ミルの師」一二四―一三五頁（『望星』東海教育研究所、一九七九年八月号）

あとがき

私が死を間近に意識するようになったきっかけは、七〇代の後半に人間ドックを受診して「膵臓がんの疑いがある」と診断されたことであった。今日では胃がんや大腸がんは、早期に見つかれば、患部を切除することによって直すことが可能になった。ところが、膵臓がんは、回復が困難で死亡率が高いことで知られている。私の主治医は、「まだ患部が小さいので手術することも可能である」と言われた。私もまだ七〇代であったので手術したほうがよいと思つたこともあった。膵臓がんの手術がむずかしいことを示したのが、前の沖縄県知事であった翁長雄志氏の死であった。翁長知事は、辺野古新基地に反対するために、二〇一八年四月に膵臓がんの手術を受け、五月一五日に退院された。だが、七月三〇日に再入院し、肝臓がんへの転移が見つかり、八月八日に逝去された。医師団も翁長さんも「手術すればもっと働くことができる」と信じていたのであろう。翁長さんの無念さはいかばかりであったか。この事件以来、私は、ドイツやフランスでは七〇歳を過ぎると膵臓がんの手術をしないという話を信じるようになった。私の場合、MRIの検査、上部EUS内視鏡の検査、PET—CT検査などにより、幸運にも「悪性腫瘍の集積は認められない」という診断が下された。

私は、満八〇歳を迎えたとき自伝をまとめることを決意した。あれから三年過ぎて自伝をほぼまとめることができた。だが、自伝を何とかまとめただけで、何か特別な悟りに到達したわけではない。また死を超えるものを洞察したわけでもない。ヒンドゥー教は複数の神を認めることからどのような寛容さを持っているのか。ガンジス河の沐浴にひかれるが、それが本当の救いになっているのか。さらに輪廻、転生とはどういうことなのか、すべて未解決である。これらの諸問題を解決するために、中村元著『ウパニシャットの思想』やヒュームの『宗教の自然史』などを読み返しながら、今日イスラム教徒の間に見出される平和の最大の障害となっている「テロ」の原因などの解明を試みたい。それらは私にとって新しい旅となることだろう。

本書をまとめるにあたって、書評を書いて下さった中野好之、輪島達郎、松園伸、村上知章の諸先生に感謝と御礼を申し上げたい。また貴重な論考を寄せて下さった泉谷周一、中川淳子、鈴木斐子、鈴木光一、佐々木奈津美、栗又秀一郎の諸氏に厚く御礼を申し上げたい。

本書を刊行するに当たり、体裁や校正などで大変お世話になった同時代社の川上隆氏に心より御礼の言葉を申し上げたい。

二〇一九年一〇月

泉谷周三郎

著者略歴

泉谷周三郎（いずみや・しゅうざぶろう）

1936年　東京で生まれる。秋田県立横手美人野高校卒業
1996年　東京教育大学文学部大学院博士課程中退
現在　　横浜国立大学名誉教授
専攻　　倫理学　イギリス近代思想

著　書

『ルター』（共著　清水書院　1970）
『近代日本の哲学』（共著　北樹出版　1983）
『ヨーロッパの文化と思想』（共著　木鐸社　1989）
『地球環境と倫理学』（単著　木鐸社　1993）
『崩壊の時代に』（共著　同時代社　2002）
『ヴィクトリア時代の思潮とＪ・Ｓ・ミル』（共著　三和書籍　2013）
『ヒューム』（単著　清水書院　2014）
『Ｊ・Ｓ・ミルとＩ・バーリンの政治思想』（共著　御茶ノ水書房　2016）

訳　書

ジョン・グレイ／Ｇ・Ｗ・スミス編著『ミル「自由論」再読』（共訳　木鐸社　2000）
Ｇ・Ｅ・ムア著『倫理学原理』（共訳　三和書籍　2010）

マツの木々に囲まれて —— 教育へのひとつの道

2019年11月15日　初版第1刷発行

著　者　泉谷周三郎
発行者　川　上　　隆
発行所　株式会社同時代社
〒101-0065　東京都千代田区西神田2-7-6
電話　03(3261)3149　FAX　03(3261)3237
装丁・組版　い　り　す
印　刷　中央精版印刷株式会社

ISBN978-4-88683-866-7